***Roger Judenne** est né à Chartres en 1948 dans une famille d'origine rurale. Son enfance se déroule au contact de la nature et des paysages de la Beauce. Cet ancien instituteur a fait du métier d'écrivain un loisir. Il a obtenu plusieurs prix littéraires et s'exprime dans la littérature jeunesse, la littérature régionale et le roman historique.*

Les Terres brunes

Du même auteur aux éditions De Borée

Drôle de moisson
L'Année du nouveau franc
La Petite Suzanne
Le Silence des rives
Louison la douce
Une vie de dimanche
Et demain le TGV
Classe Unique
Cinq nuits avant l'arrivée des Américains

TERRE DE POCHE
45, rue du Clos-Four – 63056 Clermont-Ferrand cedex 2

Roger Judenne

Les Terres brunes

de Borée
TERRE DE POCHE

« J'aime les paysans. Ils ne sont pas assez savants
pour raisonner de travers. »

Montesquieu

I

Les terres de l'oncle Jean

DÈS QUE L'ÉMILE, dit Grand-Soif, pénétra dans la soue, le cochon sentit qu'il allait se passer quelque chose. Lui qui n'était pas sorti une demi-douzaine de fois dans sa vie de goret trouva suspect qu'on laissât la porte ouverte. À tout hasard, il se mit à hurler copieusement et à emplir la ferme tout entière de ses cris stridents et prolongés de bête suppliciée.

— Pas de danger qu'on le tue sans que tout le pays le sache ! lança Grand-Soif en enfonçant ses sabots jusqu'au bord dans la fiente humide.

Monsieur Buffétrille entra à son tour dans la soue et examina l'animal. Il l'attrapa par une oreille et se mit à lui tâter le dos et les jambons.

— J'me demande s'il est plus gros que l'autre. Joseph, venez donc voir, dit-il en lui faisant signe de pénétrer à l'intérieur.

De plus en plus inquiet par ce manège inhabituel, le verrat se démenait et hurlait si fort que les hommes ne s'entendaient plus parler :

— Si, si, cria Joseph, il pèse au moins quinze livres de plus que l'autre. À mon avis, c'est celui-là qu'est le bon.

Le patron tâta encore les épaules, hésita puis donna une claque sonore qui résonna sur la fesse du cochon comme une sentence de mort.

— Vendu ! on prend c'ti-là, trancha-t-il.

Le cochon dut comprendre. À partir de ce moment il redoubla ses cris stridents et la ferme retentit de ses déchirements. Grand-Soif attrapa la queue d'une main et une patte arrière de l'autre. Joseph lui saisit l'oreille. P'tit-Coup, un grand benêt que Buffétrille employait sans conditions de gages à cause de sa simplicité d'esprit, lui saisit une patte avant et la passa dans le nœud coulant qu'il tenait tout prêt depuis le début de la discussion. Hurlant de plus en plus vite et de plus en plus fort, le cochon, dès qu'il se sentit attaché, se débattit comme un forcené. On n'arrivait pas à lui faire passer la porte. Joseph tenait bon mais à l'arrière Grand-Soif se trouva rapidement en difficulté.

— Ah ! le cochon de cochon, fulmina-t-il, il veut rien entendre !

— De ce côté-là, c'est pas étonnant, répondit P'tit-Coup dans un éclat de rire, répétant la plaisanterie à chaque fois qu’on essayait de sortir un cochon de la soue pour le trucider.

— Sors le premier avec ta corde, gueulait Buffétrille, dehors les mains dans les poches, à l’abri des éclaboussures.

Le cochon s’agitait, se débattait, donnait des pattes arrière pour se dégager et Grand-Soif, dont les sabots mal bridés s’enfonçaient dans la merde, avait bien du mal à suivre le mouvement. P’tit-Coup parvint à sortir. Il tira sur la corde. Le cochon vit rouge dès qu’il fut dans la lumière du soleil. Il partit à toutes pattes pour le bousculer. Derrière, surpris par ce démarrage aussi brutal qu’imprévisible, Grand-Soif fut emporté par la queue solide qu’il n’eut pas le temps de lâcher. On entendit un bruit de succion, mais son sabot ne se libéra pas assez vite. Quand il fit un pas, le sabot resta planté un mètre derrière. Le pied nu s’enfonça jusqu’à la cheville dans la fiente.

— Ah ! ben me v’là dans la merde ! hurlait Grand-Soif, fâché. Pour être dans la merde, j’sus dans la merde.

Il lâcha le cochon pour se rattraper à l’encadrement de la porte. P’tit-Coup fut sur le point de tomber à la renverse et le cochon se serait mis à cavaler dans la cour en déversant ses cris aigus si Joseph n’avait eu le réflexe de lui saisir une patte avant pour le déséquilibrer.

— Tire sur ta corde, bon diou, tire donc ! criait Buffétrille. Couche-le ; tire, tire...

P'tit-Coup tira et le cochon finit par être immobilisé. Il hurlait toujours, mais son souffle était devenu si court qu'il étouffait. Grand-Soif sortit enfin de la soue, son sabot à la main, le pied droit garni d'une mousse verdâtre particulièrement nauséabonde.

— J'vas me le laver, dit-il en boitillant, mais si y en a un qui rigole, j'lui fous mon pied au cul ; parole, j'lui fous mon pied au cul, et avant de le laver encore.

On obligea le cochon à faire quelques mètres et on l'amena devant les écuries où le sol était pavé. Là, on le laissa, seulement retenu par la corde fixée à la patte avant. Il s'était presque arrêté de hurler. Ses cris se transformaient peu à peu en grognements sourds et interrogateurs. Il ne comprenait plus rien. Joseph saisit un maillet de bois, volumineux et arrondi. Il le leva au-dessus de la tête et, au moment précis où le cochon s'immobilisa, il l'assomma d'un coup rudement donné sur le sommet du crâne. La bête fit un bond, décolla de terre des quatre pattes à la fois et retomba lourdement sur le côté. Il reprit alors ses cris perçants, ne consentant pas à trépasser sans avertir tout le village du vilain sort qu'on venait de lui réserver.

Quand P'tit-Coup eut saisi la poêle qui se trouvait préparée à portée de sa main, Joseph tâta le cou de la main gauche. Le court couteau tenu dans la main droite pénétra sans hésitation dans la gorge du porc et lui trancha l'artère. Un flot de sang rouge vif se mit à couler par saccades dans la poêle que P'tit-Coup ajustait sous le jet. Joseph introduisit son index et tira sur les lèvres de la plaie pour la refermer. Le jet de sang cessa. P'tit-Coup vida la poêlée de sang dans un bidon où on avait laissé tomber quelques gouttes de vinaigre. Puis, il approcha de nouveau la poêle et le jet se mit à sourdre à nouveau.

— Faut battre le sang, commanda Buffétrille sans enlever les mains de ses poches. Il risque de cailler malgré le vinaigre. Le boudin serait moins bon.

P'tit-Coup enroula sa manche de chemise, plongea son bras nu dans le bidon et se mit à touiller le sang tandis que sa main droite tenait la poêle. Le cochon continuait ses grognements et ses soubresauts, mais on sentait bien que chaque goutte de sang sortie de son corps l'affaiblissait et diminuait la puissance de sa résistance.

— Saigne-le bien jusqu'au bout, dit Buffétrille. Un cochon qui saigne pas, c'est des jambons immangeables...

— Ayez confiance, répondit Joseph, agacé. Depuis le temps que je vous en tue, est-ce que vous avez eu des jambons à jeter ? Votre cochon crachera jusqu'à sa dernière goutte...

Buffétrille remarqua l'irritation. Il était Beauceron, né natif de la région de Beauché, propriétaire d'une ferme de plus de cent cinquante hectares héritée en totalité de ses parents. Le bonhomme était plutôt court sur pattes, le visage rougeaud et les cheveux clairsemés sous son chapeau de feutre. Son ventre rond traduisait la gourmandise et l'appétit de petits bonheurs qu'il cueillait tout au long de la journée en seigneur qui régnait sur un monde qui le craignait et redoutait ses coups de gueule plus que ses coups de pied au cul. Sa ferme était la seule grande ferme de Marville, hameau de Hennebeaux-Sainte-Croix. La majorité des terres qui se trouvaient au sud et à l'ouest du hameau lui appartenaient : de la bonne terre, la meilleure de la commune. Une quinzaine d'ouvriers travaillaient en permanence dans la ferme : une demi-douzaine de charretiers pour s'occuper des quinze chevaux, des vachers, des bergers, des ouvriers tout court, comme ce pauvre P'tit-Coup qu'il se vantait d'avoir recueilli malgré sa bêtise, mais qu'il savait utiliser aux travaux les plus pénibles sans lui fournir davantage que la soupe et une mauvaise couche de paille dans l'étable. Quand les travaux d'été arrivaient, il engageait des saisonniers bretons ou solognots.

Madame Buffétrille était une dame, une dame patronnesse plus exactement, qui passait son temps à l'église, en prières ou dans la pénombre de sa maison dont les volets restaient le plus souvent clos. Elle sortait rarement dans la cour de la ferme, semblait se désintéresser des choses de ce monde. Elle n'utilisait le plus souvent que l'entrée des maîtres, celle qui donne directement sur la route. C'était la fille d'un notaire de Châteaudun qui, disaient les mauvaises langues du village, n'avait évité le scandale d'une banqueroute frauduleuse que grâce à l'apport des capitaux de Buffétrille père. De temps en temps, elle partait plusieurs jours dans le Vendômois où elle possédait des biens qu'elle allait surveiller.

Petit à petit, le jet de sang qui sortait des lèvres douloureuses et molles de la plaie percée dans la gorge du goret tarissait. P'tit-Coup vida encore une poêlée de sang et touilla avant de mettre le couvercle au bidon.

— Voyez Monsieur Buffétrille, annonça-t-il en montrant la hauteur du sang sur son bras rouge jusqu'au coude, il en a même donné un peu plus que les autres.

— C'est bien, dit Buffétrille, t'auras p't'être droit à un bout de boudin supplémentaire alors...

Et il tourna les talons, montrant ses épaules larges dans son éternel costume de velours marron.

Grand-Soif revenait, chaussé de sec et de propre. Il apportait sous ses bras deux grandes bottes de paille blonde.

— Il pourra pas dire que je le dorlote pas celui-là, dit-il quand il fut près des deux hommes. Quand il arrivera au paradis des gorets, il pourra pas m'accuser d'avoir de la rancune.

Ils étalèrent la paille sur le cochon et Joseph battit son briquet pour y mettre le feu. Une odeur piquante de paille d'avoine et de poils de cochon grillés s'éleva dans la ferme en un crépitement qui éloigna les volailles. Quand un flanc fut brûlé, on balaya grossièrement les cendres avec un balai de bouleau, on retourna le cochon et on renouvela l'opération sur l'autre côté.

— L'avait pas l'air content le patron, dit P'tit-Coup, les deux mains posées sur le bout du manche du balai, en attendant que le feu fasse son travail.

— Paraît qu'y a plus jamais droit, ricana Grand-Soif avec des sous-entendus vicieux dans le coin de la bouche. Dame, c'est un sale coup pour Popaul.

— T'en sais rien, tu tiens pas la chandelle, répliqua P'tit-Coup.

— Je te l'dis moi, reprit Grand-Soif d'un air sérieux, paraît qu'il a déjà été voir le berger pour lui retenir ses plus grosses brebis ; il a la queue qui lui démange, Pépère.

P'tit-Coup ne devinait pas la plaisanterie et il mordait au piège.

— Oh, oh ! tu m'dis des conneries... dit-il perplexe, s'efforçant de réfléchir, ce qui traçait de longues rides sur son front.

Le cochon achevait de griller ; il ne restait plus qu'une large flamme qui courait dans la poignée de paille plus épaisse qui avait été jetée sur les cuisses de la bête. À ce moment, Marie, la bonne de la ferme, une belle gaillarde d'un peu plus de vingt ans, s'approcha pour prendre le bidon de sang. Elle était belle, de cette beauté grasse qui donne envie aux hommes de saisir une femme aux seins et aux cuisses. Car elle les avait généreux les seins : ronds, saillants, provocants, agressifs presque et on en devinait, sous le corsage de coton blanc, toute la douceur, la fermeté, le galbe. Et les cuisses ! à vous donner envie de la trousser d'un coup et de caresser ces rondeurs offertes à l'excitation des mâles de la ferme quand elle se penchait en avant. Mais le plus provocant, c'était ses yeux, verts, vifs, coquins, à vous faire penser qu'elle savait faire des choses que les autres ignoraient, et qu'elle était capable de vous faire courir des frissons dans le bas-ventre uniquement en vous caressant du regard.

— Tu vois, il est comme toi, celui-là ! l'accueillit Grand-Soif.

— J'vois pas ce que j'ai à voir avec le goret, répondit-elle à moitié vexée, mais devinant déjà une fine plaisanterie dont elle avait l'habitude.

— Mais si, il est pareil : lui aussi, il a le feu au cul, reprit Grand-Soif, dans un grand éclat de rire.

P'tit-Coup se mordait les lèvres en la regardant se baisser pour prendre le bidon. Il rit aussi en imaginant de chaudes flammèches sous la toile tendue de la jupe.

— T'es pas con toi au moins, répondit-elle sans rougir. J'parie que tu serais prêt à devenir pompier dans c't'incendie !

— Ma foi oui, dit Grand-Soif, j'me laisserais même bien brûler la lance pour que ça dure un peu. Enfin, si t'as besoin…

— Besoin de toi, ben mon vieux, faudrait qu'il y ait une sacrée disette dans le pays !

Elle prit le bidon, le souleva avec peine en se déhanchant et s'éloigna à petits pas irréguliers. Joseph n'avait rien dit. Il s'était contenté d'écouter en souriant. Il ne plaisantait pas de cette façon, mais le bagout de Grand-Soif le divertissait et il s'en amusait.

— Garce de fumelle ! bougonna Grand-Soif. Elle tient pourtant mieux sur le dos qu'une bique sur les cornes…

Le feu s'éteignait. Grand-Soif donna un coup de pied dans les cendres et sortit son couteau de sa poche. Il se baissa et coupa net la queue en tire-bouchon du verrat. Il la lança encore chaude dans les mains de P'tit-Coup en lui disant assez bas :

— Cours lui porter. On lui garde toujours… Elle va être contente.

Le grand benêt s'empressa de courir derrière la bonne et quand il fut sur le point de la rejoindre, Grand-Soif cria de la voix forte et éraillée qu'il utilisait dans les champs les jours de grand vent :

— P'tit-Coup voudrait que t'essaies celle-là ; la sienne, elle est pareille et elle fait ressort…

P'tit-Coup rougit en comprenant la plaisanterie dont il était une fois de plus la victime. Grand-Soif et Joseph riaient bruyamment. Marie prit la queue d'une main, les épaules de P'tit-Coup de l'autre et répondit, gaillarde et hardie à en faire se sauver le pauvre idiot.

— Pourquoi pas si y a autant de poils au bout de la sienne.

On rit encore, mais Joseph s'était déjà mis au travail. Les deux autres sentirent que l'heure des amusements était terminée et ils préparèrent l'échelle, la grande table et toutes les marmites. Joseph, avec un large couteau au fil refait de frais, commença à raser la couenne. Cela dura une dizaine de minutes, puis on coucha le cochon sur l'échelle et on lui attacha solidement les pattes arrière aux montants. Quand l'échelle fut relevée le long du mur, le groin pendait à quelques centimètres des pavés… D'une estafilade précise, Joseph fendit le ventre tendu. Alors une étrange danse commença. Joseph tirait les intestins, les organes, des morceaux de viande roses et exsangues, de larges pans de poitrine ou de gras qu'il dirigeait d'un ordre bref donné à Grand-Soif ou à P'tit-Coup.

— Dans la terrine.

— Dans la marmite.

— Dans la bassine.

Quand il ne resta plus que la carcasse vide, Buffétrille revint surveiller les opérations. Il ramenait avec lui deux autres femmes chargées de cuire les interminables préparations des différents morceaux. Car on ne perdait rien dans le cochon, ni les boyaux, ni la graisse, ni les pattes, ni la tête, ni la viande, ni les os, ni même la queue que l'on pendait près des outils pour graisser les scies.

— Emportez tout ça à la cuisine, ordonna-t-il aux deux femmes et aux deux hommes.

On emporta les lourdes gamelles dans la vaste cuisine où une table supplémentaire avait été installée et où un feu du tonnerre de Dieu pétillait.

— Vous avez pas à regretter votre choix, Monsieur Buffétrille, dit Joseph. Regardez comme il est bien en chair ; visez les cuisses et la poitrine. Le temps qu'on voit le fond du *pot à salé*[1], l'hiver sera bien installé…

— Pas tant que tu crois, avec tous ces goinfres à nourrir… commença-t-il dans un éternel besoin

1. *Pot à salé : pot où l'on conservait la viande de porc salée.*

de gémir et de médire sur ces ruineux appétits des ouvriers qui réclamaient sans cesse.

Mais quand il remarqua qu'il se trouvait seul avec Joseph, il se ravisa et le ton redevint plus cajoleur.

— … Oui, t'avais ben raison… continua-t-il sans enlever les mains de ses poches. Tu vas me l'découper comme d'habitude, t'as la main bien plus précise que les femmes… Et puis t'oublieras pas de mettre un bon bout de poitrine de côté pour ton travail…

— Comme d'habitude, quatre livres, c'est le tarif, répondit Joseph, du ton assuré qu'il savait adopter parfois quand il se sentait pris pour un domestique.

— Oui, quatre ou cinq, tu les as bien méritées.

— Quatre, c'est quatre ! J'vous en prendrai pas plus…

Buffétrille abandonna le sujet et fit mine de s'en aller.

— J'vas faire un tour aux perdreaux, dit-il en se retournant. On a vu une belle compagnie dans la pièce du Buisson Galant. Au moins quinze têtes…

Buffétrille portait son fusil canon pointé vers le sol, courroie de cuir passée sur l'épaule, la crosse calée contre l'omoplate. Joseph le regarda et reprit son travail sans relever les yeux des côtes du porc. L'allusion était claire ; il avait compris. La majorité des pièces de son oncle Jean se trouvaient au Buisson Galant. Et l'oncle Jean était mort depuis près de trois semaines. Joseph et sa femme s'étaient occupés de tout, du mort et du ménage dans sa maison, de veiller le cadavre aux longues moustaches républicaines et de prévenir les gens. Joseph avait fait les papiers à la mairie et chez le curé. Ses trois cousines n'étaient venues de Beauché et d'Orléans que le jour de l'enterrement. Après la cérémonie dans le petit cimetière de Hennebeaux, on avait tous collationné à la ferme. Marguerite avait fait les choses comme il faut et ils s'en étaient tous mis jusqu'à ras la glotte. Les cousines, à cause de leurs commerces, n'avaient rien pu préparer, mais eux, les Pichot, avaient enterré l'oncle Jean comme s'il se fut agi d'un père.

Un peu avant de repartir le soir, on avait eu une conversation pour les terres, courte, tout était sous-entendu depuis si longtemps ! Les trois cousines étaient d'accord pour céder les six hectares de terre à Joseph. La petite maison de l'oncle Jean devait être vendue à part, ne pouvant en aucun cas être considérée comme bâtiment d'une ferme allant avec les terres. Le notaire avait été prévenu la semaine suivante pour préparer les papiers. Il avait donné congé à Buffétrille. Il n'y avait pas de bail, donc pas de délais à respecter, simplement des questions de remise en état de terres à rendre. Et maintenant Buffétrille rongeait son frein : ces terres, il les convoitait aussi, bien qu'il n'en eût pas besoin, ses cent cinquante hectares lui assurant bien plus qu'il ne lui en fallait pour vivre. Mais la terre engendre une soif de posséder qui ne s'explique pas. Il ne se faisait guère d'illusions, mais il voulait encore essayer. Il avait devant lui une fille ronde à vous donner des démangeaisons dans les doigts : il savait qu'il ne pouvait pas la prendre tout entière, mais il voulait encore essayer de la caresser un peu…

— Dis donc, elles vont rudement agrandir tes parcelles, ces pièces du Buisson Galant, poursuivit-il. En plus qu'elles sont toutes à côté des tiennes, tu parles d'une chance…

— Oui, répondit Joseph, retenant mal un sourire où se mêlaient la satisfaction d'un désir et une pointe de vengeance envers ce gros propriétaire toujours prêt à écraser du talon un plus petit.

— Paraît que tes cousines ont même pas cherché ailleurs, reprit-il, tu peux leur dire merci. Pour une aubaine…

— Vous savez, quand on est dans le commerce, on a besoin d'argent pour moderniser. Tenez, Lise veut complètement refaire la petite fabrique de dragées, elle veut racheter des machines, alors deux hectares, c'est deux hectares.

— Tu fais ben, mon gars, répondit Buffétrille, mais j'me demande quand même si tu t'en fous pas un peu beaucoup sur le dos. Dans le fond, tel que tu vivais là, c'était bien plus sûr : un jour sur deux chez toi, un jour sur deux à travailler pour les autres ; t'étais indépendant tout du long de l'année et t'avais des revenus qui tombaient à date fixe, comme une rente. Tandis que maintenant tu pourras compter que sur tes bras...

— Oui, faudra compter sur ses bras... Vous m'direz que ça doit être possible, mon grand-père a bien vécu sur ces onze hectares toute sa vie et il avait deux enfants à lui et les deux à son frère qui s'était pendu quand sa femme était partie avec un roulier.

— Ces terres, faudra ben les payer, reprit Buffétrille, et même si t'en as un peu de côté, parce que j'te crois un gars prévoyant, faudra qu'on t'en prête, et pour les rendre, ce sera dur... Non, tu vois, à ta place, j'en aurais pris que la moitié et j'aurais laissé le reste à quelqu'un qu'aurait payé comptant...

Joseph ne répondit rien. Il découpait de larges pans de viande qu'il venait ensuite aligner sur la table sans même lever les yeux. Il se sentait calme, de la force du vainqueur. Buffétrille restait debout, appuyé sur ses courtes jambes légèrement fléchies dans son costume de velours dont les guêtres cachaient le pantalon jusqu'au haut du mollet. Son fusil de petit calibre avait des chiens ciselés et une plaque de crosse rembourrée.

« De l'arme de riche, pensa Joseph, mais l'année prochaine, les perdreaux seront pas pour toi... »

Buffétrille glissa son pouce entre la courroie et son épaule. Il reprit :

— Moi, tu sais que je suis prêt à en payer un bon prix. Avec toi, tu dois bien te douter que j'ai pas l'intention de marchander surtout que c'est de la bonne terre... Non, moi, j'verrais plutôt ton intérêt parce que tu t'en fous trop sur les reins d'un coup et que si t'as deux mauvaises récoltes de rang, tu s'ras obligé de vendre à perte, à cause des intérêts de l'argent emprunté.

— Si ça se produit, j'penserai à vous, répondit Joseph sans chercher à cacher son sourire.

— Réfléchis encore un peu avant... rien n'est signé...

— Non, rien n'est signé... répéta Joseph en posant bruyamment un jambon sur la table.

Buffétrille vint examiner la viande et partit en disant :

— Bon, j'vas faire un tour aux perdreaux !

Et il s'éloigna de son pas lent et pesant d'homme de la terre, la main toujours refermée sur la bretelle de son fusil. Quand Joseph fut seul, toute la vie de la ferme lui apparut à nouveau. Des poules s'approchèrent de lui pour becqueter toutes les saletés qui avaient pu tomber. Des canards venaient patauger dans l'eau. Les chiens aboyaient aux grilles des chenils. Des hommes charriaient des pailles et sortaient du fumier des étables. Il y avait des bruits de bois ou de métal frappés, des beuglements, des appels, des claquements de porte. La ferme vivait à pleins poumons.

P'tit-Coup revint seul, avec des linges propres pour envelopper les jambons. Il s'approcha. Joseph vit tout de suite qu'il était contrarié :

— Il est con Grand-Soif, on voit ben que c'est pas lui qui travaille avec les femmes après des conneries pareilles, lâcha-t-il, comme une outre qui se vide. La Marie, elle m'a attrapé au milieu de la cuisine devant les autres bonnes femmes et elle voulait m'pognasser pour voir si elle était en tire-bouchon avec du poil au bout. Tout le monde rigolait ; tu parles si j'ai eu l'air fin... J'aime pas quand elle me saute dessus. Y perd rien pour attendre... J'vas te lui en préparer une aussi de connerie, tu vas voir...

Et il sortit de sa poche une boîte de fromage vide qu'il se mit à emplir délicatement avec de la fiente de cochon. Joseph riait entre ses dents en le voyant faire avec autant de sérieux...

— Eh ! le fromager ! Quand t'auras fini, tu prendras le bout de la table et on portera l'tout d'un seul coup à la cuisine, parce que j'ai plus qu'à couper les cordes et à ranger l'échelle...

Joseph s'essuya les mains et les plongea dans le seau d'eau.

— Après, on va aller réclamer le casse-croûte, mon estomac me dit que les 9 heures ont sonné depuis un moment.

— On a notre collation toute prête dans le réfectoire, répondit P'tit-Coup en fermant sa boîte dont il essuyait les bords avec son doigt afin de parfaire le piège.

Joseph et P'tit-Coup empoignèrent le bord de la lourde table chargée des quartiers de viande et l'emportèrent toute chargée à la cuisine où les femmes, rouges et en nage, s'affairaient pour préparer le boudin, les saucisses, les pâtés, les rillettes, les salés et le frais. Ils la placèrent à proximité des chaudrons puis allèrent s'asseoir dans le réfectoire. C'était une vaste pièce voisine de la cuisine, nue, tout en longueur. On y pénétrait par un bout. Face à l'entrée, une grande cheminée à la hotte droite et haute montrait sa vaste gueule noire. Les fenêtres donnaient sur le jardin. Une longue table de chêne s'allongeait sur sept mètres au moins. De chaque côté, des bancs de bois offraient une vingtaine de places assises. Dans le bout, le dos à la cheminée, la chaise paillée du maître charretier avait des allures de trône. Le sol aux pavés de terre cuite rouges et hexagonaux luisait encore du lavage qu'il venait de subir. Au tout début de la table, deux assiettes contenaient une épaisse tranche de poitrine salée. Le pain et la chopine de picrate avaient été posés au milieu.

Les deux hommes s'assirent face à face en bout de bancs et sortirent chacun de leur poche le couteau dont ils ne se séparaient jamais. Joseph coupa une tranche de pain et tendit la miche de quatre livres au commis. Puis il se mit à tailler entre la lame de son couteau et son pouce de gros carrés de pain et de cochon qu'il enfournait alternativement. Il servit deux verres de piquette qu'ils burent d'un trait en faisant claquer leurs langues.

— Faut se dépêcher de le boire, dit Joseph, il gagnera pas beaucoup à vieillir.

Marie entra, belle, rouge, le corsage dégrafé pour avoir moins chaud. Elle apportait deux *bouleaux*[1]. Quand elle se pencha pour poser l'assiette sur la table, P'tit-Coup, malgré lui, jeta un coup d'œil dans l'échancrure du corsage qui laissait voir le galbe désirable des deux seins blancs, fermes et tentants.

Marie le remarqua ; elle se pencha un peu plus en ramenant ses bras en avant pour détendre l'étoffe jusqu'à permettre au regard de deviner le mamelon. Quand elle le vit rosissant, elle se releva avec un faux air fâché en criant :

— Mais, il devient vicieux celui-là, déjà qu'il paraît qu'il a du poil au bout mais qu'il le cache comme les sous de la patronne. Non, mais des fois, il irait bien foutre la main dans le nid pour dénicher les œufs.

Elle se baissa jusqu'à lui parler dans le visage et lui cria :

---

1. Bouleau : pomme enrobée de pâte et cuite au four.

— Gros cochon !

Et elle partit prestement à la cuisine en éclatant de rire. P'tit-Coup regarda Joseph, un peu honteux, content quand même d'avoir un peu pris de ce qui ne lui était jamais offert.

— Elle se fout de moi, j'vois bien, dit-il, pourtant si j'disais tout ce que j'sais et que j'ai vu, la patronne, elle verrait rouge…

Il prit des airs mystérieux et hocha plusieurs fois la tête. Joseph continuait à mastiquer. La vue de ces deux seins ronds et vivants comme de jeunes pigeons chauds et turbulents l'avait émoustillé, et il entreprit de faire parler le benêt.

— À moi, tu peux bien le dire ce que t'as déjà vu ! Non ?

— Ça vous surprendrait trop : vous pouvez pas avoir idée, répondit P'tit-Coup en pointant son couteau vers la cuisine et en balançant la lame comme pour tailler un crayon.

— Tu l'as surprise dans la paille un peu retroussée au moins ?

— Oh ! pour sûr ! Et plus d'une fois encore, avec Désiré le berger, et puis le Constant qui nous mène aussi dur que le patron parce qu'il est premier charretier et puis d'autres encore…

Il reprit ses mouvements mystérieux et secrets.

— Et puis qui encore ? continua Joseph en souriant.

— Y a quatre jours, j'étais dans le grenier des étables en train de mettre du grain en sacs. V'là que j'entends la porte qui se ferme en bas. J'me dis : « C'est encore Grand-Soif qui fait une connerie et qui m'enferme pour que je sorte la tête sur le toit et que je gueule pour qu'on m'ouvre. » Je regarde par la trappe. Eh ben, pas du tout. La porte était ben fermée, mais c'était le patron qui venait de la fermer et il mettait le crochet de l'intérieur. La Marie était devant. Elle s'est couchée sur un tas de bottes et elle s'est retroussée comme ça, sans un mot, en souriant. L'avait rien en dessous. Ça, j'peux dire que j'ai vu une sacrée touffe ! Noire et frisée comme une bobine de fil emmêlé. « Mets-toi de dos » qu'il a dit en baissant sa culotte… et elle l'a fait. Y avait pas de poils au bout, mais ça devait pourtant la chatouiller parce qu'elle se tordait, j'te l'dis. « Cambre-toi donc, qu'il répétait, cambre-toi. »

— Ma parole, j'crois ben qu'il l'a pas assez longue…

Les deux hommes partirent d'un gros rire. Dehors, sur l'allée pavée de l'entrée des maîtres, on entendit le bruit du bandage de fer des roues d'une petite carriole. Madame Buffétrille sortait dans son habit noir, son missel à la main. Les deux hommes se regardèrent, mirent la main devant la bouche et continuèrent à pouffer en levant leurs verres et en trinquant.

II

Des envies de progrès

JOSEPH ENROULA LA TOILE GRISE du semoir autour de son bras gauche, recula sur le chemin de terre et marcha vers son champ en s'efforçant de prendre un pas régulier. Sa main droite saisit une pleine poignée de semences. Au premier pas dans la terre profonde, la mécanique se mit en route : le bras partit en arrière, revint et lança en direction de l'horizon une pluie de minuscules gouttes dorées qui s'immobilisèrent un instant dans l'air avant de retomber dans le brun puissant de la terre. Le pied avança, la main replongea dans la poche à grain. Le pas suivant ramena le bras en arrière et une nouvelle volée de grains jaillit de la main ouverte vers le ciel. L'homme devint un automate où la régularité du mouvement des jambes régla à son tour le mouvement de la main et le jet fécondant du blé dans la terre.

Joseph aimait les semailles. Ce n'était pas un travail pénible. Il avait plaisir à prolonger son geste, levait les yeux vers cette main aux doigts largement ouverts dans le ciel, s'appliquait pour que la ligne de ses pas trace sur la terre nue un chemin droit, toujours plus parfait, pour le plaisir, pour la beauté du geste et du pas.

Il emblavait sa plus belle pièce : cinq mines d'un seul tenant, bien exposées, bordées par le grand chemin qui partait du bourg de Hennebeaux où il avait sa ferme en direction du bois du Pendu. Son père la tenait de son père et l'origine de cette possession se perdait dans l'oubli du temps. Ce dont Joseph était sûr, c'est que cette pièce d'un hectare vingt-cinq avait toujours été la fierté de sa famille et qu'elle avait toujours su se montrer généreuse avec ceux qui l'avaient traitée en maîtresse exigeante. Joseph arriva au bout du champ. Il cessa de projeter la semence et marcha encore quelques pas pour préparer le retour. Il s'arrêta et s'essuya le front d'un revers de manche. D'un seul regard, il possédait le champ tout entier, vaste rectangle de terre lourde et brune. Il pensa un instant que son père, son grand-père et les autres qui avaient semé avant lui l'avaient regardé des centaines de fois aussi, probablement en éprouvant la même jouissance.

À trente-six ans, Joseph possédait une solide expérience. Il savait travailler et exiger un maximum de ses quelques hectares. Chaque année, il regardait les résultats de ses voisins et comparait.

Bien sûr, il aurait été possible de faire davantage, d'augmenter les rendements, de réduire sa peine, mais pour cela il aurait fallu plus de matériel et regrouper les parcelles. Il possédait une multitude de petits champs aux quatre coins de la commune : un boisseau et demi sur la route de Beauché, cinq parcelles dans les Ouches dont la totalité ne représentait pas un *squet*[1], une mine enclavée dans les terres d'Albert Archambault qu'il ne pouvait pas cultiver comme il voulait parce qu'il fallait toujours passer sur les terres du voisin. Quand le père mourait, chaque champ devait être partagé en autant de parcelles que d'enfants, afin qu'aucun d'eux n'ait l'impression d'être lésé : cinq hectares, cinq enfants ! Mais il ne suffisait pas que chacun ait un hectare, encore fallait-il que chacun ait dans son hectare un cinquième de chaque pièce. Tradition stupide qui morcelait les terres un peu plus à chaque génération. Toute sa vie, le paysan essayait ensuite de procéder à des échanges, de regrouper un peu ses terres, avant qu'elles ne soient partagées à nouveau par ses propres héritiers et que tout recommence.

Joseph regarda au loin l'attelage de herses que menait Albert Archambault. Il passait derrière lui pour enfouir la semence. Albert et lui, c'était deux frères, deux frères de travail qui mettaient

1. *Squet : mesure agraire ; environ 50 ares.*

depuis des années leur sueur en commun. Albert prit la bride du cheval de tête et l'entraîna vers le haut de la pièce. Bayard se raidit sur ses larges pattes, enfonça ses sabots un peu plus profondément dans la douceur du sol et tendit les chaînes. Derrière lui, le cheval plus clair suivit. La herse se mit à rayer la terre d'une multitude de minuscules sillons où les grains s'enfouissaient. Un seul cheval aurait facilement fait le travail, mais les Archambault avaient une réputation de dresseurs. Albert avait toujours vu son père acheter des poulains dans le Perche et les ramener fringants et sauvageons au bout de la longe de cuir. En général, il les achetait à un an pour les revendre à trois ou quatre quand, dociles et obéissants, ils avaient terminé leur apprentissage et pouvaient partir en ville, tirer les carrioles des commerçants ou des usiniers. Albert aimait dresser de jeunes chevaux. C'était une véritable éducation qu'il donnait à l'animal, faisant beaucoup plus appel à son intelligence qu'à la peur utilisée par les mauvais dresseurs. N'importe qui n'en était pas capable. Il fallait de la douceur, de l'autorité, de la patience. Et puis, c'était un placement. Les bonnes années, celles où la chance et le flair faisaient découvrir une bonne bête, il revendait le cheval deux à trois fois le prix du poulain.

Joseph baissa la main qu'il avait portée en visière au-dessus de ses yeux pour mieux voir l'attelage d'Albert. Il affermit la toile du semoir, recula de quelques pas et reprit sa marche d'automate. La main plongea. Le poing apparut et la semence dorée jaillit dans le ciel. Au rythme d'un balancier, le bras monta et descendit, la main s'ouvrit et se ferma. Ses pas réguliers s'enfonçaient doucement dans la terre moelleuse. Il éprouvait toujours un grand plaisir à sentir sous son soulier le limon épais et tiède. C'était plus que de la terre, c'était plus que son outil de travail ; il sentait confusément toute la sueur de ses ancêtres, toute la passion, tout le désir qu'elle avait suscité en eux. C'était aussi sa famille.

Quand il arriva au milieu du champ, il croisa Albert. Ses chevaux marchaient lentement et puissamment, imprimant dans le sol de gros fers épais que les dents de la herse effaçaient derrière eux. Joseph s'arrêta et lança :

— Encore deux passées et ce sera fini. Tu devrais dételer Bayard et le mettre au rouleau. Dès que j'arrive au coin, je roule.

— Je le fais au retour, cria Albert en mettant sa main en porte-voix.

Les chevaux repartirent. Le semeur lança son bras en l'air. Tout recommença. Avec Albert, ils cultivaient toutes leurs terres ensemble : ses cinq hectares, bientôt onze, avec les six des Archambault. Joseph avait beaucoup de connaissances agricoles. C'est lui qui conseillait, qui choisissait les solutions les plus judicieuses. Ils mettaient leur matériel en commun – du vieux matériel pour l'essentiel –, leurs chevaux, leur travail et surtout leur sueur. Ils s'entendaient bien. Ils gagnaient du temps et de la peine, se soutenaient les années difficiles. Au moment de faire ses comptes, chacun d'eux s'y retrouvait et comprenait que l'association était bonne. Mais Albert, s'il se montrait fidèle associé et honnête travailleur, n'évoluait pas vite. Il ne comprenait pas facilement que des améliorations étaient possibles, en cultivant les parcelles voisines de la même façon et en même temps, en achetant du matériel moderne plus performant, en adoptant de meilleures méthodes. Il ne voyait pas l'intérêt de faire différemment de son père : un champ devait être planté en blé ou seigle une année, en avoine ou orge l'année suivante et laissé en jachère nue la troisième année, avant de recommencer ces trois soles à perpétuité. Depuis des siècles sans doute, la terre avait subi ce cycle immuable et Albert redoutait de lui imposer un autre rythme. Il avait une grande confiance en Joseph, en son esprit ouvert et progressiste, et il se laissait toujours convaincre, poussé sans doute par cette sagesse séculaire qui l'entraînait vers le chemin du mieux-être.

Joseph avançait en automate bien réglé et confiait à sa terre les milliers de graines dont les germes drus puiseraient la substance. Il pensait au semoir mécanique qu'il avait vu en activité dans une grande ferme près d'Orgères. Il s'imaginait conduisant cette machine à semer en lignes droites et régulièrement espacées. Un seul passage au lieu de deux et la semence était enfouie. Et quelle facilité plus grande pour passer entre les rangs, couper chardons, *ponciaux*[1] ou bleuets au printemps. La plupart des fermiers riaient de cette mécanique encore imprécise. Dans la grande ferme près d'Orgères, des molettes s'étaient coincées l'année dernière et la machine avait semé en pointillé. Était-ce bien nécessaire d'échardonner et de couper les herbes et les fleurs dans les blés ? Joseph savait que les moqueurs récoltaient autour des douze quintaux l'hectare, alors que dans cette ferme, on dépassait les vingt, pour approcher les vingt-cinq dans les meilleures parcelles. Cela, Albert ne le comprenait pas encore, mais Joseph ne perdait pas espoir de le convaincre.

Quand il arriva à l'extrémité du champ, le bras cessa son mouvement de balancier. Au loin, le village de Hennebeaux se tassait autour de son fin clocher d'ardoise. On ne voyait des maisons que de grands rectangles de bauge, aveugles, nus, sans ouverture vers l'extérieur, comme de gros hommes épais et frileux assis de dos. On reconnaissait

1. *Ponciau : coquelicot.*

facilement les maisons d'habitation à leurs couvertures de tuiles plates et brunes. Les bâtiments qui abritaient le matériel, les bergeries, les écuries, les étables étaient largement couverts de chaumes que les pluies d'hiver noircissaient. Seule, au centre, recevant le regard de toutes ces demeures, l'église se distinguait par son toit d'ardoises brillantes.

À l'entrée du village, il devina la ferme d'Albert, puis derrière, plus vaste, réunis autour d'une cour carrée dont le gros tas de fumier occupait la moitié, les bâtiments de sa propre ferme. Il chercha ses quatre vaches, dans le pré. Elles étaient allongées, immobiles, sous les vieux pommiers. Tout autour des vaches, les grosses fleurs blanches des poules en mal de grattage se déplaçaient paisiblement. Joseph avança sur le chemin en direction de l'attelage. Tout en marchant, il déroula la toile grise du semoir et dégagea son bras engourdi par l'immobilité et le poids du grain. Il versa le reste de la semence dans le sac, dénoua la ficelle qui maintenait la toile autour de ses reins et se libéra du semoir en le montant au-dessus de sa tête, comme il l'aurait fait d'une chemise.

Albert revenait. Le brave Bayard marchait devant, tirant sur les longues chaînes qui, derrière, encadraient Mouton, le jeune dont la docilité permettait un apprentissage rapide et facile. Albert marchait à hauteur de la tête de son percheron. Au fur et à mesure qu'il approchait, on devinait les paroles qu'il lui adressait. Il n'était pas d'un naturel bavard avec les hommes, mais il se montrait intarissable avec ses bêtes. Sans doute était-ce là le secret des qualités de dresseur que les Archambault possédaient depuis des générations. Quand il arriva du pas lent de ses bêtes, il releva sa casquette et amena sa herse au bord du chemin.

— Ho, Bayard ! ho ! lança-t-il de sa belle voix grave.

Il portait autour du cou, un fouet de cuir beige au manche tressé avec des nerfs de bœufs, fouet dont il ne se servait jamais, sauf peut-être quand il surprenait deux amoureux dans la paille d'une meule isolée et qu'il en tirait deux ou trois claquements puissants et sonores comme des détonations de fusils pour les surprendre. On entendait alors son gros rire résonner dans la plaine et les tourtereaux, dépités, rouges, de la paille dans les cheveux et les vêtements, le regardaient stupidement.

— C'est de la belle ouvrage, dit Albert, quand ses chevaux furent arrêtés.

— Oui, un vrai temps à faire du blé. Tu verras, reprit Joseph, à la façon dont on va te la travailler cette pièce, je suis sûr qu'elle donnera ses huit ou neuf quintaux par *squet*.

— Rêve pas, il est pas encore germé, lança Albert, au milieu d'un rire sonore qui fit tourner la tête de Bayard.

Lentement, avec les gestes lourds des paysans, Albert alla vers le cheval de tête, et tandis que sa main droite flattait l'encolure aux fins poils brillants et chauds, la main gauche dégrafait les chaînes en faisant sauter les mousquetons des attaches du collier. Puis, quand Bayard fut libéré, il alla vers Mouton et détacha complètement les chaînes. Bayard ne bougeait pas. Ses quatre grosses pattes semblaient plantées dans le sol comme des troncs d'arbres. Bayard, c'était plus d'une tonne de muscles et de force. Joseph acheva de plier soigneusement son semoir. Il regardait. Comme Albert, il aimait les chevaux, surtout les gros percherons à la croupe puissante et ronde, aux reins larges, au port de tête élégant et doux.

— Ho, Bayard ! ho ! Avec moi mon vieux, maintenant, dit-il en lui posant la main sur l'épaule.

La robe noire frissonna comme si Joseph venait d'interrompre quelque rêve dont les yeux de l'animal, perdus sur l'horizon de la plaine, laissaient seuls entrevoir le secret. Il prit la bride tout près du mors, tandis qu'Albert saisissait les limons du rouleau pour les soulever à hauteur du ventre. Il fit reculer le cheval pour l'atteler.

— Drieu, drieu, Bayard…

Le cheval obéissait docilement aux ordres et se laissait guider avec confiance. Quand il sentit les limons contre ses flancs, il s'arrêta de lui-même et attendit sans bouger que les deux hommes se positionnent de chaque côté. Il secoua la tête de gauche à droite et de droite à gauche plusieurs fois pour libérer ses deux courtes oreilles de l'agacement provoqué par des mouches.

— Moi, j'te dis qu'on va les faire nos neuf quintaux par *squet*, reprit Joseph en regardant son compagnon par-dessus le dos de l'animal tandis que leurs mains passaient les limons dans les harnais de cuir noircis par la sueur.

— Tu vois, tout le monde fait du *bleu de Noé*[1] ou du *gris de Saumur* ou du *blé de Bordeaux*, et ils ont tous des problèmes, dit Joseph.

— On n'y peut rien, c'est la nature ça, répondit Albert en passant la courroie plate de la sous-ventrière.

— J'ai rien dit à personne, mais moi, je viens pas de semer de ces blés-là, reprit Joseph.

— Et qu'est-ce que tu leur reproches ? demanda Albert en se relevant.

— Ce que je leur reproche ? Et d'un, le *bleu de Noé*, je lui reproche d'attraper la rouille tous les ans. Et de deux, le *gris de Saumur*, je lui reproche de pas taller suffisamment.

— Et puis la rouille aussi se jette dessus, coupa Albert, comme la vérole sur le bas clergé…

---

1. *Bleu de Noé, gris de Saumur, blé de Bordeaux, Gironde, Bon fermier, Japhet, Dattel sont des variétés de blés.*

— Et de trois, le *blé de Bordeaux* rend pas : t'en connais qui font plus de cinq ou six quintaux au *squet*, toi ? demanda Joseph.

Albert semblait sceptique : il suivait souvent les décisions de Joseph, mais il était toujours surpris par ses propos. Oui, c'était vrai, tous les blés avaient des défauts, mais est-ce qu'on y pouvait quelque chose ? Est-ce qu'on pouvait imposer à la nature ? Avait-on jamais vu des blés sans rouille et des hivers sans gelées ? Il serra les harnais et passa les sangles dans les passants. Puis il les fit coulisser pour les ajuster de façon à ce qu'aucune lanière ne batte les flancs du cheval.

— C'est pas un essai, reprit Joseph, je viens de semer toute ma grande pièce avec une variété nouvelle : c'est du *Gironde.* Je l'ai eu en le commandant avec Étienne. Étienne, tu sais, le gars du Gault. Dame, c'est de la semence qui coûte cher, mais les spécialistes disent qu'il attrape pas la rouille et qu'il résiste à la sécheresse.

La sécheresse : en voilà un mot qui revenait souvent dans la bouche des Beaucerons. La sécheresse ! Il n'y a pas d'eau en Beauce, pas de rivière, pas beaucoup de pluies au printemps et en été. Encore heureux quand on a assez d'eau pour les hommes et les bêtes. Et quelle eau ! Le plus souvent l'eau croupie de la mare aux grenouilles où tout à la fois les chevaux et les vaches boivent, les fermières lavent le linge, les canards barbotent et les charretiers nettoient les pieds des animaux au retour des champs. L'eau la plus pure vient des puits, mais à Hennebeaux, la nappe se trouve à plus de quarante mètres de profondeur.

— On verra les résultats en août, mais sûr que si ton *Gironde* se contente de moins d'eau, ce serait une bonne chose, dit Albert.

— On verra bien avant août : paraît qu'il est très hâtif et qu'il vient bien avant les autres... répondit Joseph.

Un silence se fit. Une houle d'air lent chargé de senteurs de paille humide et de terre fraîchement retournée caressait la plaine. Le cheval était harnaché. Pendant ce temps, Mouton toujours attelé à la herse s'était insensiblement approché, comme pour prendre part à la conversation des hommes. Chacun saisit la bride d'un cheval.

— L'année prochaine, quand t'auras vu, tu pourras l'essayer, ou même en essayer d'autres : ils viennent de sortir le *Bon Fermier* et le *Japhet* : c'est des variétés nouvelles, mieux adaptées à nos terres. Les rendements sont meilleurs, dit encore Joseph pour essayer de le convaincre. Tu vas pas semer du *Dattel* toute la vie ; t'en connais tous les inconvénients.

— Oui, j'connais les inconvénients, répondit Albert, mais j'connais aussi les avantages ; il est tardif le *Dattel*, et il gèle rarement.

— Écoute, est-ce que tu me crois assez fou pour semer ma meilleure pièce avec une variété nouvelle si j'étais pas sûr de faire au moins aussi bien que les autres années ? interrogea Joseph.

— J'te crois pas fou, mais faut quand même voir, lança Albert en allant reprendre son hersage là où il l'avait abandonné, ce qui obligea son cheval à tourner court au risque de se prendre une patte dans la chaîne.

Joseph tira doucement sur la bride de Bayard et la grosse masse de muscles s'arc-bouta au premier pas pour décoller le rouleau du sol. Puis, l'homme et la bête marchèrent côte à côte jusqu'à l'extrémité du champ pour tasser la terre encore frémissante d'avoir reçu en son flanc les grains fécondants. Derrière le rouleau, il ne restait qu'une surface plate, brune, régulière. Les pas du cheval étaient imprimés profondément et le passage du rouleau ne les faisait pas complètement disparaître. Joseph lâcha la bride. Le cheval continua son travail en bon ouvrier consciencieux.

— Quand même, pensait-il à mi-voix, si on peut atteindre régulièrement les vingt quintaux à l'hectare, c'est un progrès…

Un court instant, les moissons de son enfance remontèrent à sa mémoire ; sa mère l'asseyait à l'ombre des premières bottes relevées en demoiselles. Il observait avec fascination la pénétration des faux dans les tiges et le balancement régulier du dos des faucheurs. En ce temps-là, dans les années 1855-1860, on ne pouvait guère compter sur plus d'une douzaine de quintaux à l'hectare. On avait déjà progressé, mais ces progrès étaient trop lents pour lui. On aurait dû pouvoir atteindre régulièrement les vingt, vingt-cinq, peut-être trente quintaux à l'hectare. Il sentait que cela était possible, que la terre répondait oui sous ses pas. L'obstacle, le seul obstacle à ces progrès, c'était le paysan lui-même, c'étaient l'inertie, l'ignorance qui le poussaient à cultiver comme son père l'avait fait avant lui et son grand-père encore avant. Ce qui était sécurisant, c'était de faire comme les générations précédentes. Pourquoi ce qui avait nourri les anciens ne satisferait pas les besoins du paysan d'aujourd'hui ? Joseph sentait que les progrès ne seraient possibles que le jour où les parcelles seraient plus grandes, les outils plus performants, les variétés mieux adaptées, les paysans plus instruits, les recherches plus poussées pour mettre au point des engrais et des produits pour lutter contre les maladies et les insectes. La science. Les techniques. Oui, il sentait combien le monde changeait autour de lui, dans les villes où apparaissaient des usines de plus en plus grandes, de plus en plus productives. La vapeur. Un mot magique que celui de vapeur ! Un mot qui évoquait dans son esprit ouvert et curieux l'énergie domestiquée, une énergie qui ne puisait pas sa force dans les chairs et dans le sang des hommes. Parfois, des visions de métal en fusion traversaient sa tête. Des machines, de plus en plus nombreuses, de plus en plus performantes surgissaient dans son imagination, des machines extraordinaires qui remplaceraient petit à petit l'homme dans les travaux les plus pénibles et les plus dévoreurs de vie. Des machines modernes, pour l'industrie, pour la culture. La vapeur, partout, même pour unir les hommes en leur permettant de mieux se connaître et, enfin, de fraterniser. Des trains rutilants, comme celui qu'il avait pris pendant son service militaire, sillonneraient la France tout entière et tous les autres pays. Même dans le village de Hennebeaux, il pressentait le jour où le halètement du poumon d'acier d'un train apporterait le progrès, la science, la fraternité et la paix. Finies la misère et l'ignorance… Il pensa à son père qui s'était battu toute sa vie pour regrouper ses quelques parcelles minuscules. Il revit les ricanements que le pauvre homme avait supportés, les mêmes ricanements que ceux qu'il supportait lui-même aujourd'hui quand il développait ses idées devant des paysans. Albert était simple, mais c'était le seul qui l'écoutait sans se foutre de lui.

Il finit par s'asseoir sur le support des limons, juste au-dessus des billes du rouleau. Le cheval tournait seul, suivant le bord du roulage qu'il venait d'effectuer au passage précédent et Joseph ne tenait plus guère les guides que pour maintenir son équilibre, se laissant bercer par l'écrasement des dernières mottes. Au loin, Albert faisait ses dernières passées. Son esprit vagabonda. Il revit sa mère, à côté de son père, une belle femme riante comme l'était Marguerite, sa femme, qui lui avait donné deux beaux garçons et une coquine de fille qui n'avait encore que six ans, mais qui se montrait vive et intelligente. Il pensa aussi à son frère, tué à la guerre, et à sa jeune sœur mariée à un petit commerçant de Bonneval. Cinq hectares, c'était peu, trop peu pour faire vivre une famille et développer une culture intéressante. Il pensa aux terres de l'oncle Jean… Six hectares… Six hectares qu'il convoitait depuis longtemps et qu'il allait enfin posséder. L'oncle Jean était mort sans enfant pour reprendre la ferme. Six hectares. Onze avec ceux qu'il possédait déjà. De la bonne terre, des parcelles qui se trouvaient toutes à côté des siennes, à cause de cette coutume qui avait été respectée à la mort de son grand-père et qui avait voulu que toutes les parcelles héritées soient partagées entre les deux frères, c'est-à-dire entre son père et son oncle Jean. Quel bon moyen de s'agrandir, de doubler la surface de sa ferme et d'espérer améliorer sa vie et celle des siens. Il y pensait comme il aurait pensé au retour d'un membre de sa famille après une longue absence. Six hectares dont il pourrait payer tout de suite la moitié comptant et dont il pouvait espérer payer l'autre moitié en faisant un prêt chez le notaire de Beauché. Joseph bénéficiait de la confiance de Monsieur Du Barrel, gros propriétaire, maire de la commune, conseiller général du canton, ami intime de ce notaire. Il parlerait certainement pour lui.

Joseph leva les yeux, regarda avec envie la parcelle de cinq mines à côté de la sienne et imagina la pièce réunie. En ce moment, elle était cultivée par Buffétrille, le propriétaire de la grande ferme de Marville. L'oncle Jean, ne pouvant plus la cultiver, avait cédé à la demande du gros fermier, n'osant jamais en reparler avec Joseph, de peur d'avoir à baisser les yeux. Mais, pas de bail, pas de papier, juste une location verbale qui ne courait que jusqu'à la fin de la récolte en cours. Il eut de la peine de la voir en jachère nue. Buffétrille, malgré l'importance de sa ferme, continuait à cultiver comme au temps des rois : une sole en blé, une sole en avoine et la troisième année en jachère, pour reposer la terre ! Comme si la terre avait besoin d'être inactive pour se reposer ! Comme s'il suffisait de délaisser une maîtresse un jour sur trois pour s'en attirer les grâces ! Lui, Joseph, ne pratiquait plus ces trois soles. Il continuait à respecter les deux premières, mais, à la place de la troisième, il cultivait des plantes sarclées, des betteraves, des pommes de terre, des prairies artificielles aussi. Même si tout le monde le critiquait et l'accusait d'assassiner sa terre, il savait en coupant les fleurs violettes de ses *farots*[1] qu'il rentrait une récolte de plus que ses détracteurs.

Onze hectares… De quoi remettre en harmonie les vastes bâtiments de la ferme qu'il avait héritée de son père avec la taille de ses terres ! Onze hectares… Ne plus avoir besoin d'aller travailler chez les autres pour faire bouillir la marmite, plus de labours chez Buffétrille ou chez Du Barrel, plus de cochons à aller tuer dans toutes les fermes alentour, plus de lessives pour Marguerite. Son maître : être enfin son maître et décider seul.

— Oh ! oh ! lança Albert de loin. J'ai fini, j'vais donner un petit coup de herse dans ma pointe, comme ça, si on sème demain, la terre sera meilleure.

— Va, je te rejoins dans une heure, répondit Joseph en mettant ses mains en porte-voix car il avait à lutter contre le vent.

Albert retourna sa herse sur le chemin. Mouton tira. Ils descendirent vers les Cinq-Muids.

— Demain, j'lui sèmerai son *Dattel*, dit Joseph au cheval, mais si on a une sécheresse comme y a une dizaine d'années, sa récolte sera moins lourde à porter que la semence qui aura servi à la produire.

---

1. *Farot : trèfle incarnat.*

Il tira de sa poche une poignée de semence qu'il conservait là pour le regarder de temps à autre. Le grain de *Gironde* était allongé, plein, blond roux et présentait des rondeurs de bébé joufflu. Joseph le tourna, le retourna et finit par le coincer entre le bout de son index et l'ongle du pouce. Il appuya. Le grain se fendit en deux. La peau était fine. À l'intérieur, la farine était d'une blancheur immaculée.

— Non seulement il résistera à la sécheresse, mais le grain est deux fois plus gros. Les meuniers se l'arracheront…

Et afin de ne rien perdre, il jeta la semence devant le rouleau pour grossir sa future récolte de quelques épis.

III

L'argent des gros

Les gamins de Joseph allèrent chercher les deux chevaux dans le pré et les amenèrent à leur père pour les atteler au tombereau. Joseph avait accepté un roulage de pierres pour le compte de Monsieur Du Barrel. Deux ou trois journées par semaine, il travaillait pour les autres, le plus souvent pour Buffétrille, Du Barrel ou d'autres qui payaient séance tenante. Jusqu'à maintenant, ses cinq hectares suffisaient à les nourrir et à assurer l'entretien de la famille, mais ne produisaient pas l'argent frais dont il avait besoin en prévision de l'achat des terres. Il attela le plus fort des chevaux dans les limons tandis que les enfants harnachaient Tambour en tête afin qu'il tire la lourde charge qu'ils allaient transporter.

— On vient un bout avec toi, dirent en même temps Pierre et Jean.

Les garçons aimaient accompagner leur père avant de repartir à l'école. Car ils fréquentaient assidûment l'école. Joseph aurait préféré aller au lit sans souper plutôt que de les priver de l'instruction que lui n'avait pas eue.

— Jusqu'à la petite mare, pas plus loin, répondit-il.

Il leva les bras pour saisir la ridelle du tombereau et, posant le pied sur un barreau de l'immense roue, il cria :

— Hue, Tambour ! hue, mon vieux !

Le cheval avança, entraînant son aîné qui s'appelait Sansonnet. La lourde roue se mit à tourner lentement, soulevant Joseph qui, le pied posé sur le barreau, attendit d'être à hauteur pour enjamber la ridelle et retomber dans le tombereau.

— Donne ta main, dit-il à Pierre.

Le gamin s'exécuta et, utilisant le même ascenseur que celui utilisé l'instant d'avant par son père, il décolla lestement du sol et retomba dans le fond du tombereau.

— À toi, mon gamin, attrape mon bras, reprit-il.

Jean n'avait que sept ans et il n'y parvenait pas.

— Cours derrière, lui cria son père, tandis que les chevaux, mus par on ne sait quelle intelligence, sortaient de la ferme et prenaient la direction du Guilandru.

Jean courut derrière le tombereau en levant ses deux petits bras. Son père se pencha, le saisit et le souleva comme s'il se fut agi d'un sac de plumes. L'enfant s'agrippa en riant aux manches de la veste de gros drap. Il lui entoura le cou de ses petits bras, lui serra la taille de ses jambes égratignées et lui colla un gros baiser sur la joue en disant :

— L'année prochaine, tu courras, et c'est moi qui te tirerai…

Ils rirent tous les trois.

— Bon Dieu, dit le père en prenant un air catastrophé, on est là à se pioter et les chevaux partent dans les friches !

Les enfants, inquiets, se retournèrent. Joseph éclata de rire, heureux de les avoir dupés.

— J'prends les guides, déclara le petit Jean.

Il se précipita à l'avant et saisit les deux lanières de cuir noir. Même debout, l'avant arrondi du tombereau était trop haut pour lui permettre de voir autre chose que le dos et la tête des chevaux. Conduire l'attelage, c'était quelque chose. Il éprouvait un sentiment de puissance, à cause de la hauteur à laquelle on se trouvait et de la vue des grosses croupes puissantes. De ce poste de commandement, on était un homme ! Jean tira du côté droit sur les guides pour voir si Tambour allait lui obéir. La guide se tendit, glissa dans les anneaux du collier de Sansonnet et sollicita enfin le mors de Tambour. Le cheval parut surpris par cet ordre imprévu mais, docile, il tourna la tête du côté droit et serra le bas-côté de la route. Jean tourna la tête vers son père et lui décocha un sourire où la fierté et la joie se mêlaient. Puis, il tendit la guide gauche. Le cheval revint sur le milieu du chemin.

— Tu vois que j'sais conduire un cheval, dit le petit.

Lentement, à la vitesse de leurs pas sonores, les chevaux traversèrent tout le village aux maisons de terre brune. Les portes des fermes étaient grandes ouvertes et les cours carrées se livraient complètement. Partout les volailles caquetaient en grattant l'énorme tas de fumier qui régulièrement en envahissait une bonne moitié. Le matin les fermières jetaient quelques poignées de grain sur le sol, mais l'essentiel de la nourriture des petits animaux provenait du tas de fumier, réserve inépuisable de vers, d'insectes, de débris et de graines non digérées, rejetées dans le crottin des grosses bêtes. Au mois d'octobre, les tas étaient énormes : des fenêtres des maisons d'habitation, on ne voyait plus que les vitres du haut. Partout, le déjeuner de midi venait de se terminer et, sitôt levé de table, chacun reprenait le cours de ses activités. On attelait à nouveau les chevaux, libérés une heure dans les prés. Le bruit des chaînes, des chocs de métal sur les pavés des sorties d'écuries ou de remises, le claquement des fers et des ordres, toutes les sonorités disparates produites par les animaux emplissaient le village d'une vie intense.

Jean tira fortement sur la guide droite. L'attelage s'engouffra sur la route du Guilandru. Quand il parvint devant la petite mare de la Tuilerie, le gamin cala ses pieds et, tenant les courroies de cuir à pleines mains, il se raidit en arrière en criant d'une voix ferme :

— Ho ! ho ! Sansonnet ! ho !

Les chevaux s'arrêtèrent. Le père fit sauter les enfants par l'arrière et descendit à son tour. Joseph n'aimait pas rester dans le tombereau. Il répugnait à passer sur les routes à cette hauteur, croisant les gens en leur décochant des regards de haut en bas et des bonjours qui leur tombaient dessus comme un écrasement.

— Vous dites à la grand-mère que je ramènerai Maman ce soir, mais à la nuit, pas avant.

Les enfants s'étaient mis à courir, faisant résonner leurs souliers ferrés sur le sol empierré. Ils se retournèrent, lui firent un signe du bras et disparurent dans l'angle de la grange à Chabault. Joseph marcha jusqu'à la hauteur de Tambour, et d'une tape sur l'encolure, il lui donna le signal du départ. L'attelage repartit. Les grosses roues cerclées de fer écrasaient les graviers du chemin en produisant des crépitements. L'attelage dépassa les maisons des ouvriers agricoles qui se serraient le long de cette route et parvinrent sous les grands chênes roux du domaine de Monsieur Du Barrel. L'automne enflammait déjà les couverts et des flots de roux, de jaune et d'or brûlaient dans les feuillages. Joseph pensa à Marguerite. Deux jours par semaine, elle aussi allait travailler au-dehors, se louant à la ferme des Baux pour y faire la lessive. C'était sa façon à elle d'amener de l'argent à la maison. On avait la chance d'avoir la grand-mère à la maison. Elle était encore forte et ses soixante ans passés ne l'empêchaient pas de travailler aussi dur qu'une jeune femme. Elle faisait la cuisine et s'occupait des enfants. Le beau-père de Joseph avait été tué à la guerre, dans l'Est. Quand il avait marié Marguerite quelques années plus tard, la mère était venue habiter avec eux. La maison des Pichot était grande… La vieille femme ne possédait rien… alors…

L'attelage s'enfonçait de plus en plus dans le tunnel formé par les grands arbres qui recouvraient totalement la route au point qu'aucune partie du ciel n'était visible. Pas une tache de bleu, seules les couleurs chaudes de l'automne enivraient les yeux. De temps en temps, un merle noir voletait à ras du sol et traversait devant les chevaux en un bruissement de fuite. Joseph se retourna : il ne voyait plus de l'entrée de la route qu'un minuscule trou de lumière blanche et crue. Il pensa qu'au prochain tournant du chemin, il allait apercevoir la ferme du Guilandru.

Le Guilandru était un hameau qui appartenait tout entier à Monsieur Du Barrel. Tout. Une immense ferme à double cour carrée aux bâtiments puissants sur lesquels les toits de tuiles interminables couraient de façon ininterrompue. Derrière la ferme, cachées du regard, des petites maisons de bauge aux toits encore couverts de chaume abritaient les ouvriers et leurs nichées de gosses sales et morveux. À côté de la ferme, au milieu d'un parc clos d'un grand mur, une belle maison à un étage faisait luire sa toiture d'ardoises. C'était un beau domaine : trois cent quatre hectares de terre labourable et de prés, une soixantaine d'hectares de forêts, c'était aussi quarante-cinq chevaux, neuf cents moutons, soixante-dix vaches, et des volailles et des cochons que l'on tuait chaque semaine. Dans les petites fermes, on tuait deux cochons par an, l'un à l'entrée de l'hiver, l'autre à la sortie. Chez Buffétrille, on en tuait un chaque mois, été comme hiver. Ici, on en tuait un chaque semaine. Le domaine, c'était aussi une quinzaine de charretiers, des bergers, des bouviers, des toutes mains, faibles d'esprit à qui on ne pouvait guère demander plus que l'usage de leurs bras pour accomplir les tâches les plus pénibles et qui trouvaient ici un moyen d'existence. En saison, tout le monde était employé, y compris les femmes, les enfants. Mais ça ne suffisait pas. Des saisonniers solognots et des trimardeurs venaient grossir l'effectif.

L'attelage franchit le tournant. La blancheur de la maison de maître apparut tout d'abord dans l'axe du chemin, puis les bâtiments trapus de la ferme montrèrent leurs murs de bauge et de briques. De part et d'autre de ces bâtiments, des herbages s'élargissaient au fur et à mesure que l'on avançait. Joseph, à chaque fois qu'il venait au Guilandru, se demandait s'il était possible que tant de choses appartiennent à un seul homme, qu'un seul homme puisse dire en sortant de chez lui : « Tout ce que mes yeux voient, tout, forêts, terres, herbages, bâtiments, bêtes, récoltes... tout est à moi... » Tout, sauf peut-être la petite chapelle du hameau et son presbytère, bien que l'entretien de ces bâtiments ait toujours été assuré par le propriétaire du domaine. Car, paradoxalement, si Hennebeaux et ses hameaux ne formaient qu'une seule et même paroisse, le curé vivait au Guilandru, dans le hameau le moins peuplé.

Joseph pensa aux pierres qu'il devait aller chercher dans la carrière pour construire les fondations d'un nouveau bâtiment dans la seconde cour carrée des bergeries. Pour des travaux où l'intelligence et la compétence se révélaient nécessaires, quand la force et le matériel ne suffisaient pas, le régisseur faisait appel à lui.

Joseph anticipait sa discussion avec le propriétaire du domaine. Cette idée le tenaillait un peu plus à chaque tour des grandes roues. Il ne se sentait pas mal à l'aise, non, pas timide non plus, mais irrité d'avoir à accomplir une démarche qu'il savait humiliante et que son caractère fier refusait au fin fond de son être. Il ressentait le sang des générations de Pichot se réchauffer dans ses veines et lui donner des envies de résistance ; Joseph allait acheter ces six hectares de l'oncle Jean. Il avait de l'argent et pouvait en payer plus de la moitié comptant. Le reste, il devait l'emprunter. Il refit rapidement ses calculs : douze *squets* à quatre mille, c'est une somme de quarante-huit mille, peut-être cinquante mille francs qu'il devait réunir. Et il n'en possédait que trente et un mille. Où trouver ces dix-neuf mille francs sinon chez un notaire. Quel notaire accepterait de prêter ainsi, sans garanties sérieuses, sans le soutien d'une personnalité connue ? Qu'allait-il lui dire ? Comment pourrait-il laisser passer dans sa gorge des paroles aussi blessantes pour lui que l'aurait été le passage d'une bogue de châtaigne ?

Depuis longtemps, il savait que Maître Charreau était d'accord pour lui prêter une vingtaine de mille, à quatre ou cinq pour cent, mais il fallait une caution morale. Maître Charreau venait souvent chasser au domaine. Il avait confiance dans son ami Du Barrel, et Joseph ne connaissait personne d'autre à qui demander.

L'attelage s'approchait du hameau. Les grands arbres cessèrent soudain d'éclater en couleurs de feu. On sortit du bois pour déboucher en pleine lumière. Les bâtiments avaient été construits à la limite de la plaine. Tout semblait maintenant colossal et l'œil, partout, ne percevait que constructions et fourmillement de vie. La maison blanche des maîtres dominait le village de son unique étage. Joseph dirigea ses chevaux vers la maison mais, avant de l'atteindre, il les arrêta sous un gros orme isolé dont le feuillage de feu empourprait le ciel. Il attacha Tambour à un piquet de bois, ajusta ses vêtements et franchit la grille. Son pas se mit à crisser sur les gravillons de l'allée qui conduisait à l'entrée. Il marcha d'un pas décidé, et, quand il se trouva devant la porte, il respira un grand coup, se retourna pour regarder ses chevaux et frappa trois fois. Une bonne vint lui ouvrir, à qui il dit que Monsieur Du Barrel l'attendait. La jeune femme lui fit signe d'attendre et disparut dans le couloir. Joseph prit sa casquette dans ses grosses mains d'ouvrier de la terre et se mit à la bouchonner. La maison était calme, silencieuse. Il se trouvait dans le vaste vestibule un peu austère où quelques gravures apportaient une note colorée, au pied d'un escalier qui conduisait à l'étage. Des portes s'alignaient de part et d'autre qui devaient desservir la salle à manger, un salon et le bureau. Une porte s'ouvrit sur la droite et la servante fit signe à Joseph. Il entra dans le bureau que trois larges fenêtres inondaient de lumière.

Monsieur Du Barrel était assis derrière une belle table et écrivait. Sans lever la tête il lança :

— Entre Joseph, j'ai presque fini.

Et il continua d'écrire tandis que Joseph, debout, immobile, continuait à tournicoter sa casquette. Il n'osait pas bouger les pieds, de peur d'égratigner le parquet de chêne. La pièce était vaste, et outre la table en merisier où le maître travaillait, un guéridon et quatre sièges occupaient la partie qui donnait sur le jardin. Dans l'angle opposé, une cheminée profonde montrait ses chenets en fer forgé. De petits meubles complétaient le mobilier. On devinait au fond, une rangée de placards encastrés dans le mur, dissimulés à la vue par des portes en trompe-l'œil imitant les lambris des autres parois.

— Alors Joseph, tu vas avoir beau temps pour rouler les pierres, dit Du Barrel en levant la tête.

— Oui, c'est du beau temps pour aller aux carrières.

— Je compte sur toi pour choisir des pierres de qualité, tu veilleras à ce qu'elles ne soient pas veinées, qu'elles n'éclatent pas à la première gelée. J'ai dit au contremaître qu'il te donne Mathieu et Abel. Mais attention, c'est toi qui choisis. Je compte aussi sur toi pour ne pas les laisser boire. Ce sont de vrais trous de taupe !

— Oui, Monsieur, répondit Joseph, qui sentait que cette affaire de pierre était close et qu'il allait falloir parler de l'argent.

— Voilà, dit Du Barrel pour conclure.

Joseph avait espéré qu'il aborderait de lui-même l'histoire du prêt, mais il n'en fit rien et attendit. Il fallut donc se résoudre à solliciter.

— Je voulais aussi vous parler de mon affaire, dit Joseph à voix sourde. Vous savez, pour les terres de mon oncle Jean.

— Oui, oui, répondit Du Barrel dont l'œil venait de s'allumer. Oui, le notaire est d'accord pour te faire le prêt, mais il va falloir parler des conditions. Maître Charreau veut des garanties. Il veut que quelqu'un réponde pour toi. C'est naturel. En particulier, il demande que toutes les terres achetées servent de garantie.

— Mais le lot tout entier vaut cinquante mille francs ! répondit Joseph qui sentait que l'affaire avait été longtemps discutée entre les deux amis.

— Tu sais bien que les notaires sont prudents, dit Du Barrel d'un ton détaché.

— Oui, j'comprends, dit Joseph. Alors, comment ça pourrait se passer ?

— Maître Charreau te prête les vingt mille francs qui te manquent pour acheter ces terres. Évidemment, tu garantis le bon remboursement du capital et tu t'engages à vendre le lot complet si une échéance n'est pas payée deux mois après un terme.

— Pourquoi pas seulement les cinq arpents qui ont cette valeur ? protesta Joseph.

— Ce sont les conditions du notaire : j'y peux rien ; déjà bien heureux qu'il accepte et que je serve de caution. Parce que tu ne dois pas oublier qu'il faudra que je m'engage, moi aussi. Remarque, moi, je le fais plus par estime pour toi et pour ta famille. Je suis d'accord pour racheter ces six hectares au cas où tu ne pourrais plus payer. Je ne peux pas faire mieux !

Joseph sentit la connivence qui existait entre les deux hommes. Il devint rouge. Il pensa en un instant qu'il faudrait bien en finir un jour avec ces pressions exercées sur les petits propriétaires, sur les travailleurs de la terre qui ne demandaient qu'à posséder un outil de travail à la taille de leur main. Un jour, il faudrait bien que les fermiers se groupent, mettent leurs sous en commun et créent un organisme bancaire indépendant des puissances d'argent pour permettre à chacun de ses membres d'échapper à cette domination. Déjà, on disait dans le coin que des jeunes parlaient de la création d'un syndicat agricole.

— Vous les rachèteriez à quel prix ces terres ? demanda Joseph.

— Je ne veux pas faire une affaire, je veux simplement t'aider. Le cas échéant, je les rachèterais au prix marqué dans ton titre de propriété. Remarque, entre nous Joseph, je crois que tu vois pas très bien les choses. À ta place, je n'en achèterais pas plus de la moitié. L'autre moitié, je la laisserais. Je moderniserais un peu mon matériel et je ne m'endetterais pas. Tu t'en mets beaucoup sur le dos.

— Le travail ne me fait pas peur, répondit Joseph en guise d'excuse…

— Non, je sais, mais tu as une famille, des charges et il suffirait de deux mauvaises récoltes coup sur coup… Réfléchis. Tiens, je suis prêt à te proposer une affaire. Ces terres qui sont sur le chemin du Pendu, je pourrais les acheter. On pourrait même s'entendre pour que je te donne un dessous-de-table qui te permettrait d'avoir un peu d'argent frais pour redémarrer. Tu y as pensé à ça : si tu as plus de terre, tu n'iras plus travailler chez les autres, et tu n'auras plus d'argent frais…

Joseph sentait la colère monter en lui. Il ne voulait pas se laisser manger. Il voulait ces terres. Il se contint et lâcha sèchement :

— Vous direz à Maître Charreau que je suis d'accord avec toutes ses conditions, que je signerai l'engagement. Je vous remercie aussi bien sincèrement de m'aider.

Du Barrel reçut la réponse avec agacement. La terre lui échappait, mais Joseph lut dans ses yeux qu'il se promettait de la récupérer au premier retard d'échéance.

— Comme tu veux, répondit Du Barrel en soupirant. Tu as jusqu'à la signature pour réfléchir à ce que je t'ai dit : ce sont de bons conseils...

— C'est réfléchi, dit Joseph. J'rembourserai aux dates.

La conversation tarissait, chacun sentait que les positions de l'autre se figeaient. Un lien puissant les unissait, et ce lien c'étaient ces douze *squets* dont ils avaient envie tous les deux. Ils parlèrent encore quelques minutes. Puis, Joseph sortit. La bonne le raccompagna jusqu'à la porte. Sur l'allée gravillonnée où ses pas devinrent à nouveau sonores et maladroits, Joseph sentit dans son dos le poids du regard de Du Barrel, mais il fit un terrible effort pour ne pas se retourner. L'idée de création d'un syndicat agricole l'agita à nouveau :

« Oui, il faudra bien le créer un jour ce syndicat, avec toute une collection de filières pour couper la route à ceux qui décident notre avenir à notre place. »

Il avait le sentiment que c'était comme au temps de l'ancien régime. Un jour, il faudrait se grouper pour acheter les semences, se grouper pour vendre les grains, se grouper pour trouver des capitaux, se grouper pour développer l'instruction du monde rural, se grouper pour assurer les travailleurs de la terre et leurs biens contre les accidents et des calamités, en un mot, se grouper pour s'émanciper, pour devenir des adultes. Aujourd'hui, il avait l'impression d'être un enfant mineur en tutelle. La terre, il l'aurait, dans des conditions injustes, mais il l'aurait et il montrerait qu'il était capable de faire front et de rembourser en temps et en heure. C'était plus qu'une question d'amour-propre, c'était une volonté de ne pas plier le genou devant la loi du plus fort.

Ses chevaux n'avaient pas bougé d'un pouce. Il les retrouva plantés sur leurs grosses pattes, immobiles, ne balançant la tête que pour chasser les mouches qui bruissaient dans leurs courtes oreilles. Il dénoua la courroie de cuir et la tint au ras du mors de Tambour.

— On fera équipe, mon vieux, dit-il doucement au cheval, mais on la lui laissera pas la terre ; il en a ben assez comme ça, tu crois pas… Verra bien si nous non plus on peut pas respirer un peu…

L'attelage s'ébranla. Les roues se remirent à crisser sur les cailloux. Quand Joseph passa devant le portail grand ouvert de la ferme du domaine, un bouillonnement de vie le submergea aussitôt. En tous sens, des hommes et des femmes s'activaient. Des cris d'animaux lui parvenaient. Une odeur de corne brûlée s'échappait des écuries ; tous les fermiers du village emmenaient leurs chevaux chez le maréchal pour les ferrer : Du Barrel, non, le maréchal venait trois après-midi par semaine à domicile. Le régisseur, homme sec et de petite taille, organisait le travail et donnait les ordres. Il vint à la rencontre de l'attelage. Joseph ne l'aimait pas : il était dur, plus dur que son maître envers les hommes. Il surveillait tout, réglementait tout et se montrait plus avare des intérêts de la ferme que le patron lui-même.

— Bonjour Joseph, tu vas retrouver Mathieu et Abel sur la route : je les ai envoyés tout à l'heure pour préparer les premières pierres avec les carriers.

— Ah ! se contenta de répondre Joseph qui ne voyait dans cet ordre que la volonté de les faire marcher au lieu de se laisser porter dans le tombereau.

Joseph s'éloigna sans un mot. Avec le même geste qu'il avait eu au sortir de chez lui, il profita du premier tour de roue pour s'élever dans le tombereau. Debout, les guides posées dans ses grosses mains, il dirigea les chevaux vers le chemin des carrières. Petit à petit, le bruit de la grande ferme s'éloigna, la plaine l'engourdit de silence et les vagues de vent se mirent à bruire à ses oreilles. De ce côté, le paysage était nu, plat, brûlé. Il ne restait plus rien dans les champs. Les jaunes des derniers chaumes rongés par les moutons, les ocres des terres dépouillées et les bruns lourds des pièces ensemencées de blé créaient une palette chaude et vibrante sous le soleil d'automne. Au loin, on apercevait un troupeau de moutons. Il était parqué sur une jachère. La cabane à trois roues du berger, toute grise, se détachait sur l'horizon et des bas-rouges[1] couraient tout autour.

— Quand même, bredouilla-t-il à mi-voix, comme s'il eut fait des confidences à la terre, si nous étions moins bêtes, moins peureux, on se serrerait les coudes, nous, les petits, on mettrait nos économies en commun et au lieu de laisser les notaires et ces gens-là nous bouffer avec notre propre argent, on le gérerait nous-mêmes, avec des règles justes et identiques pour tous. On pourrait s'aider, se soutenir, s'équiper sans avoir à subir des accords humiliants. La terre, c'est nous qui la travaillons ; la richesse, c'est nous qui la produisons grâce au travail de nos mains. C'est vrai, à chaque instant, on est obligés de baisser la nuque et tenir notre malheureuse casquette devant nous pour demander ce qu'il est naturel qu'on ait.

Mais voilà, combien de paysans se lanceraient dans l'aventure d'un syndicat agricole ? Il ne faut dépendre de personne pour lancer le mouvement, sinon gare aux représailles.

« Ah ! Ils ne seront pas nombreux les pionniers du syndicalisme agricole en Beauce, pensait Joseph. Les gros cultivateurs ne sont pas intéressés

1. *Bas-rouges : race de chien de berger. Le bas-rouge est aussi appelé « beauceron ».*

parce qu'ils n'ont pas vraiment besoin et les petits ont peur parce qu'ils sont trop dépendants… Alors ? »

Une banque agricole, une banque mutuelle, une banque gérée par les paysans eux-mêmes parce que créée avec leurs économies pour améliorer leur sort… Voilà à quoi rêvait Joseph. Mais qui oserait lancer l'idée ? Il désespérait de la voir un jour. Les paysans étaient trop ignorants, s'enfermaient trop dans la tradition, l'égoïsme et le chacun-pour-soi.

Les chevaux reconnaissaient la route. Le tombereau brinquebalait d'ornière en ornière sur le chemin des carriers. Du côté de Hennebeaux, une haie vive assez mince abritait le passant du soleil. De l'autre côté, la plaine nue se déroulait à l'infini. Joseph regardait les champs. Il connaissait le propriétaire de chaque pièce. Il savait dans quelle circonstance elle avait été acquise. Il savait aussi comment elle était cultivée. Il regardait certaines parcelles avec un sourire, jugeant que la terre devait se sentir heureuse d'être cultivée avec bonheur et raison. D'autres parcelles le peinaient ; en particulier toutes ces parcelles en jachère nue que la troisième sole envahissait de mauvaises herbes et livrait au vice et à la douleur. Il ressentait cette mauvaise utilisation de la terre comme un crime, un véritable crime.

De temps en temps l'attelage croisait un ouvrier qui se rendait au champ, un outil sur l'épaule, ou bien encore un gosse qui faisait brouter une vache ou une bique sur le bas-côté du chemin. De loin en loin, un cheval arpentait la plaine, tirant une carriole ou un brabant.

À un kilomètre du Guilandru, Joseph tourna à main gauche et se dirigea vers le nord, sur le chemin départemental. Il n'avait pas fait deux cents mètres qu'il reconnut le cantonnier, un homme d'une quarantaine d'années que tout le monde surnommait « Paille-au-Cul ».

— Ben alors, on feignasse à ce que je vois, lança Joseph en arrivant à sa hauteur.

Le cantonnier était assis dans l'herbe du talus, les jambes écartées, et à l'aide d'un marteau et d'une petite enclume plantée en terre entre ses jambes, il battait sa faux. Il arrêta son martèlement et répondit en plaisantant.

— T'as déjà entendu dire qu'un cantonnier ça travaille toi, mon gars ? Alors, faut bien entretenir la réputation.

— Ho, ho, Tambour ! dit Joseph.

Les chevaux s'arrêtèrent à hauteur du faucheur. Joseph posa les guides et descendit en utilisant la roue comme une échelle. Il serra la main du bonhomme et s'assit une minute à côté de lui. Paille-au-Cul parla du temps et de cette fichue herbe qui se trouvait si loin du pays que personne ne venait la couper pour les lapins. Il était obligé de nettoyer les fossés avant que l'eau de l'hiver ne les emplisse et inonde les parcelles voisines et la route. Son vrai nom, c'était Jules Cordier, mais toujours il était appelé par son surnom de Paille-au-Cul, à cause d'une aventure qui lui était arrivée dans le temps, juste à son retour de la guerre. Il avait fait des campagnes et, des ennemis, il en avait vus de près. De pauvres gars comme lui. Il disait partout que la guerre était une foutaise et qu'elle n'était entretenue que pour faire travailler l'argent des riches. Il disait aussi que tous les peuples – le bas peuple du moins – ne demandent que la paix. À coup sûr, on lui aurait pardonné ses écarts de langage si cela n'avait duré que quelques semaines, mais Jules s'entêtait. Il ne gueulait pas seulement quand il avait un coup dans l'aile, non, il parlait aussi aux ouvriers des fermes quand il était dans son état normal. Tout le monde sentait que ces idées étaient ancrées dans sa tête comme les yeux blancs dans le regard d'un aveugle. Alors, par crainte qu'il ne mette de mauvaises idées dans la tête de leurs ouvriers, les fermiers des environs avaient cessé de l'embaucher. Dans ce temps-là, pour manger, il chapardait : ici une poule, là deux têtes de choux, ailleurs un jambon dans le fumoir. Une nuit, il avait entrepris d'aller estourbir une demi-douzaine de pigeons dans une ferme. Mal lui en avait pris : les chiens avaient réveillé toute la maisonnée et le pécore avait décroché son fusil. Se doutant qu'il avait affaire à un chapardeur, il avait chargé avec deux cartouches de fabrication maison : une bonne dose de poudre noire et une grosse bourre de paille compressée qui risquait de faire un bleu, mais sûrement pas de tuer.

Jules avait pris les deux coups dans le bas du dos et il en avait gardé des bleus pendant plus d'un mois. Tout le village avait ri de ces coups de paille dans le cul, peut-être encore plus parce qu'il s'était sauvé avec son sac plein de pigeonneaux et qu'il ne l'avait point lâché. Paille-au-Cul lui était resté et il avait fini par en être fier. Après, il avait réussi à entrer comme prioritaire dans l'administration des Ponts et Chaussées, grâce à une vilaine blessure de guerre à la jambe et qui continuait à le faire boiter.

Joseph l'aimait bien. Paille-au-Cul était un rouge, trop avancé d'idées sans doute, mais il avait des conceptions généreuses de l'homme, des idées d'entraide, de paix, de justice, de fraternité si criantes de vérité qu'on oubliait ses coups de gueule exagérés quand il avait appuyé sur la chopine. Joseph avait confiance en lui. Encore sur le coup de la rage blanche que les paroles de Du Barrel avaient provoquée, il lui raconta tout, les terres, le prêt, les conditions, le chantage, l'humiliation.

— T'as pas à rougir d'avoir courbé la tête, commenta Paille-au-Cul. Tout le monde aurait fait comme toi en pareil cas, moi le premier peut-être. C'est le système qu'est vérolé. C'est tout le bastringue qu'il faut changer. Tu sais que je serais pas loin de dire : « Vive la révolution, coupons encore une fois le cou à tous ces profiteurs. » Mais aujourd'hui, c'est pas comme ça qu'il faudrait goupiller les choses. Ils seraient encore foutus de nous faire tirer dessus ! Non, il faudrait que ça se passe dans le calme, dans une volonté de ne plus être manipulés par ces affameurs de pauvres gens. Il faudrait se débrouiller entre petits, voilà tout…

Paille-au-Cul tapa sur l'épaule de Joseph après avoir regardé un instant son air contrarié d'homme en révolte.

— Faut pas que j'te les casse avec mes salades, tu les connais. Même que des fois, j'me demande si t'es pas d'accord. Tu verras, un jour viendra où l'argent ne sera plus le moteur de tout ce merdier. Aujourd'hui, je passe pour un fou à qui les atrocités de la guerre ont un peu fêlé la caboche, mais demain ou après-demain, les écoles vont fleurir dans tous les villages et avec elles la science. Ce sera la fin de l'ignorance et de la bêtise. Les gens ne seront plus aussi bêtes quand ils sauront tous lire. Ils comprendront. Alors tous les gros pourront bien se torcher l'oignon avec leurs beaux billets ; ça n'impressionnera plus personne.

Ils restèrent un instant assis dans l'herbe, regardant au loin un attelage de trois chevaux qui labourait. Puis ils se levèrent. Paille-au-Cul tira sa mauvaise jambe et grimaça.

— La guerre, elle ne veut rien savoir. Ah ! la guerre… encore une belle saloperie que les gens ne voudront plus faire quand ils se connaîtront mieux et s'apercevront que dans tous les pays on est trompé par les gros. Vivement que les trains passent partout et qu'ils brassent les gens et les idées. Moi, tiens, si j'étais quelque chose, c'est par là que j'attaquerais : une gare et une école dans tous les villages, à commencer par Hennebeaux. Non, mais tu vois le train à Hennebeaux. Tu rigoles, et pourtant, il viendra. Moi j'te le dis, il viendra…

Il descendit dans le fossé et entreprit de couper l'herbe sur les deux kilomètres qu'il avait devant lui. Joseph reprit la bride de son cheval et se remit à marcher sous le grand soleil.

— Au fait, lui cria Paille-au-Cul, le Mathieu et l'Abel, tu les trouveras pas à la carrière. Ils avaient chacun une bouteille et ils m'ont dit qu'ils t'attendraient à la grange à Chappart. Tu vas les trouver dans un drôle d'état ! Quand ils sont passés, ils marchaient bras dessus, bras dessous, la braguette grande ouverte et ils rigolaient comme des cocus. Ils avaient la biroute à l'air et ils pissaient devant eux sur la route.

IV

Les dures conditions du notaire

JOSEPH S'ÉVEILLA. À côté de lui, Marguerite dormait et son souffle rassurant et doux apaisait la chambre tout entière. Il se mit sur le côté pour tenter d'apercevoir le ciel par les petits cœurs percés dans les volets clos et deviner ainsi l'heure qu'il pouvait être. Les étoiles étaient encore toutes allumées dans le ciel : il ne devait pas être bien tard. Pourtant, il avait la sensation d'avoir fini sa nuit. Des fourmillements engourdirent son épaule. Il eut envie de se retourner à nouveau mais ne le fit pas, de peur de réveiller sa femme. Il ne parvenait pas à se rendormir. Il se mit à l'écoute de la maison. Dans la chambre, il rechercha d'abord le souffle de Victorine. Il ne le perçut que lorsqu'elle émit les petits bruits de succion qu'elle continuait à produire comme un bébé, malgré ses cinq ans passés. Une sacrée gamine, cette Victorine, coquine, un peu délurée, aussi diable que ses deux frères étaient doux. C'était « la surprise », comme elle s'appelait elle-même, parce qu'elle était venue quatre ans après le plus jeune de ses frères, à une époque où on ne l'attendait plus beaucoup, ce qui faisait dire à Marguerite : « Pierre, on l'a commandé exprès, Jean aussi, même s'il est venu un peu plus tôt que prévu, mais toi, t'as été une surprise, on t'attendait plus. » Joseph adorait ses garçons et secrètement espérait leur donner la possibilité de mieux vivre que lui, mais il y avait une place toute particulière dans son cœur pour cette espiègle Victorine. Pas une place plus grande, mais une place un peu différente, à cause de la façon qu'elle avait de monter sur ses genoux et de nouer ses petits bras autour de son cou, à cause de ses paroles toujours en forme de questions embarrassantes, à cause de ses yeux au regard futé… à cause aussi de la mère de Joseph dont elle avait tous les traits fins, ces lignes douces pleines de tendresse qui se promenaient encore dans les rêves de l'homme mûr qu'il était devenu.

L'horloge comtoise sonna le quart dans la grande salle.

« Le quart de 5 heures, sans doute », pensa Joseph.

Il était bien tôt pour se lever. Il n'y avait pas presse à sortir du lit en cette saison : début novembre, le jour vient si tard. À quoi bon brûler la chandelle ! Les garçons dormaient dans la chambre à côté et le ronflement du petit Jean vibrait à travers le mur. Tous les deux étaient de bons gosses. Ils se montraient bons élèves et, quand il parlait avec l'instituteur, Joseph était fier de ses enfants.

La grand-mère avait une petite chambre de l'autre côté, dans l'ancien fournil qu'on avait transformé. Elle se manifestait peu, vivait avec eux en femme effacée, trop contente au plus profond d'elle-même d'avoir retrouvé dans cette maison une chaleur et un bien-être dont la guerre l'avait privée pendant quelques années en lui tuant son homme. Joseph avait marié la fille, et il avait aussi pris la mère, voilà tout. Un Pichot, avec les idées généreuses qu'il proférait sans cesse, ne pouvait pas laisser à la rue la mère de sa femme alors que la maison était grande. D'ailleurs, la grand-mère n'était pas une charge et participait à tous les travaux de la ferme.

Joseph changea de position pour tenter de soustraire son épaule au fourmillement qui la gagnait. Il se retourna, revint à plat dos et leva un bras de façon à passer sa main droite sous sa nuque. Marguerite remua à côté. Il crut l'avoir réveillée, mais la respiration redevint régulière. Une chaleur douce s'exhalait de ce corps rond de femme à qui la maturité apportait des volumes et une peau plus satinée. L'envie de glisser sa main sous la chemise de nuit traversa son esprit… Marguerite… C'était aussi grâce à elle que ces trente et un mille francs avaient pu être économisés sou à sou, trente et un mille francs qui allaient être transformés aujourd'hui même en bonne terre grasse. D'un seul coup, Joseph se sentit énervé, frémissant, atteint d'une fébrilité dans les jambes qui lui donnait envie de se lever et d'en terminer tout de suite avec le notaire. Aujourd'hui, les six hectares de l'oncle Jean allaient revenir et se fondre à nouveau à ses terres pour reformer la ferme de ses pères. Tout était arrangé : son argent était disponible. Maître Charreau était d'accord pour prêter vingt mille francs. Les paroles étaient données. Les papiers étaient prêts. Une bonne surprise l'avait même réjoui : ses cousines avaient décidé d'un commun accord de laisser ces terres à mille sept cents francs la mine, ce qui ne portait l'ensemble qu'à quarante mille huit cents francs, environ quarante-deux mille francs avec les frais, nouvelle que Joseph n'avait pas ébruité comptant bien ainsi économiser assez d'argent pour acquérir un peu de matériel. Il repensa à Buffétrille et à Du Barrel qui avaient tenté de le convaincre à plusieurs reprises de sa folie en présentant les remboursements du prêt comme un carcan difficile à supporter, avec au bout du chemin, la misère dans la maison, la faim, le déshonneur peut-être. Mais ces paroles ne faisaient que renforcer sa volonté de posséder les terres. Il se doutait bien que Du Barrel n'avait apporté sa caution que dans l'espoir de le voir un jour dans l'impossibilité de payer. Il le savait aussi capable de lui faire des croche-pieds pour l'aider à se casser la figure et pouvoir racheter tout le lot en ayant l'air de sauver la situation. Joseph crèverait au travail, mais il paierait, peut-être moins par peur de perdre ces terres que par volonté de ne pas courber l'échine, par fierté, de cette fierté qui était entrée dans le sang des Pichot au cours de siècles de petite paysannerie et qui était désormais inscrite dans chacune de ses cellules.

À 10 heures, ils avaient rendez-vous. À 11 heures, tout serait réglé et il rapporterait à la maison le titre de propriété.

Il se laissa aller et son esprit parcourut les six hectares. Il en connaissait tous les reliefs, toutes les limites, les cultures actuelles et l'état des soles. Il marchait en pensée dans ces champs comme il l'eût fait en réalité. Il lui semblait posséder toute la mémoire de ses ancêtres, y compris des souvenirs acquis dans d'autres vies. Il imagina la grande pièce de dix mines labourée, d'un seul tenant d'une seule couleur, d'un seul emblavage. Il lui sembla se souvenir de la veille de son mariage et n'éprouva pas une sensation différente. La grande pièce ! La fierté des Pichot revenue à la maison.

Quand la demie de 5 heures sonna, il se leva, s'efforçant de ne pas faire bouger le lit pour ne pas réveiller sa femme. Il tâtonna dans le noir, prit sur la chaise son paquet de vêtements et se dirigea vers la porte. Il veilla à la manœuvrer sans bruit et ce ne fut qu'une fois dans la grande salle à vivre, quand ses pieds nus perdirent le contact du parquet pour se poser sur le froid des dalles de pierre, qu'il chercha sur la tablette de la cheminée la boîte d'allumettes. Il alluma la bougie, puis se dirigea vers la suspension. La flamme de l'allumette se transmit à la mèche. Il la régla, remit le verre et remonta la lampe au plafond. Le temps de s'affermir, la flamme falota, puis toute la salle fut atteinte par une lumière dorée et les choses semblèrent s'éveiller en sortant de la nuit. Joseph enfila sa chemise, son pantalon et tira sur ses bretelles pour les passer sur ses épaules. Malgré le froid du sol, il resta encore pieds nus pour éviter le bruit. Il se dirigea vers la grande cheminée de briques et de pierres qui occupait le milieu du mur de côté, face aux portes des chambres. La braise mouroyait sous les cendres et de faibles lueurs brunes apparaissaient parfois au gré des souffles qui passaient sous la porte. Il saisit les pincettes, les plongea dans la cendre et secoua légèrement. La cendre voleta et s'éleva vers le conduit, légère, disparaissant rapidement vers le haut. Il releva les braises, chercha dans le foyer les morceaux de bois qui n'avaient pas terminé de se consumer et les plaça dessus. Il souffla, la braise rougeoya, sembla revivre et des flammes orange léchèrent le bois tiède.

Joseph prit la cafetière de fer qui passait la nuit sur la tablette, dans la cheminée, et la posa sur la grille à pieds qu'il venait de remettre au-dessus du foyer. Il attendit. La fébrilité l'avait poussé hors du lit, et maintenant, la même fébrilité le poussait à bouger, comme si l'action allait accélérer le temps et amener plus vite l'heure du départ chez le notaire. Il se redressa, marcha vers la fenêtre, puis vers la porte dont il ouvrit silencieusement le vantail. La nuit était encore noire, mais les premières étoiles s'éteignaient et il ne restait plus dans le ciel que les gros feux bleus des étoiles du matin. Il faisait déjà froid pour la saison et Joseph devina à la fraîcheur de l'air qu'une rosée copieuse était en train de s'abattre sur toutes choses.

« Si le temps continue comme ça, les gelées vont commencer à piquer », pensa-t-il ; mais en lui-même, il savait que cette fraîcheur et cette humidité annonçaient une belle journée, d'autant plus que le vent n'avait pas tourné d'un pouce depuis une huitaine de jours. Tout était silence. Parfois, des cliquetis métalliques parvenaient de l'étable ou de l'écurie, comme si ces bruits sortaient des têtes rêveuses des gros animaux au repos. Il resta ainsi, accoudé au vantail bas de la porte, la tête perdue dans les replis de terre de sa grande pièce, l'épousant à l'avance, avec dans la plante des pieds, des sensations de moelleux quand il imaginait qu'il y marchait et que ses souliers s'imprimaient dans le roux et le brun. Il ne cherchait plus à raisonner, il se laissait aller, savourant la nuit, laissant divaguer son esprit dans le domaine des sensations.

Noiraud sortit frileusement de l'étable où il passait la nuit et avança silencieusement en suivant les murs pour ne pas se mouiller les pattes. Il s'arrêta sous le regard de Joseph et poussa un petit cri plaintif en agitant la queue, comme si ces gestes étaient susceptibles de lui ouvrir la porte.

— T'es déjà debout toi ? Allez viens, mais fais pas de bruit, dit Joseph en lui ouvrant le passage.

Le chien entra et vint se frotter à ses jambes.

— On va boire le café ; il doit être chaud, depuis le temps.

Joseph prit un bol de faïence blanche, l'emplit de café qu'il but par petites gorgées après s'être assis sur les briques du foyer. Le chien s'allongea à ses pieds. Joseph posa sur les chenets cinq ou six petites bûches de façon que la chaleur chasse la fraîcheur de la nuit. Puis il alluma une lampe tempête et sortit de la maison. Il alla vers l'étable. La lueur de sa lampe se promenait sur les murs et découpait dans le noir de grandes ombres où tous les secrets de la nuit semblaient se donner rendez-vous. Les trois vaches et la génisse tournèrent la tête vers la porte quand la lumière les tira de leur rêverie. Les chaînes cliquetèrent et la Blanche se dressa sur ses pattes, tandis que les trois autres semblaient vouloir mordre encore quelques lambeaux de sommeil et restaient allongées sur une cuisse. L'odeur réconfortante de l'étable et du lait qui y flottait rassura Joseph et lui donna confiance.

— Dès l'année prochaine, vous serez six là-dedans, dit-il à ses bêtes. Davantage de terres, c'est plus de pré et de fourrage...

Au moins si la terre marche mal, on pourra faire du beurre et du fromage, ça, on le vend toujours...

Car malgré l'assurance qu'il montrait devant tout le monde, ces remboursements de prêt lui faisaient peur. Il savait en lui-même que la nature est généreuse, mais que le climat ne se montrait pas favorable tous les ans. Depuis son enfance, il en avait vu des gelées sévères, ou tardives, qui vous coupaient les blés au ras du sol ; il en avait vu de ces printemps pourris qui affolent les mauvaises herbes et leur font étouffer les plantes ; il en avait vu des orages qui roulaient les champs sur des kilomètres comme des amants terribles, pris d'amour ; et les veaux qui venaient mort-nés et qui pourrissaient la mère à la faire crever, et la rouille sur les blés, et les insectes, et les sécheresses comme celle qu'on avait connue dans le temps et qui avait obligé à moissonner fin juin. Oui, il connaissait toutes les difficultés qui risquaient de lui barrer la route, il savait combien l'équilibre qui permettait de récolter à plein chariot était fragile. Il se doutait bien que certaines années seraient difficiles... Encore heureux si la maladie ou l'accident ne s'en mêlait pas...

« Il faudrait voir à s'entendre à quatre ou cinq par exemple, de façon à se donner la main en cas de coup dur... Nous, on est déjà deux, Albert et moi ; il faudra que j'en parle à Bineux et à Édouard... »

C'était un projet qui tournait dans sa tête depuis longtemps ; se grouper entre petits pour faire face tous ensemble au malheur de l'un. Mais voilà, c'était difficile parce que le Beauceron n'aime pas être aidé, par fierté, par peur d'être critiqué. Joseph savait que cette façon de voir les choses était mal perçue et que celui qui avançait ces idées ne tardait pas à recevoir une étiquette de « rouge » ou de « socialiste pourri ». C'était difficile surtout parce que les petits se complaisaient dans leurs difficultés. Bineux, par exemple, un brave garçon rondouillard qui souffrait chaque hiver des blessures rapportées de la guerre aurait pu être un partenaire valable : il avait une ferme comparable à celles d'Albert et à la sienne, mais voilà, il était aussi ignorant de l'agriculture qu'un cocher de fiacre et continuait les méthodes employées par son père. Il travaillait en surface, il binait tout juste la terre et n'en tirait que de faibles rendements. Édouard, lui, avait une sacrée paire de bras et une cervelle qui fonctionnait bien, mais tout appartenait à son vieux qui, malgré ses soixante-seize ans et sa paralysie d'un bras, continuait à décider pour la maison tout entière, refusant toute amélioration dans les cultures, le matériel ou l'élevage. Joseph alluma une deuxième lampe et l'accrocha au plafond. Puis, il tira à la fourche de grandes brassées d'herbe et de choux qu'il jeta dans les mangeoires au-dessus de la tête des vaches.

— C'est un peu tôt pour le déjeuner, hein, la Blanche ? Mais dame ! aujourd'hui, c'est un jour à marquer d'une croix, alors, faut que tout le monde y mette du sien, même si ça vous oblige à casser la croûte une heure plus tôt...

Les trois autres bêtes s'étaient levées et commençaient à mâcher consciencieusement les larges feuilles des choux. Joseph approcha la vieille brouette et entreprit de faire les pailles. Toujours, l'image de la grande pièce s'imposait à ses yeux. Alors, la peur des remboursements s'estompait.

« Diable ! se disait-il. Avec de la terre, de bonnes bêtes et un peu de sueur, on doit pouvoir s'en tirer... c'est quand même pas l'Amérique à découvrir. »

Le visage de Marguerite venait apaiser ses craintes : oui, il avait Marguerite ; il avait surtout Marguerite. Elle savait compter, comparer, voir ce qui était bon ou mauvais, elle savait choisir et discuter. Il avait aussi sa belle-mère, et ses deux garçons qui grandissaient et pourraient commencer à lui donner la main dans quelques années. Il avait Victorine et sa parlotte... Pour eux tous, il avait envie de réussir, envie de surmonter cette épreuve. Il sortit plusieurs fois dehors pour aller vider sa brouette sur le tas de fumier. La nuit ne s'estompait guère, même si du côté de Beauché, le ciel blanchissait un peu.

Quand il revint dans la grande salle, la comtoise n'indiquait que six heures vingt-cinq. Il se dit que Marguerite aurait besoin de temps pour se préparer. Il ressortit, tourna dans la cour obscure, alla caresser ses deux chevaux, les soigna, leva leurs pailles, revint dans l'étable et s'assit sur des bottes pour caresser son chien.

— Tu vois Noiraud, on tourne, on se lève tôt pour s'avancer et résultat on sait plus quoi faire deux heures avant de partir. Tiens, j'vais tirer les vaches…

Il trayait rarement les vaches, non parce que ce travail lui déplaisait, mais parce que Marguerite s'était toujours montrée jalouse de ses prérogatives : traire les vaches, c'est le travail de la fermière. Il rinça le seau, se lava les mains, prit le tabouret à trois pattes et s'assit contre le flanc de la Blanche. À tâtons, car la lumière jaune des deux lampes à pétrole n'éclairait pas le ventre des vaches, il glissa ses deux mains et caressa le pis gonflé et tiède qu'un fin duvet de poils doux recouvrait. Ses mains saisirent les trayons et, lentement, les pressèrent en tirant vers le bas. Le lait se mit à jaillir dans le seau qu'il avait coincé entre ses genoux. Au bruit du jet sur le fond du seau, il se rendit compte que le lait tombait sur le côté. Il se déplaça légèrement vers la gauche. Puis la chaleur de l'animal l'engourdit. Il posa sa tête contre le flanc et laissa ses mains épuiser lentement la source blanche et sonore.

« Avec six vaches, on peut faire cent litres de lait par jour au moins, pensa-t-il. Le beurre, le fromage, on trouvera forcément à le vendre. En ville, ils en auront toujours besoin. Et puis, six vaches, ça fait six veaux avec un peu de chance, on peut rembourser rien qu'avec ça… »

Ses pensées l'absorbaient à ce point qu'il n'entendit pas Marguerite arriver derrière lui. Les premières paroles qu'elle lui adressa le surprirent.

— À quelle heure tu t'es levé ? demanda-t-elle en s'approchant. Je parie que d'aller au notaire t'a tourmenté toute la nuit et que tu n'as pas dormi.

— Tout juste, répondit-il sans lâcher les trayons, mais toi, ma belle, ce projet de promenade a l'air de t'avoir bien fait dormir !

— T'as tellement bougé depuis hier au soir, qu'il fallait bien que je récupère sur le matin.

Elle se glissa entre les deux vaches, s'accroupit et lui passa les bras autour des épaules.

— T'es content à ce point-là d'aller chez le notaire ? lui demanda-t-elle à l'oreille.

— Bien sûr. Tu ne crois pas que c'est un beau jour ? Pense un peu au grand-père s'il revenait…

— Est-ce que tu n'es pas un peu tourmenté par tout cet argent qu'on va remuer en une heure... demanda-t-elle encore.

— Dame, répondit-il, on a mis dix ans à économiser ce qu'on va dépenser en dix minutes, et on mettra peut-être encore dix ans à économiser ce qu'il faudra rembourser... Que veux-tu, c'est quelque chose le travail de vingt années... on se pose quand même des questions.

— Tu as peur de pas pouvoir... ? dit-elle.

— Avec toi, non. Je suis sûr qu'on arrivera même à rembourser avant la date, ajouta-t-il. Avec toi, oui. Tous les deux on y arrivera.

Marguerite l'embrassa. Puis elle se releva, changea de ton et redevint la fermière dans son domaine.

— Allez, arrête de tirer, tu vois bien qu'elle a plus rien et que ton seau est plein, dit-elle. Laisse-moi la place, c'est mon travail.

— En v'là de l'autorité ce matin, répondit-il en riant. Faudrait voir à pas me foutre à la porte avant l'heure...

En un tour de main, Marguerite accapara tout le matériel. Elle alla dans la petite pièce du fond qu'on appelait la laiterie et on entendit le glouglou-tement du lait qui coulait dans un bidon. Joseph siffla Noiraud. Le chien ne vint pas. Il avait suivi Marguerite et attendait sa gamelle de lait qu'il partageait chaque matin avec le chat. Dehors, le petit jour cinglait le ciel d'une pâleur vive. Toutes les choses étaient encore sombres mais, dans l'herbe de la cour, de grosses gouttes de rosée accrochaient déjà des effilochures de lumière. Il se dirigea vers le portail qu'il ouvrit tout grand. Puis, il fit quelques pas sur le chemin et parcourut la vingtaine de mètres qui l'amena sur le bord de la route de Beauché.

Hennebeaux commençait à bruire des mille bruits de la vie. On devinait les gens dans les étables aux chocs des pattes de brouettes frappant le sol, aux appels des animaux et aux lueurs incertaines qui tremblotaient dans les cours. Du côté de Beauché, la route noire s'étendait toute droite, avant de disparaître dans un coude et un pli de terrain. Joseph possédait la dernière ferme du village. Après la sienne, seules deux petites maisons avaient été construites autrefois. Des maisons de journaliers agricoles aujourd'hui habitées par deux vieilles en noir qui rôdaient comme des ombres dans le cimetière tous les après-midi.

Joseph tourna ainsi dans tous les sens jusqu'à huit heures et quart. Quand il eut mangé, il traversa le chemin des Cinq-Muids sur lequel s'ouvrait son portail et, en face, celui d'Albert Archambault. Il revint avec la jument qu'il préférait atteler à sa petite carriole. Elle était plus rapide. Puis, il emmena Tambour et Sansonnet chez le maréchal-ferrant, pour qu'il les ferre pendant son absence.

Il ne faut pas perdre de temps ! Enfin, il revint à la maison, sortit son rasoir, son blaireau, accrocha un petit miroir à l'espagnolette de la fenêtre et entreprit de se raser. Il ne se rasait que deux fois par semaine, le dimanche et le jeudi, mais bien qu'on fût un mardi, il estima ne pouvoir faire autrement.

La maison s'était animée : la grand-mère s'affairait autour de la cheminée, et les enfants assis autour de la table trempaient de larges tartines, dans d'immenses bols de faïence blanche.

— Chut ! lançait Victorine sans arrêt à ses deux frères. Vous savez bien que le bruit peut faire bouger Papa…

Le rasoir avait des allures de grand sabre qui inquiétaient fort la gamine. Le plus pénible, ce fut de s'endimancher : Joseph n'aimait pas se déguiser comme les gens des villes. Les vêtements du dimanche qu'il devait avoir depuis son mariage le serraient, l'empêchaient de se mouvoir librement. Mais, c'était nécessaire : on ne va pas acheter six hectares de terre habillé en gadouillot.

Marguerite revint et s'apprêta à son tour. Elle enfila une robe un peu trop claire pour la saison et un chapeau qu'elle portait pour la première fois et qu'elle avait acheté la semaine précédente, tout exprès pour la circonstance.

— Tu sais pas, dit Joseph, dont l'énervement des préparatifs agitait les doigts au point de ne plus lui permettre de boutonner son gilet, je vais atteler la jument avant de mettre mes souliers et ma cravate ; je serai plus à l'aise.

Marguerite ferma la porte de la chambre et extirpa de dessous une pile de draps, un large portefeuille de cuir jaune. Elle en sortit trente et un billets de mille francs. Trente et un billets de mille francs qu'elle étala sur le couvre-lit blanc. Une fortune ! Dix ans d'économies et de travail ! Était-il donc possible qu'il y eût sous ses yeux la valeur de plus de quatre hectares de terre ? Elle compta vingt billets, les regarda et se dit que finalement cet emprunt ne représentait pas beaucoup à côté de ce qu'ils avaient économisé avec seulement leurs cinq hectares. Avec onze, ils auraient pu en économiser le double peut-être ! Et cela lui redonna définitivement confiance.

Elle compta aussi huit mille francs, qu'elle mit de côté dans une autre pochette et qu'elle cacha, à nouveau sous les draps ; ceux-là, on ne les emportait pas, c'était pour se moderniser. Elle remit les vingt-trois mille francs dans le portefeuille, espérant secrètement que ce filou de notaire ne leur prendrait pas plus de mille francs de frais et que le portefeuille ne reviendrait pas complètement vide à la maison.

— La jument est prête, dit Joseph en poussant la porte de la chambre, maintenant, c'est moi qu'il faut finir d'atteler. Tu…

Joseph remarqua le portefeuille et les yeux pétillants de sa femme. Il sourit et s'approcha. Marguerite répondit par un sourire complice, puis elle s'empara de la cravate et entreprit de la lui nouer.

— Fais pas ton gros cou, j'peux pas boutonner ta chemise. Respire pas si fort.

— Si tu crois que je vais survivre à ces tortures, répondit-il en riant.

Mais, le plus dur, ce furent les souliers noirs... Ils servaient si peu. La pointure était bonne, mais ces messieurs de la ville pour qui ils étaient faits avaient les pieds si étroits... et lui les avait si larges... Enfin, un peu avant 9 heures, tous deux furent prêts. Ils se regardèrent, heureux et nerveux comme un matin de noce. Marguerite prit le portefeuille et le lui tendit :

— Tiens, les vingt-trois mille sont dedans, je viens de les compter, dit-elle. Boutonne bien ta poche intérieure, pour pas les perdre. C'est notre travail qu'est là-dedans.

Joseph le mit dans la poche intérieure de sa veste dont il assura la fermeture en glissant soigneusement dans les boutonnières les deux boutons cousus tout exprès pour le transport de cette fortune.

— C'est du travail passé, ajouta-t-il en tapant du plat de la main sur le portefeuille qui gonflait sa poitrine, mais c'est maintenant une sacrée promesse d'avenir...

Marguerite restait plantée devant son homme. Elle le regardait d'un regard attendri et amoureux.

— T'es beau…

Puis elle le prit par le bras et le poussa vers la porte :

— Allez, il est l'heure, on y va.

Dehors, les enfants attendaient en caressant la jument. La grand-mère leur avait recommandé de ne pas rester dans les jambes de leurs parents pour ne pas les énerver.

— À midi, les *gnas*[1], leur dit Joseph en leur posant un baiser sonore sur le front.

Il monta dans la carriole et s'empara des rênes. Marguerite embrassa les enfants et vint s'asseoir à côté de lui. Victorine, aveuglée par la lumière du jour, levait la tête vers le ciel pour regarder ses parents, fermait un œil et se protégeait l'autre avec sa petite main.

— T'es content parce qu'en revenant tout à l'heure, tu seras riche ? lança-t-elle à son père.

— Oui, c'est ça, répondit-il en riant, on va revenir riche, mais garde bien le secret, il y a tant de voleurs partout.

Et il donna le signal du départ en claquant la croupe avec les rênes. La jument sortit, tourna à gauche deux fois et prit le trot dès qu'elle parvint sous les premiers tilleuls de la route de Beauché.

---

1. Gnas : enfant.

Son pas résonnait sur les pierres. La douceur de novembre ensoleillé, les couleurs chaudes des terres nues qui s'étalaient à perte de vue au-delà des fossés, la gaieté du pas de l'animal, le sourire du couple endimanché, tout évoquait étrangement le printemps.

La carriole s'éloigna petit à petit du village ; déjà, on n'en voyait plus qu'une masse brune. Guilandru et ses bois en feux apparurent sur la gauche dès qu'ils eurent atteint le coude de la route. Joseph se retourna : au loin, à l'entrée du village, trois enfants agitaient les bras. Joseph leur rendit leurs signes.

— Dans une heure, tous les gosses de l'école sauront qu'on est devenu riche, et à midi, tout le pays saura qu'on a signé aujourd'hui. Avec cette diablesse de Victorine !

— Avoue donc que l'idée te déplaît pas, répondit Marguerite, c'est quand même une sorte de revanche pour nous.

— Dans le fond, t'as raison, c'est une revanche ; oui, une sorte de revanche.

Il claqua à nouveau la croupe de la jument et la carriole disparut dans le coude de la route.

V

Un train en Beauce

INSTINCTIVEMENT, Joseph porta la main à sa poitrine pour palper à travers le tissu la présence de son portefeuille. Il était là. Tout était en ordre. Les titres de propriété des six hectares étaient dans sa poche. Désormais, il était propriétaire d'une ferme de onze hectares.

Ils descendirent les trois marches de l'étude du notaire. Tous deux se sentaient abasourdis, un peu assommés par la facilité avec laquelle tout s'était déroulé. À dix heures moins cinq, ils étaient entrés dans l'étude où un clerc leur avait demandé d'attendre quelques instants. Puis, Maître Charreau les avait reçus. Les cousines avaient déjà signé chez leurs notaires respectifs, si bien que le notaire n'eut plus qu'à expliquer un tas de dispositions sur la loi, dispositions qu'ils écoutèrent comme ils écoutaient le latin de la messe, sans les comprendre, mais en admirant Maître Charreau d'être si savant. Ils ne se firent répéter que les conditions du prêt. Tout ce qui avait été convenu était consigné dans l'acte. Joseph sentit ses doigts s'agiter quand il entendit le notaire expliquer que Monsieur Du Barrel se portait garant du remboursement de ce prêt, à condition toutefois que l'ensemble des six hectares servent de garantie. En cas de retard de plus de deux mois dans le paiement d'une traite, Monsieur Du Barrel aurait priorité absolue pour racheter ces terres. Il s'y engageait, bien entendu, et le notaire était passé la veille au Guilandru. La signature fine de Du Barrel figurait déjà au bas de l'acte. C'était injuste, dur, écrasant. Joseph savait désormais que Du Barrel le guetterait et tenterait de les faire chuter, mais, à ce moment-là, la joie de la possession l'emportait. Il serra les poings et les dents un instant, et saisit la plume.

Avant de signer toutes les pages de ces documents, il étala sur la table vingt-deux mille francs, dont douze cents francs d'avance sur les frais. Les vingt mille francs du prêt, Joseph n'en verrait même pas la couleur.

— Vous avez bien réfléchi ? lui demanda le notaire une dernière fois avant les signatures. Vous avez bien pesé toutes les autres solutions qui vous ont été proposées ? Vous savez que Monsieur Du Barrel serait disposé à vous aider en achetant la…

— C'est décidé comme ça, on n'y revient pas, coupa Joseph. On n'a pas peur du travail.

Le notaire sembla déçu mais n'insista pas. Visiblement, il aurait préféré une autre solution. Joseph sentit que lui non plus ne se montrerait guère disposé à accepter un retard… Le clerc retourna les actes vers eux, et l'un après l'autre, en s'appliquant, ils firent crisser les plumes d'acier au bas des actes. Joseph transpirait en écrivant. Sa main tremblait légèrement. Il eut l'impression qu'il lui fallut une éternité pour apposer la douzaine de paraphes et les quelques signatures. Pendant que Marguerite signait à son tour, il s'épongea le front et le cou en glissant son mouchoir entre la peau et le col trop serré de sa chemise. Sa cravate l'étranglait. Ses pieds le faisaient souffrir et, à ce moment précis, il pensa plus à se déchausser qu'aux six hectares qu'il convoitait depuis si longtemps.

À présent, ils se retrouvaient devant la carriole, muets, hébétés, ne sachant trop que décider. Marguerite réagit la première. Elle le regarda, se mit à rire et à verser des larmes en même temps qu'elle lui plantait son regard dans les yeux.

— Viens, faut qu'on aille boire un coup pour arroser ça et se remonter. J'ai les jambes coupées par toutes ces paroles et si je ne m'assieds pas, je crois que je vais tomber étourdie…

— T'as raison, dit Joseph, moi aussi, faut que je me remonte. J'ai les nerfs qui lâchent maintenant.

Ils se dirigèrent vers l'auberge des Trois-Rois. Le patron s'affairait devant le feu dans la cuisine, dont la porte grande ouverte sur la salle laissait pénétrer des odeurs de viandes grillées qui annonçaient déjà midi. Il vint vers eux, et son visage sourit quand il les reconnut.

— Tiens, les Pichot, un mardi, ça sent le notaire une visite un pareil jour, lança-t-il en s'essuyant les mains sur le tablier gonflé par son gros ventre. Remarquez, j'ai pas de mérite à le deviner, continua-t-il, Paille-au-Cul est venu ce matin et il m'a dit que la signature était pour aujourd'hui.

— C'est vrai, répondit Joseph en lui serrant la main.

Il tapa sur les papiers et ajouta :

— Tout est réglé, y a plus qu'à relever ses manches.

— En attendant, vous allez nous servir un petit quelque chose, ajouta Marguerite, on en a les jambes coupées par toute cette affaire.

— Sûr que le vieux père Pichot serait heureux aujourd'hui, dit l'aubergiste. La ferme est redevenue ce qu'elle était autrefois.

Il essuya la table et saisit deux verres à pied sur une étagère fixée au mur.

— À c't'heure-là, c'est encore deux blancs qui vous ravigoteront le plus.

Il alla chercher une bouteille.

— Paille-au-Cul m'a livré du gibier ce matin, reprit-il en clignant de l'œil. Vous voulez pas manger avec nous ? J'ai fait un de ces faisans à la solognote pour ce midi ! Vous m'en direz des nouvelles.

L'aubergiste était parfaitement au courant des relations qui unissaient le cantonnier et Joseph. Il pouvait se permettre de parler du gibier. D'ailleurs tout le monde savait que Paille-au-Cul braconnait un peu partout, chez les gros surtout. C'était sa façon à lui de faire le partage comme il disait. La paie d'un cantonnier était si petite que personne ne songeait à le lui reprocher. D'ailleurs, tout le monde braconnait dans le pays. C'était la seule vraie activité qui réunissait toutes les petites gens. Une véritable complicité ! Sa technique la plus courante, c'était le collet. C'est avec ses lacets qu'il approvisionnait les restaurants et les bonnes cuisines. Mais sa grande spécialité restait le filet dans lequel les alouettes et les perdreaux venaient s'abattre de nuit. On ne rencontrait pas un meilleur spécialiste à vingt kilomètres à la ronde. Et rusé en plus : jamais vu, jamais pris.

Le vin blanc était frais, sec et ravigotant. Joseph et Marguerite en burent deux verres chacun. La chaleur revint dans leurs estomacs. Petit à petit leurs esprits s'apaisèrent et leurs mains se calmèrent. De temps en temps, Joseph portait sa main à sa poitrine pour sentir les papiers.

— On ne va pas te les voler, et puis même, la terre, elle est à nous, bien à nous maintenant, dit Marguerite. Tu commences à réaliser. Toutes les pièces vont doubler de surface. Tu la vois ta grande pièce ? Tu la vois maintenant ?

Joseph la voyait, mais il savait qu'il ne la posséderait vraiment que dans quelques jours, quand il aurait labouré la moitié louée jusqu'à maintenant et que Buffétrille avait laissée en jachère, quand il l'aurait préparée pour le blé de printemps, que toute la pièce serait de la même couleur. Il savait que seulement à ce moment-là, il ressentirait la jouissance de la possession, comme après une nuit d'amour quand le corps s'endort, saoul de fatigue et de sensations. Alors Joseph se mit à parler, à raconter à Marguerite tous les projets qu'il avait accumulés depuis des mois.

— Je vais arracher toutes les haies qui séparent les deux parties de chaque pièce. Je vais tout réunir, comme au temps du grand-père. Cette année, je vais pas encore planter comme je veux, mais tout est prêt dans ma tête pour l'an prochain. On laissera rien en jachère, on fera n'importe quoi, mais jamais plus on verra chez moi de parcelles incultes. Et puis à la fin du mois, j'achète deux génisses à la foire de Bonneval. Et puis cet hiver, je me renseignerai pour avoir du nouveau matériel, peut-être pas du neuf, mais du bon en tout cas. Tu vas voir, si le ciel est un peu avec nous l'an prochain, on n'aura pas de greniers assez grands.

Il s'enflammait, pris d'un vertige qui faisait naître en une minute des projets en gestation depuis des mois. Tout était prêt, et l'accouchement étourdissait soudain Marguerite par la rapidité de son déroulement.

En sortant de l'auberge, Joseph prit le bras de sa femme et il continua à l'étourdir avec son flot de projets. C'est à peine s'il lui laissa le temps de faire le tour de la carriole pour y monter. Il avait soudain tant de choses à raconter. La jument reprit le trot. On traversa les rues de Beauché où les belles maisons des fermiers retraités s'alignaient derrière des rideaux d'arbres à peine dépouillés. De temps en temps, on apercevait dans l'une de ces maisons de rentiers aisés la tête d'une jument qui passait par le vantail ouvert de l'écurie construite à côté de la maison des cultivateurs retirés. On passa devant la tuilerie et ses maisons ouvrières puis la large plaine se déroula, monotone, nue, puissante avec de place en place la tache colorée d'un petit bois jauni.

— Ce qu'il faudrait, tu vois, c'est quasiment vendre avant de semer je veux dire qu'il faudrait cultiver ce qu'on est sûr de vendre ; être en cheville avec des commerçants de Beauché, de Bonneval ou d'ailleurs. Faire de tout, des fourrages, des pommes de terre, du bon blé, des graines aussi…

Marguerite l'écoutait, le laissait s'enivrer sans intervenir, certaine d'une part que les idées de son homme étaient bonnes, d'autre part qu'elle ne pourrait le calmer que lorsqu'il serait vidé de toutes les paroles qui lui trottaient dans la tête depuis des semaines. Presque aussitôt après s'être engagé à l'ombre des tilleuls, un appel coupa net le débit rapide de la voix de Joseph :

— Oh ! les nouveaux riches ! on ne reconnaît plus les amis quand on est déguisé en bourgeois !

Paille-au-Cul était assis dans l'herbe, le dos appuyé contre le tronc d'un arbre. Joseph tira les rênes, et la jument s'arrêta sur le bas-côté.

— Qu'est-ce que tu fous là toi, répondit Joseph, t'as perdu ta faux ?

Le cantonnier se leva et vint vers la carriole.

— Si tu me ramenais, ça économiserait ma pauvre jambe. Figure-toi que le nouveau patron, enfin, je veux dire le chef du district nous convoque un par un pour se faire expliquer le travail dans chaque commune.

Il monta dans la carriole, s'assit sur le banc à l'arrière et étendit sa jambe.

— La garce, dit-il en l'allongeant, c'est plus de sa force de faire tant de kilomètres à pied…

— Surtout quand il faut rallonger la route pour livrer un peu de poils et de plumes, ajouta Marguerite ironiquement.

— De la plume, rien que de la plume, rectifia-t-il en lui demandant le secret, un doigt posé en croix sur la bouche.

— Remarque, mon sac est vide, mais j'peux faire un effort pour que t'en manges demain, reprit-il.

Joseph rit, claqua les rênes et la jument reprit le trot.

— Alors comme ça, vous v'là parmi les gros du pays maintenant, ironisa Paille-au-Cul dès que la carriole fut au milieu de la route. Ben merde alors, j'vais avoir l'air de quoi, moi au bistrot, d'être le copain d'un proprio... Hein, la patronne, tu crois pas que j'vais avoir l'air con ?

— Pousse pas, répondit faiblement Joseph. Tu sais bien que c'est pas ces six hectares qui vont nous changer.

— Ça fait rien, continua Paille-au-Cul, j'suis bien content que tu aies pissé à la raie du p'tit Jules – c'est ainsi qu'il surnommait Jules Buffétrille – et de Môssieur Badinguet – c'était le surnom qu'il avait attribué à Du Barrel, à cause des idées bonapartistes qu'il ne cessait de proférer. J'suis sûr qu'ils vont pas en dormir cette nuit que ces terres soient passées à côté de leur portefeuille en leur faisant un bras d'honneur. Bien fait, oui, t'as eu raison de leur montrer que le pognon c'est pas tout, qu'il y a encore la fierté et le travail.

Joseph et Marguerite sentirent à quel point Paille-au-Cul en voulait aux gros. Il leur reprochait peut-être encore plus leur volonté de s'imposer, d'asservir d'autres hommes, de les obliger à faire le contraire que ce qu'ils pensaient de leur argent. Du Barrel surtout, avec son physique d'homme grand, mince, ses mains longues, blanches et molles, ses cravates, ses pochettes et ses costumes de coupe anglaise, incarnait pour lui ce qui est le plus misérable chez un homme. Un physique de buse. Depuis des années, il faisait campagne contre ce conseiller général qui promettait des réformes et qui agissait toujours dans le sens de son propre intérêt. Malheureusement, plus il parlait, plus les gens se méfiaient de lui. Paille-au-Cul passait pour un rouge, un partageux, un traîne-savates qui n'avait pour seul souci que de s'approprier le bien des autres. Le curé le citait comme l'exemple même de la possession diabolique. Les bigotes le fuyaient et racontaient à son sujet d'horribles histoires aux enfants. Bref, s'il avait encore la sympathie de la majorité des gens de Hennebeaux, c'était uniquement parce qu'il criait toujours tout haut ce que l'un au moins des habitants murmurait tout bas. Et puis, il faisait tant rire avec ses histoires de braconnages…

— Les temps vont changer, reprit Paille-au-Cul, le progrès va venir jusque dans nos campagnes et des gars comme toi qui comprennent bien les choses en profiteront au détriment de tous ces petits seigneurs à l'ancienne mode… Tiens, faut que je te raconte ce que j'ai entendu dire ce matin pendant que j'étais chez le chef de district...

Joseph savait qu'il ne pourrait plus en placer une. Il se cala le dos au dossier du banc, regarda Marguerite d'un air qui voulait dire : « On en a jusqu'à Hennebeaux », et attendit la suite, des images de sa grande pièce plein la tête. Car Paille-au-Cul était un orateur, un orateur de bistrot certes, mais qui savait faire durer la moindre anecdote.

— ... Figure-toi, poursuivit-il, que le chef me causait, ou plutôt que je lui causais, quand un autre gars est venu dans le bureau. Il m'est passé devant, bien entendu. Un gars bien, avec les moustaches, les souliers en cuir souple et la cravate, un monsieur quoi, un ingénieur ou un gars comme ça parce que c'est tout juste si mon chef ne s'est pas mis au garde-à-vous pour lui laisser sa chaise. Alors moi, j'ai écouté. Et tu sais ce qu'ils disaient ? Ils parlaient du train, oui mon gars, d'un train qui irait de Paris à Tours en passant par Auneau, Bonneval, Châteaudun...

Il attendit que les autres réagissent pour se ménager un effet, mais Joseph et Marguerite semblaient ailleurs. Il poursuivit :

— Et il passerait par Beauché ! Oh, un train ! vous vous rendez compte que c'est le progrès qui arrive chez nous. Ça va donner du travail à plein de gens, ça va amener du monde nouveau avec des idées nouvelles. Tu crois pas que ça va favoriser notre coin, permettre de mieux vendre les produits des uns et des autres. Enfin, vous savez bien que les villes où passe le chemin de fer se sont développées. Regardez Orléans…

Il continua ainsi son monologue pendant près de deux kilomètres. Joseph n'entra dans son jeu que longtemps après lorsqu'il parla de façon plus concrète.

— Tu parles du train, dit Joseph, mais qu'est-ce que tu veux qu'il change pour nous : il va pas passer à Hennebeaux tout de même.

— Ben là, tu te fous le doigt dans l'œil, c'est pas impossible. D'accord, j'suis pas au courant du tracé, je crois bien qu'il n'est pas encore décidé. La logique voudrait que de Beauché à Bonneval, la ligne soit toute droite et dans ce cas, elle ne passerait pas sur la commune. Mais suppose qu'ils aient dans l'idée de suivre les chemins départementaux, où est-ce qu'il va passer le chemin de fer ? Dis-moi un peu, où ?

— Ils passeraient au nord de la commune, mais, j'ai entendu dire qu'un kilomètre de voie coûte des mille et des mille, alors tu penses qu'ils vont aller au plus court.

Les deux hommes restèrent quelques minutes silencieux.

— Enfin, ce que j'en dis, c'est pour causer. Le gars a fini par dire que la ligne passerait peut-être par Orléans ou par Toury. En ce cas, fini le progrès ! lâcha Paille-au-Cul désabusé. Avec la chance qu'on a dans nos pays…

La jument suivait un rythme très régulier. De chaque côté de la route, la plaine infinie se laissait caresser par les vents d'automne. Dans les champs, des attelages se découpaient sur l'horizon. Des hommes suivaient des herses ou des rouleaux. D'autres balançaient encore le bras, jetant à la terre la semence d'automne. Des attelées de trois chevaux en ligne tiraient des brabants. De temps en temps, une voix sonore lançait un ordre aux chevaux et résonnait dans la plaine. C'était beau. On arriva en vue du coude de la route après lequel on apercevait le village de Hennebeaux.

— Tu vas me descendre dans le virage, dit Paille-au-Cul, j'ai laissé ma faux en passant ce matin. J'vas remplir ma *pouche*[1] d'herbe pour mes lapins : c'est plein de trèfle ici.

On parcourut les quelques centaines de mètres en évoquant encore les progrès qu'apporterait le train, et Paille-au-Cul descendit en frottant sa jambe engourdie.

— Sacrée garce, dit-il, et l'hiver est pas encore commencé.

Quand il fut sur le bas-côté et que la carriole redémarra, il lança en riant :

---

1. *Pouche : sac.*

— Si t'arroses tes nouvelles pièces, tu peux toujours me faire signe, j'apporterai les verres…

— Au revoir, dit Marguerite en se retournant. On n'oubliera pas.

La route se déroula à nouveau devant eux : on oublia le train pour reparler des pièces. Joseph palpa à nouveau sa veste pour sentir contre sa poitrine les précieux papiers.

— Si j'étais sûr qu'il fasse encore une quinzaine de beaux jours, je labourerais la pièce que Buffétrille a laissée en jachère et j'emblaverais toute de suite avec du *Gironde*, dit Joseph.

— T'es bien pressé ! répondit Marguerite ; et puis, c'est une nouvelle variété que tu ne connais pas, tu crois que c'est bien prudent d'en faire si grand dès la première année ?

— Quand même, ce serait si beau dix mines de la même couleur, d'un seul tenant… rêva-t-il.

Ils arrivèrent au village. La cour de la ferme était déserte ; même les volailles étaient parties au pré. Noiraud vint à leur rencontre et se mit à tourner dans leurs jambes. Tous deux se rhabillèrent en tenue de tous les jours. Joseph fut heureux et soulagé de retrouver sa paire de souliers et sa chemise de flanelle. Il se sentit à l'aise et eut vraiment l'impression d'être revenu chez lui. Avant de les ranger au fond de l'armoire, il étala sur la grande table de la salle tous les titres de propriété. Il les regarda longtemps, sans les lire, juste pour le plaisir.

Autour de lui, la maison semblait avoir retrouvé son bonheur d'antan. Il croyait la sentir respirer d'un souffle nouveau comme si les murs comprenaient que la propriété était reconstituée et qu'une vie nouvelle allait commencer. La moitié du village ne dirait plus Pichot, mais Monsieur Pichot.

— Tiens Marguerite, range-les bien, dit-il. Crois-moi, elles nous porteront bonheur ces pièces…

Il sortit, dételа la jument et la conduisit chez Albert. Là aussi la cour était déserte. Seul le chien vint regarder qui entrait. Alors, il marcha pour mieux réfléchir et sans le vouloir vraiment, prit la direction du chemin du Pendu. Ses pas le conduisirent malgré lui à la grande pièce. Il leva les yeux. Elle s'étendait devant lui, plate, moitié brune et fécondée, moitié abandonnée et gémissante. Il commença à en faire le tour, en comptant ses pas qu'il savait grands et un peu supérieurs à un mètre. Cent cinquante pas de large, cent quatre-vingts de long !

« Une merveille, pensa-t-il. Dès demain, je laboure et dans huit jours, tout sera semé en *Gironde*. Cette année, c'est moi qui aurai la plus belle pièce de blé de la commune… ça aussi ce sera ma revanche… »

Il se baissa, prit une motte dans sa main et l'émietta. Doucement la terre coula entre ses doigts, douce, ferme, offerte, comme un sein de femme…

VI

La chasse aux alouettes

— N'EMPÊCHE, on peut dire que t'as eu de la chance, déclara Émile Loreau, que l'on surnommait « Bineux », en roulant le long filet sur la table de la salle.

— De la chance, de la chance, oui, dans un sens, reprit Albert Archambault, mais il a quand même fallu la labourer cette pièce, la herser, la semer, la re-herser et la rouler…

— Et on s'était même payé le luxe de la faucher avant et de brûler toute cette saloperie… ajouta Joseph en préparant le déflecteur poli de la lampe à acétylène.

— Quand même, minimisa Bineux, vous pouvez pas dire que le temps n'a pas été avec vous. Depuis que t'as acheté cette pièce, il a fait beau tous les jours !

Joseph, Albert, Paille-au-Cul, Édouard et La Souris, un vacher qui travaillait depuis vingt-cinq ans chez Du Barrel se retrouvaient chez

Bineux pour préparer une chasse aux alouettes. Mais la conversation roulait depuis une demi-heure sur cette fameuse grande pièce que Joseph et Albert avaient remise en état et emblavée en une semaine. Chacun se montrait admiratif, même si certains soulignaient que le beau temps avait facilité le travail.

— Moi, j'vas t'dire, commença Édouard, t'as une bien belle pièce là, et j'sus bien content que tu aies réussi à la remettre en état tout de suite.

— Et puis, c'est pas tout les gars, continua Paille-au-Cul, c'est pas votre saloperie qu'il a semée, c'est une variété nouvelle qu'attrape pas la rouille et qu'a jamais soif.

— Ben, il est pas comme toi, lança La Souris en rigolant.

— Ta gueule toi, tu y connais rien, poursuivit Paille-au-Cul. Il paraît même qu'il a deux épis par tige… Vous allez voir les gars, il sera même plus bon pour les poules votre blé quand elles auront goûté celui à Joseph…

— Pousse pas, coupa Joseph qui acceptait bien volontiers les plaisanteries de ses camarades d'enfance. Pousse pas, il est pas encore levé.

— « Si novembre tonne, l'année suivante sera bonne », récita Édouard, et il a sacrement tonné hier. Moi, si je pouvais, j'en aurais fait aussi de ton *Gironde*, mais…

Il ne termina pas sa phrase. Chacun savait que son vieux commandait encore la maison et que le pauvre Édouard n'avait qu'à obéir.

— Lamente-toi pas, ironisa La Souris. Toi, ton père, il a soixante-seize ans, c'est pas comme ma femme et puis en plus tu risques pas de prendre une claque dans la gueule.

Un éclat de rire résonna dans la pièce. C'était un cas la femme de La Souris : une petite, mais une violente qui lui avait déjà marqué l'œil de plusieurs cocards généreux. La femme de La Souris, c'était un vrai taureau.

— Oui, ma Moune, oui, ma Moune, répétait Paille-au-Cul en essayant de prendre la voix de La Souris.

Et tout le monde riait de plus belle parce qu'il lui prenait parfois l'idée de venir chercher son homme au bistrot, à la femme de La Souris. Et, autour des petites tables de bois où les culs des verres avaient tatoué des ronds de vinasse, c'était à qui des deux tournerait le plus vite dans ces cas-là. La Souris couchait les oreilles et tentait par la fuite d'éviter un œil au beurre noir, tandis que sa femme le menaçait de son mètre cinquante en l'a*gonisant*[1] de paroles obscènes. C'était la grosse

1. *Agonir quelqu'un : forme patoisante signifiant « accabler quelqu'un de... ».*

rigolade dans le bistrot. Tous les ivrognes du pays encourageaient ce pauvre La Souris :

— Tiens bon La Souris, elle commence à s'essouffler.

— Prends un verre au passage, t'es en sueur.

— Moi, j'te dis qu'après ça, tu vas avoir une sacrée nuit de noce, tu seras à genoux demain matin.

Au milieu des rires et des quolibets qui fusaient, ce pauvre La Souris continuait à pleurnicher des :

— Oui, ma Moune, je rentre, ma Moune…

Dans la salle, tandis que les deux filets finissaient de s'enrouler, Paille-au-Cul redevint soudain sérieux et prit la voix grave du chef de l'expédition. Car c'en était une, d'expédition, que d'aller se promener à minuit par nuit noire dans la plaine avec deux filets de vingt-cinq mètres de large et six mètres de haut. On pouvait toujours tomber sur un garde, les gendarmes, ou pire les chiens des fermiers voisins…

— Récapitulons : les deux filets… la lampe… la boîte pour l'alouette, les musettes… Chacun a son couteau dans sa poche… énuméra Paille-au-Cul.

— Et les perches ? demanda La Souris.

— Elles sont sous ma grange du 1er janvier au 31 décembre, elles risquent pas d'être oubliées, répondit Bineux en haussant les épaules.

Joseph alla à la porte, l'ouvrit et scruta la nuit.

— Faut attendre, laissa-t-il tomber après quelques secondes. Il fait bien noir, mais on entend encore les chiens.

Il resta un instant le nez en l'air, humant l'obscurité. La nuit était belle, noire, sèche. Un vent faible venait du sud-est et chassait les bruits vers la plaine.

— C'est une sacrée bonne nuit pour les alouettes ; le temps y est, et le vent, et tout…

— Allez, reprit Bineux, on boit une chopine et on y va.

Ils burent chacun un petit verre, prirent le matériel et sortirent silencieusement. Ils prirent par le jardin et coupèrent dans le guéret pour rejoindre le chemin qui les conduisit en dix minutes aux pièces du Grand Clos. Joseph portait sur l'épaule les trois longues perches de six mètres ; Albert tenait un filet et Édouard l'autre. Paille-au-Cul marchait devant avec la lampe, tandis que La Souris avait à la main la cage où les deux alouettes vivantes qu'il avait capturées l'après-midi et qu'il tenait dans ses poches allaient grisoller tout à l'heure. Bineux fermait la marche, trois musettes en bandoulière. Depuis plus de quinze ans, ils faisaient équipe pour aller braconner les alouettes, mais aussi les perdrix, les cailles, les canepetières et les bécasses quand il s'en présentait.

— Toutes les pièces du Grand Clos étaient en avoine, dit Bineux, c'est sûr qu'on va en ramener un paquet…

— À moins que le maire ou son régisseur nous entende et lâche les chiens… souffla Édouard. Tu sais qu'on va chez lui !

Ils arrivèrent en bordure du Grand Clos, un ensemble de pièces de plus de cent hectares entourées d'une haute haie.

— Allez, on déplie ! ordonna Paille-au-Cul.

Joseph posa les perches au sol, et à tâtons, car il faisait noir comme en un four, ils déployèrent les deux filets. Joseph devait dresser la perche de gauche, Albert celle de droite et Édouard celle du milieu. Édouard, malgré les apparences, avait la place la moins fatigante. Il lui suffisait de tenir la perche debout, tandis que les deux autres devaient en plus tendre le filet en tirant les perches vers les extrémités. Paille-au-Cul alluma la lampe à acétylène, la régla et vint se placer devant le filet. La Souris, pendant ce temps, avait lâché dans la cage, dont le toit avait été remplacé par du tissu, les deux alouettes vivantes qui se mirent à grisoller comme des folles emplissant la nuit de leurs cris effrayés. Bineux ouvrit ses musettes, vint se placer derrière Paille-au-Cul qui donna l'ordre du départ.

Alors, l'étrange cortège s'ébranla. Cinquante mètres de filet, sur six mètres de haut barraient la plaine, invisibles pour les oiseaux tapis derrière les mottes qui, aveuglés par la lampe, n'entendaient que les cris désespérés de leurs sœurs. On marcha une vingtaine de mètres avant que les premières ne se lèvent. Elles s'envolaient vivement en direction de la lumière et des cris. Un bruit mat suivait le passage au-dessus de la lampe, et les trois porteurs sentaient dans leurs mains les frémissements des oiseaux emmêlés dans les mailles.

— Balaie un peu de droite à gauche, lança Albert, j'y vois rien et j'voudrais pas attraper une charrue comme l'année dernière.

— Pas de conneries, répondit Bineux en assourdissant sa voix, ma femme a mis trois semaines à réparer les dégâts.

Pendant ce temps, la marche lente se poursuivait. Les oiseaux continuaient à venir s'abattre dans les mailles avec la même ardeur que les papillons sur une lampe. De temps en temps, un oiseau plus gros partait dans une autre direction. Une perdrix s'envola à ras de terre en lançant un « cui-rouit » sonore au moment même où elle venait se planter à vive allure dans le filet. Arrivés à une vingtaine de mètres de l'extrémité des pièces, ils abaissèrent doucement le filet au sol, et les trois porteurs, Bineux et La Souris s'empressèrent de saisir les oiseaux.

— Pas de coup d'ongle à la gorge, lança Bineux, j'veux pas me faire engueuler à la maison à cause du sang.

L'une des techniques pour sacrifier les oiseaux étant de donner un coup d'ongle sec au niveau du cou pour les égorger.

— T'en fais pas, répondit La Souris qui n'avait pas son pareil pour saisir une alouette dans chaque main et faire éclater les petites têtes d'une brusque pression du pouce. Ta bourgeoise n'aura même pas une plume à enlever, on est en train de faire du travail d'artiste.

Paille-au-Cul, lui, balayait lentement le filet de la gauche vers la droite pour permettre aux autres d'y voir clair. Dans le faisceau de sa lampe, les petits ventres clairs s'agitaient et semblaient appeler les mains braconnières.

— Oh, merde ! deux perdreaux ! lança Bineux. J'en avais entendu qu'un seul. Tu l'avais vu, toi ? demanda-t-il à Albert en se relevant et en commençant la conversation.

— Mais avance donc au lieu de dire une messe en plein champ, l'engueula Paille-au-Cul, on n'est pas à confesse, dépêche-toi.

— Gueule pas, tu vas ameuter les chiens, lui dit La Souris.

— Certainement pas, répliqua Joseph, le vent est contraire, y a pas une maison à quatre kilomètres dans cette direction.

Quand tous les oiseaux furent tombés dans la musette, chacun reprit sa place et l'équipe entreprit de balayer les pièces en se déplaçant, d'une centaine de mètres vers l'ouest. Pendant ce déplacement, à tâtons, Bineux fit passer les oiseaux des musettes latérales dans la musette qu'il portait sur le dos afin de préparer la prochaine fournée et aussi de compter les pièces. Quand tout le monde fut en place, il annonça joyeusement :

— Trente-huit alouettes et deux perdreaux ! Pour un premier passage, c'est pas mal.

On reprit la battue. Les oiseaux vinrent à nouveau s'empêtrer dans les filets. Au milieu du champ, un lièvre bondit dans la lumière et vint enfoncer le filet, s'acharnant à vouloir le franchir en sautant comme un chevreau.

— Merde, y va tout bousiller, dit Édouard.

— Si seulement j'avais amené mon chien, regretta Paille-au-Cul, il en aurait pas eu pour dix secondes à lui briser les reins.

— Ton chien, il est aussi gueulard que toi, rigola Albert, y a longtemps qu'on aurait été repéré avec lui.

— Rigole, rigole, contesta Paille-au-Cul, n'empêche que l'hiver dernier j'ai fait mes quarante lapins avec mon gueulard.

— Laisse-le filer, ordonna Joseph, il va tout nous déchirer… De toute façon, on l'aura pas.

Ils levèrent le filet, et le lièvre finit par disparaître derrière les porteurs.

— Oh ben, dis donc ! il m'est presque passé entre les jambes ! jeta La Souris qui tenait toujours la cage où les pauvres alouettes grisollaient de plus belle.

— Un peu de plus, il te les coupait et il se barrait avec, rigola Paille-au-Cul.

— Faites pas les cons tous les deux. Toi, tiens ta cage, tu vas la foutre par terre et après, tu pourras toujours gueuler, tu pourras pas remplacer les alouettes, répliqua Joseph. Toi, fais attention si tu éclaires une seule chose en dehors de la plaine, elles vont s'envoler dans une autre direction.

On coucha encore le filet, et Bineux en compta quarante et une. Ils balayèrent les pièces du Grand Clos pendant une bonne heure, puis ratissèrent les pièces du Buisson Galant et celles de la haie à Loreau. Vers deux heures et quart, Bineux n'en pouvait plus tant les musettes devenaient lourdes.

— Dites les gars, on peut rentrer, j'en ai plein les pattes, parole, elles sont lourdes les garces.

— Combien y en a ? demanda La Souris, perdu dans le noir derrière les filets.

— J'sais plus au juste, dans les trois cent cinquante avec cinq perdreaux et deux canepetières, répondit-il.

— Allez, décida Joseph, on redescend le chemin de la Croix et on rentre… Faudrait encore bien prendre une perdrix pour en avoir au moins chacun une…

— Ça, c'est parlé, répondit Paille-au-Cul que la passion de cette chasse aurait tenu dans les champs jusqu'à l'aube.

— Attention quand même, dit Albert, le vent va plus être dans le bon sens.

— T'as quand même pas la trouille des gendarmes à cette heure, coupa La Souris.

— Les gendarmes, non, reprit Édouard, mais ta femme, oui, éclata Édouard avant de repartir.

— T'es con, mais con, répondit La Souris, tu devrais pas déconner avec mes problèmes de ménage, si tu crois que j'en rigole, moi !

— Allez, tendez les filets, jeta Albert dans la nuit, c'est la dernière passée.

Les oiseaux revinrent échouer dans les mailles. On avançait un peu moins vite, à cause du sol qui venait d'être labouré et qui n'offrait pas la régularité des pièces que les moutons avaient nettoyées. Juste au moment où une sixième perdrix vint s'abattre au bas du filet de droite, Édouard qui tenait la perche du milieu mit le pied dans un trou et partit en avant en un vol plané catastrophique. En un instant, la partie de chasse fut terminée. Le filet, malgré les efforts d'Albert et de Joseph pour le retenir, s'abattit sur les deux hommes qui marchaient devant. Paille-au-Cul et Bineux tombèrent à plat ventre. La flamme s'éteignit. L'obscurité fut d'autant plus totale que les yeux étaient habitués depuis deux heures à la lumière blanche de la lampe.

— Nom de Dieu de nom de Dieu ! hurlait Paille-au-Cul. L'année dernière, il nous capture une charrue, cette année, c'est deux bracos. Ma parole, j'te croyais pas con au point de pas pouvoir tenir la perche et marcher en même temps.

— La musette s'est ouverte ! la musette s'est ouverte ! glapissait Bineux sous le filet. Et en plus, j'sus accroché, j'glisse plus, j'peux plus ramper.

— C'est pas ma faute, c'est à cause du labour, s'excusait Édouard. Si vous croyez que c'est marrant de marcher sans voir ses pieds.

— J'ai les godasses prises dans les mailles, continuait à gémir Bineux, j'm'en sortirai pas tout seul.

— Parce que j'parie que t'as foutu tes godasses qu'ont des crochets, jura Paille-au-Cul. Ah ! vous me faites une sacrée paire tous les deux !

La Souris rigolait en se tenant le ventre. Il lâcha la cage malgré lui et les deux pauvres captives retrouvèrent leur liberté. Au loin, un chien aboya. Le vent portait sans doute les bruits jusqu'au village.

— Vos gueules, lança Albert. Que chacun range son matériel. Bouge pas, toi, Bineux, on va plier les filets, essaie de ramasser les oiseaux, pendant ce temps-là.

Tout le monde s'activa ; on dégrafa tant bien que mal les perches. On plia grossièrement les filets qu'Albert et Édouard enserraient dans leurs bras. Bineux et Paille-au-Cul retrouvèrent une position debout tandis que La Souris, incapable de participer au rangement, tant il riait, annonçait qu'il allait pisser dans sa culotte si on pouvait pas décrocher Bineux et qu'on était obligé de le ramener à la maison comme une carpe dans une épuisette.

— Tu vas la fermer, lançait sans arrêt Paille-au-Cul. T'entends pas les chiens ?

De fait, non seulement le premier chien ne s'était pas calmé, mais d'autres l'accompagnaient maintenant.

— Tout le monde a son matériel ? demanda Joseph.

— Oui, oui, répondirent-ils tous en chœur en baissant la voix.

— On rentre en faisant le détour par le chemin du Moulin. Il y a une haie ; elle coupera les bruits. C'est pas le moment de se faire piquer, conclut Joseph.

Alors, la petite troupe, aussi silencieusement qu'elle le put, descendit en file indienne les sillons de cette pièce et, toujours dans le noir, gagna la bordure du petit bois et la haie du chemin du moulin. Là, ils s'arrêtèrent un instant. Les chiens s'étaient tus. L'alerte était terminée.

— Tout va bien, constata Joseph.

Derrière, sorti des ténèbres, le rire contenu de La Souris finit par lui fuser par le nez en un grognement bruyant qu'il ne parvenait pas à cesser.

— T'as de la chance que j'te vois pas, lui dit Paille-au-Cul, sinon j'te foutrais ta cage sur la gueule. Parole, elle a du mérite finalement ta patronne de supporter un être comme toi.

Et plus il se faisait engueuler, plus il essayait de contenir son rire et plus il grognait bruyamment.

— Allez, on file, décida Joseph, pris lui aussi du fou rire communicatif de La Souris. En marchant, il va se calmer…

La marche reprit. Effectivement, La Souris se calma un peu et on n'entendit plus qu'un gloussement mal contenu de temps à autre. Ils revinrent chez Bineux en passant par le jardin. Le vent éloignait les bruits et aucun chien n'aboya plus. Quand la porte de la maison fut refermée, la femme de Bineux monta la lampe et chacun put enfin se regarder.

— Ben, il est trois heures dix ! dit-elle. Vous en avez mis un temps aujourd'hui. Vous avez encore pris une charrue ?

— Mais non, lui répondit son mari en guise d'excuse. C'est à cause de lui. Il a planté sa béquille dans un trou, ce qui fait qu'il a couché le filet sur nous.

La Souris fut repris du fou rire en se rappelant la scène.

— Regarde-moi ce pauvre innocent, dit Paille-au-Cul, en saisissant le bras de la femme pour l'approcher de La Souris et mieux lui faire admirer le spectacle, ça fait trois quarts d'heure qu'il pisse dans son froc tellement il rigole... On dirait qu'il vient de voir sa femme s'asseoir sur une douzaine d'œufs !

Il se tut, à court de paroles et d'arguments.

— Faudrait peut-être penser à se coucher maintenant, dit la femme. Demain, on se lève.

Bineux avait posé ses trois musettes. Pendant qu'il sortait la bouteille de goutte du placard, Joseph les vida sur la table et commença à grouper les alouettes par dix sur la grande table.

— Va nous en falloir des bocaux, s'inquiéta la femme. Vous en avez au moins trois cents !

Chacun se mit à compter. Il y avait trois cent soixante-deux alouettes, cinq perdreaux et deux canepetières.

— Et encore, on a laissé filé le sixième perdreau quand on a péché... commença La Souris sans pouvoir terminer sa phrase, rattrapé par son intarissable rigolade.

— Ça fait soixante alouettes chacun, et un perdreau ou une canepetière pour la prime. Le reste, on le laisse à Bineux, trancha Joseph en préparant les parts sur la table.

Chacun acquiesça. Jamais, ils n'avaient discuté les partages établis par Joseph. C'était toujours juste. Quand chacun eut enfourné ses oiseaux dans sa musette, on s'assit autour de la table et la femme servit six petits verres. Puis, elle souhaita la bonne nuit et disparut dans la chambre.

— Maintenant, faudra attendre mars pour les alouettes, dit Édouard en saisissant le verre d'alcool.

— Oui, mais à l'automne prochain, on va peut-être bien être gêné pour aller traîner dans les pièces du Grand Clos, jeta Paille-au-Cul. Paraît que le train va couper la commune par le nord.

— Le train, le train, tout le monde en discute en ce moment, mais personne ne sait seulement si la Compagnie en parle, rectifia Albert.

— Comment veux-tu que quelqu'un sache où il passera ?

— Dame, c'est ce que j'ai entendu dire... maintenant.

— C'est vrai, ajouta Joseph en avalant une gorgée, cette ligne de chemin de fer nous gênerait beaucoup pour la Chanterelle, mais on y retrouverait d'autres avantages. Le progrès, c'est ça...

Chacun avala sa goutte. Seul, Paille-au-Cul essaya de maintenir la discussion sur le chemin de fer, mais le cœur n'y était plus. Les yeux clignotaient depuis que les hommes étaient assis.

— On rentre, lança Bineux, sinon j'vas me faire engueuler avant de me coucher.

Il ouvrit la porte et, musettes au dos, les cinq hommes sortirent. Au fur et à mesure que l'un d'eux quittait le groupe pour rejoindre sa maison, il serrait la main des autres dans le noir et disparaissait. Quand ce fut le tour de La Souris, Paille-au-Cul lui dit :

— Et puis, essaie de te calmer avant de rentrer dans le lit, parce que j'sais pas si ta bourgeoise comprendrait cette histoire de filet à 3 heures du matin…

Et l'autre s'éloigna dans la nuit en pouffant comme un écolier.

VII

Un hiver inquiétant

L'AUTOMNE AVAIT ÉTÉ MAGNIFIQUE. Les rousseurs des arbres s'étaient prolongées très tard, et même décembre et ses pluies fines avait gardé des odeurs de fruits et de feuilles jaunies. La Noël avait marqué la coupure. Un vent d'est avait tout séché, et janvier avait apporté le gel et le grand froid. Dès le 3 janvier, le thermomètre descendit à moins sept ; le 5 on enregistra moins neuf et le 10, la gelée se fit encore plus forte et plus sonore. Toute la plaine se recroquevilla sous son manteau de terre. Elle courba le dos sous la bise glacée qui parcourait à grands souffles glacials les labours et les chemins creux, et sembla prostrée en attendant le redoux. Le ciel clair et limpide apportait cependant une luminosité extraordinaire et malgré les jours très courts, le soleil inondait la plaine d'illusions de douceurs quand on approchait le soir des gros murs de bauge où la chaleur s'était emmagasinée tout le jour. Mais les ombres des haies de plaine s'allongeaient jusque loin dans les guérets, et chaque minuscule crête de terre gelée se recouvrait d'une croûte de givre et de glace aussi dure et compacte qu'une lame de couteau.

D'immenses rassemblements de corbeaux se produisaient dans les bois du Pendu. Des milliers d'oiseaux noirs et pesants tombaient sur les branches nues des chênes et les garnissaient de fruits douloureux. Venant du Nord, on avait vu des bandes d'oiseaux descendre en jetant des cris perçants et tristes qui résonnaient dans le cristal de l'air comme une vibration de métal frappé.

Joseph s'était trouvé immobilisé par cette trop longue attente. Il avait mis de l'ordre dans ses bâtiments, réparé son vieux matériel, aménagé une nouvelle soue pour les cochons qu'il comptait élever dès le printemps. Il avait aidé Albert à faire son bois. Il avait pris le temps d'aller jusqu'à Beauché regarder ces nouveaux semoirs qui lui faisaient tant envie et était tombé en admiration devant un modèle fabriqué à Vierzon. Des jeux de molettes lui permettaient de semer toutes les graines, et de régler le débit du semis et la profondeur dans le sol. Il était parfait, en tous points conforme à l'idée qu'il s'était faite d'un bon semoir. Même le prix correspondait à ce qu'il avait pensé, c'est-à-dire beaucoup plus que la somme qu'il pouvait y consacrer.

— Je ne peux pas baisser, avait répondu le concessionnaire apparemment navré. Je dépends de l'usine et le prix m'est imposé.

Car Joseph avait marchandé, comme tout paysan le faisait quand il s'agissait d'acheter un cheval ou une vache.

— Dis donc, mon gars, avait répliqué Joseph que le tutoiement du marchand plaçait dans une position privilégiée, je suis le premier de Hennebeaux à t'acheter une machine comme ça. Tu sais bien que tout le monde va la regarder tourner, tu sais bien aussi que dans deux ou trois saisons si cette mécanique tient ses promesses, tu vas en vendre quatre ou cinq grâce à moi. Alors, j'prends le risque. J'veux bien être le premier acheteur d'un engin qu'a pas encore fait ses preuves, mais faudrait quand même que tu fasses un effort de ton côté…

— Mais, j'vous répète que j'peux rien faire tout seul, c'est imposé…

— Bon, puisque tu veux pas rabattre de cinq cents francs, mets un jeu complet de molettes de rechange, cinq litres d'huile de graissage et les chaînes de transmission. Appelle ça un geste de bon marchand qui fait de la réclame.

— Vous vous rendez compte, avait répondu ce maquignon de la nouvelle génération, tout mon bénéfice va y passer. Passe encore pour l'huile, mais le reste, c'est exagéré.

Joseph avait senti que le marchand voulait en vendre un dans ce secteur du canton.

— Et puis, faudra pas oublier de me garnir la caisse à outils qu'est devant avec un marteau et des clés...

Ils avaient discuté toute la matinée. À midi, l'autre n'ayant pas voulu ajouter le jeu complet de molettes, Joseph était parti sans acheter, ramenant à la maison les billets de mille francs qui décidément voyageaient beaucoup.

— Je l'achèterai qu'avec les pièces de rechange, avait-il déclaré. Tu me vois avec cette mécanique en panne juste au début du travail. Ces pièces-là vont avec. C'est à prendre ou à laisser.

Joseph avait provisoirement abandonné. Le marchand l'avait vu partir la mort dans l'âme, prêt la prochaine fois à sacrifier son bénéfice sur cette première machine afin de s'implanter dans la commune.

Vers le 10 janvier, comme le froid persistait, Joseph ne fut plus occupé chez lui qu'à des bricolages de seconde urgence. Aussi, accepta-t-il tout de suite quand Buffétrille lui demanda de venir rouler du fumier. Il vit là une possibilité de fumer ses terres à bon compte.

— D'accord, dit-il, mais j'en roule deux tombereaux pour vous et le troisième est pour moi...

Buffétrille fut surpris par cette proposition.

— Tu veux pas que j'te paie ? s'étonna-t-il. Et puis dis donc, deux pour moi, un pour toi, t'es gourmand.

— Monsieur Buffétrille, c'est même plus que je devrais vous demander. Normalement, quand on laisse des terres, on doit les empailler avant de les rendre, vous le savez ; les pièces de l'oncle Jean, vous me les avez rendues vides…

— On les rend empaillées quand on les a eues empaillées au départ, répondit-il et tu sais bien que ton oncle Jean ne l'avait pas fait.

— J'en suis pas responsable, avait tranché Joseph, à qui la récente qualité de propriétaire permettait de parler haut.

Buffétrille avait réfléchi. À son habitude, il avait passé son pouce entre le velours de sa veste et la courroie de cuir de la bandoulière de son fusil, avait écarté les jambes pour se donner une silhouette encore plus trapue et avait jeté dans un sourire contraint :

— Bon, c'est d'accord, mais tu m'en roules jusqu'à la fin du gel.

Buffétrille n'avait guère pas le choix : il avait trois charretiers au lit.

Et maintenant, à peine 8 heures sonnantes, Joseph se retrouvait sur le chemin de Marville. Le jour n'était pas encore levé complètement mais la clarté du ciel annonçait une journée glacée et ensoleillée. Un froid terrible courait la plaine. Il pouvait faire moins dix. Les trois chevaux, attelés au gros tombereau, soufflaient d'immenses nuages de vapeur qui leur sortaient des naseaux comme d'une bouilloire entrouverte. Sansonnet ouvrait la marche, Tambour était dans les limons tandis que le jeune cheval d'Albert avait été attelé aux chaînes entre ses deux aînés.

— Faudra que je leur passe les couvertures à chaque arrêt, se dit Joseph pour lui-même. Avec un froid pareil, risquent bien de m'attraper des coliques.

La terre était à ce point gelée que les roues du tombereau n'écrasaient aucune des bosses du chemin. Les roues escaladaient les mottes et les bandages de fer crissaient sur les pierres. Les moyeux soumis à ce dur balancement claquaient comme un marteau de forge. Pour se réchauffer, Joseph marchait à côté du cheval de tête et abritait son visage du vent glacé en utilisant ce corps chaud encore tout engourdi de la tiédeur de l'écurie. Marville tout entier dormait. Les petites fermes ne bruissaient pas encore et on ne devinait la vie qu'aux lueurs jaunâtres qui sortaient des portes mal jointes des étables.

La mare était gelée et son miroir reflétait les premières lueurs du jour. Les enfants avaient beaucoup glissé sur sa surface lisse : de longues rayures déchiraient toute la longueur. Joseph se souvint de ses années d'enfance où il venait lui aussi s'élancer avec les autres gosses sur cette surface glacée. Il sourit en repensant aux clous plantés sous les sabots qui rayaient la glace comme un diamant sur une vitre. Il se dit que ces bon sang de *gnas* allaient encore arracher ces pointes en disant aux parents qu'ils les avaient perdues. Une belle glissade, il ne faut pas la rayer, sous peine de s'en voir exclure par les autres.

Il contourna la mare, suivit le petit chemin et pénétra dans la grande cour carrée de la ferme Buffétrille. L'animation n'était pas grande ; le froid enfermait bêtes et gens dans les étables, les écuries et les bergeries. Les roues de son tombereau résonnèrent sur le sol gelé et déchaînèrent les aboiements des chiens. Joseph prit Sansonnet par la bride et conduisit tout l'attelage à l'abri du vent, entre les bergeries et l'immense tas de fumier rectangulaire qui occupait les trois quarts de la surface de la cour. Il mesurait à cette époque de l'année plus d'un mètre cinquante de haut.

Tous les ouvriers étaient au réfectoire. Ils avaient droit à quatre repas en été, mais à trois seulement en hiver. Il passa le long des chenils pour se faire reconnaître et calmer de la voix et de la main la demi-douzaine de bas-rouges qui n'en finissait pas d'aboyer. Puis, il poussa la porte du réfectoire où tout le monde était encore à table.

— Bonjour la compagnie, lança-t-il en levant le bras.

Un brouhaha lui répondit tandis qu'une forte odeur de cochon le prit aux narines.

— Ferme la porte, bon Dieu ! On va attraper la crève, lança Grand-Soif.

Le dos à la cheminée du fond où brûlaient cinq ou six grosses bûches, Constant, le maître charretier, les deux coudes sur la table buvait un café brûlant. De chaque côté de la longue table, assis sur les bancs, tout le personnel de la ferme mastiquait d'épaisses tartines. D'un côté, il y avait les hommes, de l'autre, en face, les femmes. L'été, les femmes mangeaient à des heures différentes, mais l'hiver, par économie de chauffage, on n'en faisait qu'une tournée. Sur la table, des miches de pain de quatre livres montraient leurs tranches ouvertes. Dans des plats de terre, les morceaux de poitrine de cochon et les rillettes dégageaient des senteurs de sel et de graisse qui vous collaient aux narines. De place en place, une bouteille de goutte accompagnait une cafetière fumante.

— Asseyez-vous donc, dit Marie en se levant, j'vais aller vous chercher un bol.

— T'as point l'air d'avoir chaud ? dit Constant du fond de la table.

— On dirait que t'as le bout qu'est gelé tellement tu te dandines d'une patte sur l'autre, lança Grand-Soif que la prudence incitait à se servir pour la troisième fois d'une bonne rasade de goutte dans son verre.

— Passes-y donc, dit Désiré, l'un des bergers, en tendant une bouteille à P'tit-Coup pour qu'il la fasse suivre.

Joseph s'assit en bout de banc après avoir enlevé son chapeau et sa grande cape. Il ouvrit sa veste noire afin que toute la chaleur de la pièce pût y entrer.

— Fait dans les moins dix ce matin, dit-il en prenant le bol que Marie lui tendait. On risquera pas de s'embourber dans les chemins…

Il se servit un café brûlant.

— Attention aux chevaux, recommanda Constant en s'adressant à tout le monde. N'oubliez pas les couvertures.

On mangea encore ; la douzaine d'hommes mastiquait en silence, faces noires qui ne pensaient à ce moment-là qu'à se garnir le ventre. Les bergers surtout, à qui l'habitude de manger seuls dans les champs la plus grande partie de l'année avait donné le goût du silence, baissaient le nez dans leurs assiettes vides. Ils ne parlaient pas. Les charretiers étaient volontiers plus bavards. Les femmes riaient de la moindre chose. Comme à son habitude, Grand-Soif animait le repas de son intarissable bagout et de ses plaisanteries grivoises qui plaisaient à tout le monde.

— Le mieux contre le froid, dit-il en s'efforçant de réfléchir, tu sais ce que ce serait ? demanda-t-il en se tournant vers le grand niais de P'tit-Coup qui tombait à chaque fois dans le panneau.

— J'sais pas moi, répondit-il en fronçant les sourcils, preuve que son cerveau était en activité intense, peut-être de travailler à l'étable ou à l'écurie...

— Mais non, connaud, ce serait encore de se coucher dans le foin avec la Marie ! répondit-il en lui tapant sur l'épaule. Pas vrai la belle que ça nous réchaufferait !

— Avec P'tit-Coup, p't'être ben, répondit-elle d'un air effronté.

— Pourquoi avec lui et pas avec moi ? demanda Grand-Soif d'un air vexé.

La Marie se leva, une assiette dans la main gauche. De la droite, elle traça dans l'air une spirale et rigola :

— Parce que lui au moins, il l'a comme ça... et elle pouffa en partant vers la cuisine.

Tout le monde partit d'un grand éclat de rire en se rappelant l'histoire de la queue du cochon qui depuis trois mois distrayait la ferme tout entière.

P'tit-Coup haussa les épaules, tout rose de confusion. Marie repassa la tête dans l'encadrement de la porte et ajouta alors que personne ne s'y attendait plus :

— Et y a du poil au bout !

On rit de plus belle. La chaleur de la cheminée ravivait les membres. La goutte réchauffait les estomacs. Le repas se terminait et chacun profitait des derniers instants de douceur. Le patron entra. Tout le monde se tut. Il lança un bonjour bougon qui ressemblait fort à un grognement et vint s'asseoir à l'autre bout de la table, en face de Constant. Malgré les sept ou huit mètres qui les séparaient l'un de l'autre, le patron se mit à converser avec son premier charretier comme s'ils étaient seuls dans la pièce, ignorant tout le menu personnel que constituaient les autres domestiques. Il n'adressa la parole qu'à lui seul.

— Bon, Constant, il a encore bien gelé cette nuit, la terre est dure, il faut rouler. Alors, on laisse qu'un homme dans chaque étable, écurie ou bergerie et tous les autres, on les met au fumier. Tu vas faire des équipes pour charger de façon que personne attende. On va faire six attelages avec les six plus gros tombereaux. Tu continueras à rouler dans les pièces des Ouches, mais tu vas mettre tout le monde dans la pièce de l'Orme Blanc. J'voudrais bien qu'elle soit finie ce soir.

— On a trois gars sur le flanc, répondit Constant en baissant les yeux. Ils sont toujours malades.

— Malades, malades, répéta-t-il de mauvaise humeur. Faudrait voir à pas trop tirer quand même. Si tu peux, tu les mettras à l'abri aux étables ou à mettre les pièces aux sacs. Ils peuvent faire ça ici, au chaud !

— Toi, Joseph, dit-il en daignant enfin se tourner vers un autre que son premier charretier, tu vas prendre P'tit-Coup : t'es le seul à pouvoir le supporter et le faire travailler à peu près convenablement. Tu vas te mettre dans les pièces des Basses Marnières. Pour charger, on t'aidera.

Quand il eut fini de parler, il promena un regard soupçonneux sur tous ces visages gris aux yeux baissés.

— C'est l'heure, dit-il.

Constant fit claquer la lame de son couteau et le remit dans sa poche. Tout le monde se leva en même temps en faisant le même geste. On s'habilla chaudement et quand le vent glacé pénétra par la porte que l'on venait d'ouvrir, les hommes sortirent un à un et se dirigèrent vers leur besogne.

En passant, Grand-Soif posa sa fourchette sur la tablette de la cheminée : une fourchette en fer ramenée de l'armée et qu'il posait depuis une quinzaine d'années à la même place de peur de la perdre. Contrairement à son habitude, le patron était déjà sorti. Grand-Soif en profita pour se resservir une bonne ration de goutte et se l'enfiler dans le gosier d'un trait.

— Contre le gel, dit-il en reposant le verre et en serrant son cache-nez autour de son cou.

Joseph, suivi de P'tit-Coup, sortit à son tour et se dirigea vers son attelage. Le froid le reprit au visage. Il cinglait, pénétrait d'abord les endroits humides, le bord des yeux, les narines, les lèvres. Leurs pas sonnaient sur le sol. L'air semblait plus pur, plus oxygéné et la promesse d'une belle journée d'hiver le mit définitivement de bonne humeur. Il saisit Sansonnet par la bride et fit décrire à l'attelage un large demi-cercle qui l'amena devant l'énorme tas de fumier. Déjà, trois hommes les attendaient, armés de longues fourches aux doigts fins et piquants. Dès que le tombereau fut placé juste à côté du mur latéral du fumier, les fourches piquèrent et de grosses masses vinrent échouer dans le tombereau avec le bruit mat d'un caillou. À leur tour, Joseph et P'tit-Coup saisirent les fourches coincées dans l'anneau à l'avant du tombereau. Leurs pieds s'enfoncèrent dans la masse chaude et spongieuse. Ils commencèrent à charger. Dès que la couche gelée fut enlevée, une violente odeur d'ammoniaque s'échappa du fumier tandis qu'une vapeur chaude et blanche enveloppa les hommes d'un brouillard tiède.

— Vingt dieux, qu'il pue ! jura Désiré, l'un des bergers employé à cette époque comme un ouvrier toutes mains. À croire que c'est dans ce coin-là qu'on a vidé le pot de chambre de la patronne !

Petit à petit, ils oublièrent l'odeur. Des courants de froidure balayaient par moments les vapeurs et venaient cingler les oreilles et les joues. Abel, un vacher lui aussi réquisitionné pour ce travail, avait ses moustaches épaisses et remontantes, humides et brillantes comme au sortir d'une bruine d'hiver. Désiré raconta encore une fois comment le vieux Louis, qu'on appelait aussi Tire-la-Patte parce qu'il boitait, avait versé son tombereau et cassé sa roue dans le chemin défoncé des pièces de l'Orme Blanc.

— Pauvre vieux… Le v'là avec une patte cassée à c't'heure.

— Ils vont encore s'amuser aujourd'hui, reprit Abel. Le patron veut pas qu'on perde du temps à aller étaler quelques tombereaux de pierres. Il est pas praticable ce ch'min.

— Le pire, c'est qu'il veut rien entendre si on perd du temps et que l'ouvrage ne se fait pas !

— Encore heureux quand personne ne se blesse. Pauvre Louis… Mais c'est la vie, y a rien à faire.

Ils continuèrent leur conversation. Joseph n'y prit pas part. Il aurait eu besoin de secouer ces êtres primitifs pour qui un accident est une fatalité, le déroulement de la destinée en quelque sorte. Ils étaient tous heureux de savoir que si cela leur arrivait, le patron continuerait à leur donner une botte de paille et la soupe chaude. Bien sûr, il n'y aurait plus de gages, mais on ne pouvait pas gagner des sous quand on ne travaillait pas. Comment Joseph aurait-il pu leur expliquer que cela pouvait changer, que les ouvriers eux-mêmes devaient se grouper, créer des caisses de solidarité, se serrer les coudes ? Comment aurait-il pu leur expliquer à eux qui n'avaient jamais eu pour seul horizon que la volonté d'un patron et qui signaient d'une croix sur le livre des gages ?

Le premier tombereau fut rapidement plein. D'autres s'étaient alignés derrière et du côté des écuries. Les charretiers et d'autres hommes commençaient à charger les trois suivants. La vapeur sortait du fumier comme d'un volcan sous la glace. Des mille fissures de surface, des lambeaux blanchâtres semblaient sourdre des profondeurs de la masse chaude.

— Hue, mon beau, hue ! lança Joseph d'une voix forte et sonore.

— Hue, hue ! répéta P'tit-Coup en faisant claquer au-dessus des oreilles de Tambour un cinglant coup du fouet qu'il venait de décrocher de l'avant.

— Nom de Dieu ! l'interrompit Joseph. Pas de ça, P'tit-Coup. Les miens sont point habitués à cette menée-là.

L'attelage, alourdi par ces quelques tonnes de fumier, passa le portail, emportant avec lui le brouillard de ses vapeurs odorantes. Dès qu'ils furent sur le chemin, le froid devint plus vif, mais ce ne fut qu'après avoir dépassé le dernier coin de la ferme qu'ils sentirent la piqûre de l'hiver. Le vent n'était ni violent ni même fort, mais le froid mordant, sec, perçant enveloppait les hommes et les bêtes de ses gelures coupantes et féroces.

— Ben, en effet, ça pique, constata P'tit-Coup.

— T'es du mauvais côté, lui répondit Joseph. Viens donc par là, on est dans l'odeur du fumier, mais on est aussi dans sa chaleur !

P'tit-Coup fit le tour du tombereau et marcha à côté de Joseph. Pour mieux se protéger, il noua son cache-col sur sa tête. On aurait juré qu'il avait une énorme rage de dents.

— T'as raison, dit Joseph. Les oreilles te gèleront pas au moins… Les filles rigoleront pas ; par ici on n'en voit pas !

L'attelage s'engagea sur le chemin des Basses Marnières. Le sol était aussi dur qu'une route empierrée. L'herbe glacée cassait sous les bandages de fer en un crissement de feuilles sèches broyées. Mais les roues, malgré la très lourde charge qu'elles supportaient, ne s'enfonçaient pas. Le gel très fort qui persistait depuis une quinzaine avait métallisé la terre sur une grande profondeur. Le jour avait définitivement apporté sa lumière basse. Un pâle soleil d'hiver apparaissait au-dessus des champs mais ne produisait aucune chaleur : un soleil froid. Les trois chevaux avaient acquis une cadence régulière : les deux premiers tiraient sans à-coups, tendant les chaînes à les rompre tandis que, dans les limons, Tambour maintenait l'équilibre de la charge. Ils firent environ un kilomètre sans parler, écoutant leurs pas claquer sur la terre, recherchant le souffle régulier un moment coupé par la brusque attaque du froid de la plaine. Et le tombereau fumait, tel un gigantesque chaudron rempli d'eau bouillante qu'un ogre aurait baladé dans la plaine. Joseph demanda :

— Est-ce qu'il a du blé gelé ton patron ?

L'autre n'était pas très au courant de toutes les techniques agricoles, mais il savait écouter et possédait une excellente mémoire.

— Oui, Constant a dit qu'il faudra en refaire au moins dix *squets* au printemps, à moins que le gel continue encore.

— De quelles pièces a-t-il parlé ?

— Des champs du haut, à la limite avec Chevilly.

Le gel préoccupait Joseph. Il pouvait être terrible pour le blé. Du moins quand l'humidité de la journée redescendait au niveau du sol et confectionnait à la surface une pellicule humide. Le gel la transformait en glace et cette couche de glace tranchait comme un rasoir les pieds de blé au ras du sol. Le blé de sa grande pièce avait bénéficié du bel automne. L'ensemble des deux hectares et demi avait parfaitement levé, s'était développé avec bonheur et promettait bien. Seulement l'inquiétude tenaillait Joseph et lui faisait redouter ce phénomène. Il avait beau se dire que cette pièce était un peu plus basse, légèrement inclinée vers le sud, abritée des vents d'est par le bois du Pendu, il craignait chaque jour le temps ; chaque matin, il regardait le ciel, comme si un tout petit signe fut capable de détruire ou de favoriser le travail de ses mains.

Le chemin montait très légèrement sur plusieurs centaines de mètres. Joseph encouragea ses chevaux de la voix. Sansonnet s'arc-bouta davantage sur ses pattes arrière. Ses muscles puissants saillirent sous la peau. La sueur commençait à envahir le poil et de minuscules gouttelettes perlaient dans le fin pelage. Les chevaux aussi se mirent à fumer. Joseph s'en rendit compte. Il passa sa main sur l'épaule de l'animal ; elle était chaude et humide. Au premier arrêt, il faudrait les couvrir.

Quand on redescendit cette déclivité, les chaînes se détendirent. Les chevaux soufflèrent. Le froid courait toujours aussi vif dans cette plaine sans fin, mais l'habitude et la marche atténuaient sa vigueur. Seuls, le visage et les mains subissaient constamment la morsure du gel. L'attelage arriva dans les pièces des Basses Mamières. Elles avaient donné une récolte de blé. Le patron comptait y semer des céréales de printemps, respectant à la lettre les trois soles immuables.

— On va commencer au plus loin, déclara Joseph. Comme ça, quand on sera fatigué ce soir, le chemin sera moins long.

Il avait craint un instant que le lourd tombereau ne s'enfonce dans la terre nue et tondue par les moutons. Les roues ne pénétrèrent même pas de l'épaisseur du bandage tant le sol gelé était dur. Le tombereau brinquebala plusieurs fois en quittant le chemin et ce fut tout.

— Ho, Sansonnet ! lança Joseph quand ils furent au bout du champ.

Le cheval s'arrêta, imité aussitôt par les deux autres.

— Fais sauter le cul, commanda-t-il.

Les deux hommes se placèrent l'un à droite, l'autre à gauche de l'arrière du tombereau. Vivement, ils firent sauter les fermetures de fer et arrachèrent le grand panneau de bois. Puis, ils saisirent les crochets et entreprirent côte à côte de faire tomber le fumier sur le sol. Pendant le voyage, le froid avait calmé l'évaporation du brouillard de vapeur sortie du fumier ; le dessus avait durci en une croûte froide et imperméable, mais dès qu'ils tirèrent quelques crochetées, de larges nuages blanchâtres sortirent à nouveau et les enveloppèrent, tout entiers. Le fumier tombait à leurs pieds dans de grands bruits mats et lourds.

— Hue, Sansonnet ! dit Joseph quand le tas fut aussi haut que sa cuisse.

Docilement, les chevaux avancèrent de sept ou huit mètres avant de s'immobiliser de nouveau à l'appel de leur maître. Les deux hommes recommencèrent à tirer sur les crochets dont les longs manches gesticulaient derrière eux. Petit à petit, au rythme des arrêts et des pas, une ligne de tas de fumier borda le champ de monticules fumants.

— J'vais mettre à cul, on peut plus tirer.

Joseph alla à l'avant du tombereau et tira la barre de bois qui bloquait le système de bascule. Puis il poussa vers le haut. Comme par miracle, le tombereau qui paraissait si pesant, se dressa vers le ciel, et l'arrière retomba sur le sol. Ils reprirent leur travail, parlant peu, ne jetant dans la plaine déserte que les ordres, brefs, nécessaires à la besogne. Puis, ils revinrent à la ferme, chargèrent de nouveau et repartirent aux Basses Marnières planter les tas de fumure qui contenaient la promesse des moissons futures.

Les deux hommes sentaient de moins en moins le froid dans leur corps échauffé par le travail, mais leurs mains devenaient douloureuses de manœuvrer sans cesse le bois glacé du manche du crochet. Bientôt, P'tit-Coup s'en plaignit.

— J'arrive même plus à serrer le manche ! gémit-il.

— T'as qu'à te pisser dans les mains pour te réchauffer, répondit le plus sérieusement du monde son compagnon.

— C'est dégueulasse, j'aime pas ça…

Mais ses mains dures et meurtries ne parvenaient plus à serrer suffisamment le manche. Elles glissaient dès que le fumier résistait un peu ou que les plaques gonflées d'humidité pesaient trop lourd. Le manche lui filait entre la paume et les doigts, glaçant la première, déchirant les seconds. Quand il ne put plus tenir, il lâcha l'outil, se retourna vers l'immensité des champs, ouvrit péniblement sa braguette et se pissa dans les mains pour les réchauffer.

— T'es pas obligé de manger avec des mains comme ça, tu pourras te les laver avant, ironisa Joseph qui, lui aussi comme tous les charretiers, utilisait souvent ce truc pour lutter contre le froid.

— Si Grand-Soif était là, il dirait encore des conneries, dit P'tit-Coup en se retournant et en fermant sa culotte.

— Bah ! il doit faire comme toi. Quand on a les mains gelées, on est tous dans le même cas, répondit Joseph.

Vers les 10 heures, le deuxième voyage était terminé et avant d'entreprendre le chargement suivant, ils couvrirent les chevaux et allèrent à la cuisine pour se réchauffer d'un café brûlant. La chaleur leur rougit rapidement le visage, les oreilles et les mains. La vieille Léonie leur servit une tasse de cette cafetière qui restait en permanence dans la cheminée quand les hommes travaillaient en temps de gel. Seuls et silencieux dans la grande pièce, ils burent lentement serrant la tasse dans leurs mains raides d'où le froid ne semblait pas vouloir sortir.

— Mais, c'est toi qui pues comme ça ? lança soudain Marie en ouvrant la porte du cellier, les bras chargés d'une corbeille où un chou blanc de givre se flétrissait en dégelant au contact de la chaleur.

P'tit-Coup rougit, honteux et vexé d'être à nouveau la cible des plaisanteries moqueuses de cette femme désirable.

— T'avais une chance pour ce soir. À c't'heure, c'est foutu, laissa-t-elle échapper dans un rire léger et cristallin en disparaissant dans le réfectoire.

Joseph sourit. P'tit-Coup regardait bêtement la porte fermée par où elle venait de disparaître.

— Peuh !... fit-il. Si j'causais, tiens... et il laissa planer dans son silence, une somme de sous-entendus terribles de révélations.

— Allez, au boulot, ordonna Joseph, encore deux avant midi.

Ils sortirent et eurent la bonne surprise de retrouver le tombereau plein. Les vachers et les bergers l'avaient chargé pendant ce temps.

— Alors, il était chaud ce café ? demanda Désiré.

— Ben bon, ben chaud et ben arrosé, ajouta Joseph en se tapant sur le ventre. En tout cas, merci pour le chargement, on n'y comptait pas. Pas vrai, P'tit-Coup ?

— Constant était là. Il nous laisse pas à rien faire celui-là, aussi soucieux de notre santé que le patron, rectifia Abel. Des fois qu'on attraperait froid à attendre sans rien faire !

Joseph saisit Sansonnet à la bride, fit décrire à l'attelage un large cercle dans la cour pour se mettre en ligne avec le portail et reprit la route des Basses Marnières. Le vent se levait. Là-bas dans le champ où le froid s'avivait à cause de la bise glacée qui courait de plus en plus vite sur le sol, la silhouette courte et trapue de Buffétrille attendait l'arrivée du tombereau, plantée à une dizaine de mètres du dernier tas, comme rivée au sol par ce froid qui vous coupait les jambes. Il portait une étonnante casquette verte dont les rabats fourrés lui protégeaient les oreilles. Une cape épaisse arrondissait encore les épaules de ce gros homme. Elle tombait bas, jusqu'aux genoux. On ne voyait rien du corps. Seul, le canon du fusil de chasse dépassait, luisant du froid de son métal, dans l'entrebâillement du vêtement. L'attelage brinquebala doucement jusqu'à lui. Il attendit que les deux hommes aient fait sauter le cul du tombereau pour lancer sur un air dégagé :

— Beau temps pour rouler.

— Oui, répondit Joseph, mais faudrait pas de vent ! Ça coupe les pattes des chevaux.

Ils commencèrent à tirer le fumier. Buffétrille s'approcha, regarda, sembla estimer la qualité de la fumure, la grosseur des tas. Plusieurs minutes se passèrent en silence. P'tit-Coup n'osait même pas relever les yeux vers son patron de peur de s'attirer une remarque.

— « Soleil qui brille le jour des rois fera deux hivers à la fois », récita Buffétrille pour engager la conversation.

— C'est bien vrai cette année ! répondit Joseph.

— Bah ! c'est pas plus mal, un hiver de gel et de froid assainit toujours les terres en gelant la vermine.

— Le blé aussi gèle, répondit Joseph. Je me suis laissé dire qu'il vous en a gelé un peu du côté de Chevilly…

— C'est pas bien méchant… On refera, répondit le gros homme, en se tournant légèrement pour ne pas recevoir le vent glacé dans le visage. Et le tien, comment qu'il se comporte dans ta grande pièce ?

Joseph ne fut pas surpris de l'entendre aborder ce sujet. Tout le monde savait maintenant qu'il avait planté ce *Gironde*, une nouvelle variété encore inconnue dans la région. Personne ne portait de jugement. Tout le monde attendait, pour voir, par prudence, avec une pointe d'envie au fur et à mesure qu'il promettait, avec aussi le sourire moqueur et dédaigneux tout prêt au coin de la bouche à l'approche d'une moins bonne condition.

— Pour l'instant, il se comporte pas plus mal que les autres, répondit Joseph en faisant avancer ses bêtes. Mais on peut pas encore dire, la pièce est bien exposée, il a pas de mérite à être correct…

Buffétrille suivit la marche des deux hommes.

— Paraît aussi que tu veux acheter un semoir mécanique…

— C'est pas encore fait, mais ça pourrait se faire…

— Tu y crois toi à tous ces engins ? Qu'est-ce que tu reproches au bon vieux balancement de bras du semeur ? Tu crois pas qu'on va un peu vite pour appeler ça le progrès.

Depuis qu'il avait acquis ces terres, Joseph ne baissait plus la tête et répondait ce qu'il avait à répondre. Certes, il le faisait toujours en pesant ses mots, mais il y avait dans le ton une hauteur inhabituelle qui se voulait parfois vengeresse.

— Tout ce progrès, moi j'te dis qu'il nous tuera, reprit Buffétrille. C'est comme ce train, on en parlait depuis des mois, ben, maintenant c'est fait. J'ai vu le maire tout à l'heure. La décision a été prise tard dans la nuit. Il en sait quelque chose vu qu'il fait partie de la délégation du conseil général. La Compagnie a dit oui et la ligne passera même sur la commune. Oui, da, sur notre commune !

Il attendit, mais Joseph, quoique très intrigué ne relevait pas. L'autre le regarda un instant tirer de grosses crochetées de fumier fumant et continua :

— Remarque, il coupe la commune tout à fait au nord. Moi comme toi, on n'est pas concerné, mais j'en connais un qu'est pas content en ce moment : c'est le maire ! Il m'a dit que cette foutue ligne allait lui couper son domaine en deux ; d'un bout à l'autre sur dix à douze mètres de large, tu te rends compte... Et pourquoi ? Pourquoi ?

Joseph se hasarda à répondre :

— Vous savez bien que pour nous, paysans, le train va être la possibilité de mieux vendre nos grains. Les gens vont voyager plus vite, plus souvent. Si un grand pays comme la France veut devenir un vrai pays moderne, il faut posséder des moyens de communication et d'échange rapides et nombreux...

— Est-ce que t'as déjà imaginé un train à travers la plaine ? demanda Buffétrille soudain enflammé, visiblement irrité de trouver un partisan du projet et heureux d'en tenir un afin de lui jeter tout ce qu'il avait sur le cœur. Eh bien, j'vais te le dire : c'est le feu dans les moissons et les bois sans arrêt avec toutes les flammèches que ça crache ; c'est la commune coupée en deux avec des lieues à faire courir aux chevaux pour passer d'un champ à l'autre, c'est du bruit, des fumées, des gens qui vont courir la campagne pour mieux nous piller, qu'ils soient marchands ou voleurs, c'est des terres en moins. Des terres expropriées, tu sais ce que ça veut dire. Douze mètres de large sur deux kilomètres de long, c'est presque trois hectares, plus des passages à niveau à construire ; tu crois que c'est pas malheureux de sacrifier trois hectares de bonne terre.

Joseph ne disait rien, sentant la discussion difficile à cause de l'emportement de l'homme d'une part, et de la différence de points de vue d'autre part.

— Et puis les sous ? Où est-ce que la Compagnie va les trouver les sous pour financer les travaux ? Moi, j'te le dis. Dans la poche du contribuable, parce qu'elle va être subventionnée, la Compagnie ! Non, du progrès comme ça, moi j'en veux guère !

Buffétrille suivait des yeux le fumier qui tombait du tombereau, puis, sans un mot, il tourna les talons et partit face au vent glacial qui sifflait à chaque instant un peu plus fort dans la plaine. Sa démarche lourde et saccadée résonna un instant sur le sol gelé et sa silhouette sembla petit à petit se fondre dans la plaine.

— L'avait pas l'air content Pépère, risqua P'tit-Coup en essayant d'imiter Grand-Soif. Paraît qu'il y a plus jamais droit avec la patronne ; c'est Popaul qui doit le mettre de mauvaise humeur.

Tous deux se regardèrent un instant, surpris, interrogateurs, puis ils partirent ensemble d'un grand rire que le vent d'est emporta au loin.

VIII

L'achauferdie

JOSEPH AVAIT MENÉ au fumier pour Buffétrille pendant deux jours. Le troisième jour, il en avait encore roulé, mais pour lui. Il avait constellé de petits tas ses trois pièces proches de Marville. Il avait même l'impression d'avoir été bien servi : le fumier du fond semblait bien plus dense, plus riche en promesse de récoltes abondantes. Il n'avait pas ménagé sa peine. Le froid l'avait transpercé de part en part, mais il se sentait content.

Le froid n'avait pas cessé, au contraire ; le lendemain encore, on avait atteint moins onze. Dans les parcelles les moins bien exposées, le blé continuait à geler la nuit. Les abreuvoirs extérieurs glaçaient jusqu'au fond et il devenait impossible de casser la glace dans les mares pour faire boire les animaux. Le ciel gardait un bleu pur. La nuit, quand les arbres craquaient sous les coups de pique de l'hiver, le ciel scintillait de mille étoiles et la lune éclairait comme en plein jour.

Autour du puits communal, les femmes maugréaient sans cesse ; la corde enroulée sur le tambour gelait et devenait raide au point de ne plus pouvoir tourner la manivelle. Encore heureux quand aucune maladroite ne se collait la main sur la poignée de fer comme cette pauvre vieille Véronique dont la peau gelée sur le métal de la manivelle avait été arrachée sans qu'elle s'en rende compte. Curieuse main brûlée par le froid comme par un feu de graisse.

Plusieurs vieux n'avaient pas réussi à franchir ce froid. Ils étaient morts dans leurs chambres non chauffées après avoir traîné sans doute une bronchite ou une pleurésie soignée avec les herbes des champs. Le médecin coûte si cher ! Et puis, n'est-ce pas naturel de fermer les yeux sur ce bas monde quand on atteint des soixante-quinze ou des quatre-vingts ans. Ce fut d'abord Augustine Lefebvre, une veuve depuis si longtemps que personne ne se souvenait de son mari, puis Marie-Jeanne Thiercelin et Alfred Guignodeau, deux voisins qui prirent le chemin le même matin. Enfin la veille même, Julia Jouvelin avait fermé les yeux.

Le curé bougonnait d'avoir à parcourir si souvent les chemins par ce froid à ne pas mettre un païen dehors. Les messes d'enterrement dans la grande église de Hennebeaux, où l'eau bénite gelait dans les bénitiers, étaient dites sur un air de course et si Dieu et la Sainte Vierge n'y retrouvaient pas leur compte, les familles appréciaient cette délicatesse qui ne les obligeait pas à taper de la semelle pendant une heure. Le fossoyeur par contre n'appréciait pas du tout ces départs. La terre était si gelée dans les premiers vingt centimètres qu'il devait faire des feux de paille pour la dégeler avant d'attaquer la fosse à la pioche…

Pour Joseph, par contre, ce temps sec se montrait clément. Le blé de sa grande pièce ne semblait pas souffrir. Il se montrait dru et presque aussi vert qu'à la levée. L'inquiétude l'habitait toujours autant, mais il sentait bien que chaque jour passé était une victoire. Il avait le temps de travailler pour les autres, ce qui lui permettait d'acquérir à bon compte du fumier supplémentaire ou le bois qui lui faisait défaut pour la maison.

Depuis le midi de la veille, il débardait. C'était un arrangement compliqué. Le bois avait été coupé dans des parcelles appartenant à Du Barrel. Bineux l'avait fait et mis en corde, et Joseph devait le transporter à Marville, chez Buffétrille à qui Du Barrel le vendait. Bineux avait droit à un stère sur quatre pour le couper et le fabriquer, les fagots en plus ; Joseph avait droit à un stère par charretée transportée de la coupe à la ferme. Buffétrille payait et fournissait P'tit-Coup pour aider au débardage.

Dans chaque maison, plusieurs cordes de bois des années précédentes attendaient d'être brûlées séchant à l'abri d'une grange ou d'une remise. Personne ne manquait de chauffage, mais chacun était obligé d'entamer sérieusement son stock. On se préoccupait donc de le reconstituer pour les années futures.

— Nous aussi, il faut qu'on se débrouille pour en avoir, avait dit Marguerite, on ne peut pas brûler du bois de l'année qui pisse encore la sève...

Dès le repas terminé, Joseph avait attelé les trois chevaux à la grande carriole et maintenant, il marchait dans un chemin bordé de taillis dépouillés en direction des bois du Guilandru. Le vent sifflait à ras du sol, mais tout le froid qu'il contenait semblait se briser contre les mille troncs d'arbres. On ne sentait que de faibles éclaboussures glacées. La pâle lumière qui descendait du ciel semblait même envelopper la nature d'une froide douceur. Le sol était toujours aussi dur et les chevaux tiraient mollement la grande carriole vide qui rebondissait dans les ornières gelées.

P'tit-Coup s'était assis à l'arrière. Les jambes pendantes dans le vide se balançaient au rythme du pas des chevaux. Il n'avait pas ouvert la bouche et semblait fâché. Joseph respectait son silence en se disant qu'il avait encore subi une moquerie blessante ou quelque méchanceté à la ferme.

Dans la plaine, les chemins étaient le plus souvent à peu près droits. Dans les bois, l'homme les avait construits sur le passage séculaire des animaux ; aussi serpentaient-ils d'une façon incompréhensible et vous obligeaient à des détours et des méandres qui doublaient les distances.

— Viens donc à côté de moi, P'tit-Coup, tu vas attraper froid à rester assis, dit Joseph en se retournant.

L'autre n'avait pas bougé depuis le départ et continuait à regarder les arbres des taillis qui défilaient sous ses yeux. D'abord il resta muet, puis il leva la tête en direction de Joseph, posa les deux mains sur le plancher de la carriole de chaque côté de ses cuisses et sauta sur le chemin. Il marcha et rejoignit Joseph sans mot dire. Pauvre P'tit-Coup ! Dans de nombreuses grosses fermes, on rencontrait ce genre de faible d'esprit, mi-imbécile, mi-simplet, de ces êtres malchanceux que la vie avait fait naître dans la pauvreté et qui s'étaient retrouvés seuls à dix ans sans autre espoir que de trouver un gîte et un mauvais couvert dans une ferme. Les autres, les ouvriers agricoles, les bergers, les vachers, les charretiers surtout, discutaient deux fois par an leur louée pour un terme. Pendant des mois, ils obéissaient au patron, mais le jour de la louée, ils parlaient haut, discutant le montant des gages, mais aussi la nourriture, le travail, la boisson et toutes les conditions. Aussi, même si le patron les engueulait souvent, ils se savaient respectés dans le fond. Un bon berger ne se trouve pas en cours d'année, un bon charretier non plus : il ne fallait pas risquer d'en voir un partir en pleine saison ! Mais P'tit-Coup, non. Il ne discutait jamais rien ! Il n'avait jamais rien discuté depuis la douzaine d'années qu'il s'échinait chez Buffétrille. Personne ne le respectait vraiment parce qu'il n'avait pas de gages, pas de condition. Chacun le tiraillait à sa volonté et Grand-Soif, avec toutes les mauvaises plaisanteries qu'il lui imposait à longueur d'année, était celui qui se montrait encore le moins méchant à son égard. Les autres étaient plus discrets, mais se révélaient bien plus cruels. Il travaillait comme une bête mais n'avait même pas les droits d'une bête.

— On dirait que t'as du souci... interrogea Joseph après l'avoir observé pendant la centaine de mètres qu'ils venaient de parcourir côte à côte.

La carriole fut prise un moment d'une sorte de roulis bruyant. Les ornières des braies étaient décalées et se renvoyaient les grandes roues de droite et de gauche, en tirant des claquements sonores des énormes moyeux. P'tit-Coup renifla, se torcha le nez d'un revers de manche, puis il vida son sac : il aimait bien venir avec Joseph. C'était le seul qui ne gueulait pas sans cesse sur lui et qui ne le brutalisait pas. Parfois même, il avait l'impression de se sentir protégé.

— Pour une engueulade, j'ai pris une engueulade. On descendait les sacs d'avoine du grenier des écuries. J'avais pas serré les nœuds... J'ai jamais su faire les nœuds... Un sac s'est ouvert et le Constant s'est à moitié cassé la gueule de l'échelle. Il n'a eu que le temps de lâcher le sac et de se rattraper à deux mains. Ce qu'il m'a passé ! Mais le pire, c'est après quand le deuxième s'est ouvert aussi. Il était dans le haut de l'échelle et il a tout lâché. Le sac a éclaté comme une bouteille de cidre bouché en arrivant sur les pavés en bas. Constant est remonté, il a pris un outil et il m'a coursé dans le grenier en m'engueulant que j'étais un con, un bon à rien et il a réussi à me coincer entre les sacs. J'ai fait le gros dos, mais qu'est-ce qu'il m'a mis... !

P'tit-Coup sembla soulagé, s'arrêta, reprit son souffle et poursuivit :

— Mais le Constant a gueulé tellement fort que le patron est arrivé. Lui aussi il a remis ça et en plus il m'a dit que puisque je foutais rien, je boufferais pas. Et j'ai pas bouffé. Quand j'ai voulu venir au réfectoire, le patron m'a foutu à la porte avec son pied au cul... Tu crois qu'il a le droit de pas me donner à bouffer ? interrogea-t-il.

Curieusement, il admettait les engueulades, les coups, les brutalités, mais il sentait que, même à une mauvaise bête, la nourriture n'aurait pas été enlevée. Joseph ne répondit pas, ne voulant pas jeter le trouble dans ce fragile cerveau incapable de comprendre les choses.

— Remarque, j'ai mangé quand même parce que la Marie, elle qui se fout toujours de moi, elle m'a apporté un bout de pain et un gros bout de fromage en cachette. Je l'ai mangé dans l'étable. J'étais aussi tranquille. Comme j'avais mal partout, elle a soulevé ma chemise et elle a vu que j'avais plein de bleus. Elle m'a mis de la pommade, même que ça m'a fait du bien. Et puis elle disait que c'était pas normal, qu'ils avaient pas le droit de me taper comme ça. Finalement, c'est une gentille fille, la Marie.

Le chemin continuait ses méandres, l'attelage allait son pas. En sous-bois, cette marche dans le froid et la lumière fade devenait presque agréable.

— Pourtant, si j'causais, là il pourrait gueuler le patron, parce qu'il en sait et il en a vu des choses, P'tit-Coup…

— Et qu'est-ce que tu sais et que t'arrives pas à me dire depuis trois ou quatre jours qu'on travaille ensemble ? demanda Joseph avec une voix basse.

— Ben, que la Marie, elle est grosse par exemple.

— Comment que tu sais ça, toi ? dit Joseph que cette nouvelle étonnait beaucoup car la Marie n'était pas fille à se laisser prendre comme ça.

— On croit que je comprends rien, alors on se méfie moins de moi que des autres, mais quand les gens causent, j'sus pas si bête qu'on croit... Ben, c'est le patron qui l'a dit... Enfin, j'veux dire que j'ai entendu une dispute entre le patron et la Marie dans le réfectoire. Ils croyaient être seuls, mais moi on m'avait oublié en train de dégermer des patates dans le noir du cellier. Et il gueulait le patron, il disait que la Marie c'était une traînée, qu'il allait la foutre à la porte avec son baluchon, que c'était une honte de se faire engrosser comme ça, que ça valait rien de se mettre sur le dos dans le premier tas de paille venu. Mais la Marie, elle, elle n'a pas couché les oreilles comme moi, elle a gueulé plus fort que lui, en disant que c'était lui le cochon qui l'avait engrossée, et qu'il allait rien foutre à la porte parce qu'elle était capable d'aller donner la nouvelle un dimanche au milieu de la messe, et que s'il ne la bouclait pas et lui allongeait pas des sous pour les frais de la naissance, elle viendrait foutre le gosse sur les genoux du père un jour que Monsieur et Madame seraient en cérémonie, au milieu d'une réunion de conseil municipal, par exemple. « Tiens oui, qu'elle disait, ce serait marrant de voir Monsieur le premier adjoint avec son *gnas* sur les genoux, à cinquante-six ans. Il aurait qu'à tourner la tête pour avoir les félicitations de Monsieur le maire. » Le patron s'est mis à marcher comme un chien un jour d'orage. Il a juré, mais la Marie le tenait. Il a dit qu'il fallait faire sauter le gosse, qu'il connaissait des bonnes femmes à Chevilly. Mais la Marie a refusé. « Mon gosse, je l'veux, maintenant et puis j'veux pas me faire esquinter et crever comme beaucoup de celles qu'ont essayé. » Elle répétait toujours : « J'te tiens par les couilles, Pépère ! Faudra payer. » Le patron a fini par dire qu'il allait réfléchir et il est parti en claquant la porte.

P'tit-Coup s'arrêta : il semblait libéré, heureux d'avoir trouvé un confident qui ne lui éclatait pas de rire au nez. Il s'inquiéta :

— Tu me crois au moins ?

— Et comment que je te crois ! Mais tu m'en bouches un coin.

— Remarque, la Marie elle doit pas être la première. Tous les mois le patron m'envoie porter un petit paquet à une ancienne bonne qui habite chez sa mère à Foinville. Elle aussi, elle a un petit qu'a dans les quatre, cinq ans… J'me demande pourquoi il l'a foutue à la porte ?…

Un silence se fit pendant lequel il sembla réfléchir. Puis il sourit, changea de voix et poursuivit :

— Si j'racontais combien de fois je lui ai vu la touffe à la Marie… Et toujours un homme pour la lui caresser… J'ai vu souvent le patron, mais j'ai vu aussi le Désiré… et puis le Constant aussi. Lui, ça a l'air plus sérieux… Je suis sûr qu'elle vient coucher avec lui toute la nuit…

— Ben alors, pourquoi qu'elle est sûre que c'est le patron ? demanda Joseph en saisissant la bride de Sansonnet car on arrivait dans la coupe et il fallait maintenant rouler en évitant les souches.

— Le Désiré, il se retire toujours, mais le patron, il reste encore planté au moins deux minutes après, comme les chiens ; ça j'l'ai vu ! répondit-il avec conviction.

Brusquement, il s'inquiéta :

— Ce que je vous ai dit là, faudra pas le répéter, c'est entre nous, hein, c'est entre nous ?

— Tu peux avoir confiance en moi, dit Joseph en lui posant une main rassurante sur l'épaule. C'est comme si t'avais parlé à cette souche.

Dans la coupe, le froid revint à nouveau les assaillir. Le vent courait entre les chênes nus qu'on avait laissés, puisqu'on ne coupait que le taillis. Chez Du Barrel, on coupait assez gros une fois tous les dix-sept ou dix-huit ans, selon un plan bien établi. La futaie de chêne, elle, n'était coupée qu'une fois sur quatre ou cinq coupes, c'est dire qu'en ce moment, Du Barrel vendait celle que son père lui avait laissée et qu'il préparait celle que vendraient ses fils. De longues cordes de bois, bien coupées, bien rangées, prenaient appui sur les chênes. Joseph jaugea d'un coup d'œil le rendement :

— Certainement autour des deux stères et demi à l'are.

La scie que Bineux et un ouvrier de Du Barrel faisaient chanter résonnait dans le bois et l'écho semblait revenir vers eux après avoir rebondi sur les taillis lointains. Joseph arrêta son attelage et vint vers les hommes. Bineux menait la coupe, car s'il était piètre cultivateur, on lui reconnaissait bien volontiers des qualités de bûcheron.

— Le bois, c'est épatant, dit-il en lâchant la scie et en se relevant pour serrer la main des deux arrivants, ça chauffe deux fois, une fois quand on le brûle et une fois quand on le fait.

— Alors, tu devrais rien demander à Monsieur Du Barrel, répondit Joseph en riant, il te donne déjà la moitié du chauffage…

— Ben, ma vache !

Ils discutèrent quelques instants, juste le temps de se mettre d'accord sur la façon de débarder et de sortir le bois de la coupe, car aucun des deux hommes ne voulait s'attarder : les jours sont si courts à la mi-janvier. L'attelage fut placé en rive d'une longue corde de bois qui barrait la coupe sur une longueur d'au moins quarante mètres. P'tit-Coup et l'ouvrier restèrent en bas pour passer les rondins. Joseph et Bineux montèrent dans la carriole pour les ranger. L'essentiel du travail était dans ce rangement. L'équilibre du chargement, dont la facilité du roulage, était là. Les premiers rondins tombèrent sur le plancher de la carriole avec un bruit sec, mais dès que le premier lit fut complet, les autres rondins trouvèrent leur place plus sourdement. Les bûches passaient de main en main et les hommes, le corps cassé en deux, essayaient d'utiliser leurs poids pour se donner de l'élan. Ce fut Bineux qui le premier engagea la conversation.

— On a eu une réunion du conseil hier au soir…, commença-t-il.

Bineux était au conseil municipal depuis les dernières élections.

— … Y avait pas grand-chose, mais on a parlé du train, continua-t-il. Ce coup-là, on va le voir le chemin de fer. Le maire a dit que, pour l'instant, la ligne coupait la commune par le nord. C'est prévu de passer dans ses champs et ses bois. Il a dit que c'est pas le meilleur tracé parce que la commune en retire aucun avantage. Il a dit que c'est pas l'intérêt de la population. Moi, j'ai surtout l'impression que ça lui fait pas plaisir. Le train, oui, mais pas chez lui. Tu penses qu'il va se démener pour faire changer tout ça…

— Comment se démener pour faire changer tout ça ? Tu veux dire qu'il va faire déplacer la ligne, interrogea Joseph.

— Il va essayer en tout cas… et il a le bras long, répondit Bineux. Hier au soir, il nous a expliqué que le train n'apporterait rien à la commune s'il n'y avait pas une gare au pays. Son idée, ce serait de faire passer la voie au sud du bois du Pendu, et de contourner Hennebeaux, avec une petite gare juste au bout du pays : pour ainsi dire, en face de chez toi.

Ce fut terrible pour Joseph. En un instant, il imagina le tracé de la ligne, la vit réalisée. De la corne du bois du Pendu à la maison la plus au sud de Hennebeaux, la voie coupait plusieurs de ses pièces, sa grande pièce surtout. Il resta un instant sans bouger, un rondin à la main, le dos courbé. Bineux eut peur, s'arrêta et demanda :

— Oh, ça va pas ? T'es tout blanc !

Joseph se reprit, posa le rondin, se releva et s'épongea le front de son grand mouchoir à carreaux avant de reprendre :

— Mais, ça tient pas debout, on n'aura jamais une gare à Hennebeaux : c'est trop petit, c'est ridicule. Et puis, mes pièces, tu les vois mes pièces coupées en deux, j'viens juste de les acheter…

— Tu sais, le maire peut bien nous en avoir une de gare. Quant aux terres, ben oui, ça va être bien malheureux pour ceux qui vont être concernés, mais que veux-tu, faudra bien qu'elle passe quelque part cette ligne, maintenant qu'ils ont décidé de la faire. C'est ce qu'il a dit, le maire.

— Mais enfin, c'est pas juste, c'est pas là qu'elle devait passer. Il a pas le droit de vouloir tout faire changer. Moi, j'te le dis, la gare, il s'en fout, ce qu'il veut, c'est que la ligne passe pas chez lui, c'est tout.

Joseph s'enflammait, pris au ventre par l'idée qu'on pourrait lui prendre sa terre, lui couper à nouveau des pièces qu'il avait réunies en s'endettant jusqu'au cou. Il se sentit chien à qui on veut arracher son os. Il eut envie de grogner et de mordre. Il éprouva une rage subite qui lui fit jeter les rondins avec violence. Bineux en fut tout surpris.

— Te fâche pas comme ça ! Rien n'est encore décidé. On sait pas où elle passera cette ligne, et puis la Compagnie paiera la terre à son prix sans doute… Écoute, moi, je ne te comprends pas, je croyais que tu étais pour le train, à cause du progrès, du moderne… C'est Buffétrille qui l'a dit au conseil hier au soir. Dame, tu lui aurais dit l'autre jour dans les champs que tu pensais que le train allait apporter le progrès, nous permettre à nous les paysans de mieux vendre nos grains, mieux nous ravitailler, qu'un pays comme la France devait se construire des communications modernes… Alors, moi je comprends plus… Si on fait une gare à Hennebeaux, tu devrais être content.

Un silence suivit. Bineux ne savait plus que dire, ne comprenait plus son ami. Joseph, lui, jetait sa rage dans le travail. Il pensait qu'effectivement le passage du train dans la région était une chose qui allait dans le sens d'un progrès pour tous les gens de la campagne, mais ce qui le faisait bondir hors de lui, c'était cette injustice qui allait permettre une fois de plus à un riche et puissant de s'accaparer tous les avantages du projet en rejetant sur de plus petits tous les inconvénients. Du Barrel allait garder ses terres en totalité. Ses bois ne seraient pas coupés par la ligne, mais il réussirait à vendre ses marchandises plus loin, plus cher en utilisant le train pour les transporter. Car finalement, les plus grands bénéficiaires seraient une fois encore ceux qui pouvaient produire beaucoup, en tout cas beaucoup plus que leurs besoins. Tandis que lui, dont le travail passé avait eu pour but de faire des économies et dont le travail futur rembourserait le prêt, lui aurait passé toute sa vie à se consacrer à une terre qui finalement allait lui échapper. Ce qu'il vomissait surtout, c'était l'hypocrisie du procédé ; ils ne refuseraient pas la ligne, iraient jusqu'à dire qu'elle était nécessaire, mais, pour ces mêmes raisons, il fallait modifier le tracé de la ligne pour avoir une gare à Hennebeaux. C'est avec les arguments des petits qu'ils s'apprêtaient à mieux les bouffer.

Une gare à Hennebeaux ! C'était stupide ! Est-ce qu'un village de deux cents habitants à quatre kilomètres du chef-lieu du canton avait besoin d'une gare ? Le train ne servirait à rien s'il devait s'arrêter tous les quatre kilomètres ! Mais Joseph comprit tout de suite combien cet argument serait fort auprès de la population, combien cette arme serait redoutable dans les mains de ces gens-là. Ils allaient inverser les positions : eux seraient les défenseurs du progrès et de l'amélioration de la vie des gens, lui serait ce vieil imbécile voulant rester à l'âge de pierre.

Joseph sentit qu'il allait perdre sa terre. Toutes les idées qu'il avait défendues jusqu'à maintenant allaient se retourner contre lui et il ne pourrait pas se défendre. Il sombra dans un grand découragement. Son mutisme fit peine à voir. P'tit-Coup n'arriva plus à lui adresser la parole de l'après-midi. Le premier voyage se fit en silence. Le deuxième aussi. Joseph ne sentait plus ni le froid, ni la fatigue. Il était redevenu une bête, une bête prise dans les mâchoires terribles d'un piège qu'il avait en partie forgé. On le saisissait à la gorge. Tout s'écroulait autour de lui. Ah ! la justice ! la justice ! Elle était belle la justice avec des gens comme Du Barrel que ces hommes ignares élisaient contre leurs propres intérêts.

— Mais enfin, répéta Bineux à la fin du deuxième voyage, t'es bien pour le train et le progrès, toi. Je t'ai vu revenir avec le semoir mécanique tout neuf ce matin même !

C'était vrai, le semoir avait été ramené à la ferme le matin même, avec des molettes et des chaînes de transmission de rechange. Le marchand avait même lâché l'huile et les outils avec, et avait promis de venir au plus vite à la première panne. À quoi allait-il servir ce bel outil si on lui prenait sa terre ?

Au troisième voyage, alors qu'il déchargeait le bois dans la deuxième cour de la ferme de Marville, Buffétrille vint le voir, le fusil toujours en bandoulière, le canon pointé vers le sol. Il arborait un air goguenard, ironique, narquois. Joseph le salua sans même le regarder, tout en continuant à décharger rageusement les rondins de charme. Buffétrille n'y alla pas par quatre chemins. Il lança quelques paroles que Joseph ressentit comme les premiers coups de dents des loups. Il en eut le cœur rempli de tristesse.

— Au conseil, hier au soir, on a parlé du train. Finalement j'me suis un peu emporté l'autre jour : t'avais un peu raison. On n'a pas voté puisque le projet n'arrivera en mairie qu'au début de février, mais le maire a dit qu'on n'évitera pas le passage. Alors plutôt que de dire non, il pense qu'il faudrait en retirer des avantages. Tout le monde était d'accord pour dire qu'il nous faudrait une gare à Hennebeaux.

Un silence se fit. Buffétrille semblait jouir de l'accablement de Joseph et le regardait travailler avec fureur :

— Enfin, moi, ce que j't'en dis, c'est histoire de causer. D'ailleurs tout ce que je t'ai dit, tu le savais peut-être déjà…

Sa silhouette lourde s'éloigna en brinquebalant. Joseph crut déceler un sourire sur son visage au moment où il se retournait. Les Pichot avaient toujours été des petits et chaque génération avait reçu son lot de vexations. Il sentit la rancœur sourde de ses ancêtres remonter soudain dans ses veines. Il les sentit tous se lever en lui pour hurler leur rage devant cette injustice : on ne touche pas à la terre. Il fulmina mais ne répondit rien.

Il termina ses voyages à 5 heures, alors que le jour commençait à décliner et que le grand froid reprenait tout l'espace. Joseph retourna à la coupe et chargea les quatre stères qui représentaient son salaire. Puis, silencieux, humilié, triste, il entraîna son attelage en marchant la tête basse. Il arriva au Guilandru par le bois et déboucha sur l'arrière de la ferme, du côté des petites maisons aux toits de chaume où vivaient, dans des conditions misérables, les journaliers de Du Barrel. Il attacha Sansonnet à un arbre et se dirigea vers la buanderie toute proche. Marguerite, une fois encore, était venue faire la lessive, pour apporter un peu d'argent frais à la maison. Quand il pénétra dans la pièce surchauffée, il fut pris à la gorge par un épais nuage de vapeur qui vous brûlait les yeux. Une odeur terrible de cendre de bois piquait. On se serait cru en enfer tant la chaleur était forte. Il enleva son chapeau, ouvrit sa veste et marcha vers Marguerite qui s'activait autour du grand cuvier.

— J'ai presque fini, dit-elle au milieu de la buée. Lucie va aller étendre dans les greniers pendant que je termine et puis on pourra partir.

Joseph ne disait rien et attendait les bras ballants. Lucie avait pris un grand panier d'osier, rempli de linge humide et chaud. Elle se couvrit soigneusement avant de sortir : la différence de température était si grande entre l'intérieur de la buanderie et l'extérieur, qu'un chaud et froid était toujours à craindre pour ces corps mis à l'épreuve de la sueur et de la vapeur pendant l'après-midi tout entier.

— C'est ça, ma fille, couvre-toi bien, lui dit Marguerite, va pas nous attraper une *achauferdie*[1].

Une *achauferdie* !

Lui en avait attrapé une belle d'*achauferdie*, mais pas dans son corps, ni dans ses membres, une *achauferdie* que toutes les plantes du monde ne parviendraient pas à guérir si on lui enlevait sa terre. Depuis des années, il avait travaillé, espéré, voulu, s'était cassé l'échine pour reformer la ferme de ses pères. Et puis brutalement, il avait reçu un grand coup de sabre glacial, comme Lucie l'aurait reçu tout à l'heure si elle était sortie au froid avec son corps tout suant de vapeur. Marguerite le regarda et comprit que quelque chose venait

1. *Achauferdie : mot de patois beauceron qui signifie un chaud et froid. On disait également un chaud referai.*

de se passer. Elle s'approcha, lui tendit les bras et demanda :

— Mon Dieu, mais t'es malade ?

Joseph fit non de la tête, plongea sa tête contre le cou de sa femme et se mit à pleurer comme un enfant. Entre deux sanglots, il lui lâcha à l'oreille :

— C'est terrible, je crois bien qu'ils vont nous prendre la terre.

IX

Des idées trop rouges

LES ÉTUDES furent rondement menées, à croire qu'elles étaient terminées avant même que le projet fût annoncé. Dès le début du mois de février les premiers plans d'implantation de la ligne arrivèrent à la mairie. Le maire fit battre le tambour aux quatre coins de la commune pour informer la population qu'elle pouvait venir les consulter.

Joseph s'y précipita. Depuis qu'il savait que la ligne allait probablement passer dans ses terres, il s'était laissé glisser sur les pentes du découragement et de la tristesse. Il ne parlait plus, soignait ses bêtes sans les caresser, montait les enfants dans la carriole sans les faire rire. Il ne rendait même plus visite à sa grande pièce, de peur sans doute de l'imaginer coupée en deux par le monstre de fer. Il s'était d'abord laissé aller à des raisonnements faciles et primaires, et l'amour de cette terre l'avait aveuglé au point de l'amener à penser qu'il fallait être contre le projet parce qu'il lésait les paysans. Comme Buffétrille le premier jour, les arguments simplistes avaient envahi son esprit : le chemin de fer prendrait trop de bonnes terres, serait source de dangers pour les récoltes et les bois, amènerait trop vite une population qui n'avait pas les mêmes intérêts que les gens du village et qui ne manquerait pas de s'opposer aux paysans. Tout bois faisait feu contre le train, mais les arguments les plus forts lui semblaient toujours être la terre, et lui qui se voulait moderne trouvait dans les nouvelles conceptions des pratiques agricoles d'autres raisons de s'opposer à la ligne : elle allait couper de nombreuses parcelles en deux, morceler à nouveau un grand nombre de champs, obliger les paysans à des détours invraisemblables pour aller d'une moitié de parcelle à l'autre, enclaver des dizaines de petits champs auxquels on ne pourrait accéder qu'en passant chez son voisin. De multiples inconvénients avaient surgi : l'écoulement naturel des eaux de pluie, par exemple, allait se trouver perturbé. En rencontrant ce nouvel obstacle forcément plus haut que les terres, de larges poches d'eau ne manqueraient pas d'inonder les champs.

Dans un second temps, il se mit à envisager l'avenir, parce que, finalement, au fond, il sentait bien que l'arrivée du train serait une bonne chose pour les habitants de la région. Il allait permettre des progrès, c'était indiscutable, et le plus borné des paysans serait bien obligé de l'admettre. Mais le problème de la terre restait entier et avec lui une sourde haine contre les puissants propriétaires, Du Barrel en tête. Il était évident qu'il avait intrigué dans les hautes sphères de certains milieux pour détourner la ligne et éviter tous les inconvénients du passage sur ses terres, de même qu'il était évident que son adhésion au projet et sa volonté de doter Hennebeaux d'une gare sonnaient l'hypocrisie. C'était un homme froid, calculateur, un gigantesque prédateur de la petite paysannerie.

En travaillant dans la plaine au rythme du pas de ses chevaux, des idées, beaucoup plus conformes à sa façon de concevoir la culture et le bien-être des hommes, l'enflammèrent bientôt. Les inconvénients apportés par le chemin de fer, il fallait en tirer des avantages. Un plan ingénieux prit rapidement forme. C'était simple : la ligne occuperait sept ou huit hectares de terres dans sa traversée de la commune sur un total d'un peu plus de huit cents hectares cultivables, c'est-à-dire en gros un pour cent. Chaque cultivateur n'aurait qu'à donner un pour cent de la superficie de ses terres et ainsi la justice y retrouverait son compte. Mais cela nécessiterait une nouvelle répartition des terres de chacun, un de ces fameux remembrements dont l'idée avait déjà été émise par certains agriculteurs de progrès qui sentaient que la principale condition pour sortir l'agriculture du Moyen

Âge où elle vivait encore était de regrouper les terres afin d'employer du matériel moderne. Joseph avait fait ses calculs : il possédait douze hectares ; il donnerait douze ares à la compagnie et celle-ci, en plus du paiement de ces douze ares, financerait le remembrement qui lui regrouperait ses dix hectares quatre-vingts environ en deux ou trois pièces seulement ! Et il se prit à rêver, à imaginer des pièces de quatre, cinq ou six hectares d'un seul tenant. Il imagina aussi Albert avec une ou deux de ces grandes pièces situées à côté des siennes. Même les grosses fermes auraient tout à y gagner. Tout comme les autres, Buffétrille possédait de multiples petites pièces, malgré tous les échanges auxquels il procédait ; Du Barrel aussi. Tout paysan soucieux d'améliorer sa vie comprendrait que l'intérêt de tous et de chacun résidait dans ce remembrement.

À la mairie, le greffier le reçut fraîchement. Du Barrel avait dû lui dire que les premiers à venir seraient des opposants. Il lui sortit le petit registre d'une quinzaine de pages où la Compagnie exposait tous les mérites du projet et lui montra du doigt un plan d'au moins deux mètres de long représentant le passage de la ligne dans le canton. C'est vers le plan que Joseph se dirigea tout d'abord.

Entre Beauché et Bonneval, la ligne parcourait une courbe presque parfaite d'une vingtaine de kilomètres de long. Du moins, l'aurait-elle été, parfaite, si son passage près du Guilandru avait été retenu. Tout indiquait en effet que l'idée des ingénieurs avait été de traverser les terres et les bois de Monsieur Du Barrel. Mais au lieu de cette régularité dans la courbe, on notait une sorte de hernie qui amenait la ligne à cent cinquante mètres au sud de Hennebeaux, laissant le domaine du maire situé plus au nord entièrement vierge de contraintes. Sur ce plan, les parcelles n'étaient évidemment pas tracées. Joseph situa cependant les siennes sans problème et ce qu'il redoutait se confirma. La plupart de ses champs étaient coupés en deux, en particulier sa grande pièce. Tel qu'il était présenté, le projet ne lui mangeait pas beaucoup moins d'un demi-hectare à lui tout seul ! Un *squet* ! Une véritable catastrophe !

Les terres d'Albert Archambault n'étaient pas épargnées non plus. De petites parcelles étaient coupées en diagonales. La ligne ne lui laisserait que de multiples triangles de quelques ares impossibles à cultiver à cause de leur ridicule petitesse, mais aussi parce qu'ils allaient tous se retrouver enclavés dans des pièces exploitées par d'autres. Bineux était touché dans des proportions moindres. Édouard aussi. Cinq ou six autres petits paysans se trouvaient dans la même situation. Le sourire ne lui revint faiblement qu'au moment où, ses yeux suivant le tracé, il situa les terres de Buffétrille. Il n'était pas beaucoup touché, mais deux des grandes pièces qui faisaient sa fierté étaient traversées. Sans compter que la ligne passant entre Hennebeaux et Marville coupait son exploitation, si bien qu'il aurait, à l'avenir, des champs de part et d'autre de la voie, ce qui l'obligerait à de longs détours. L'effort demandé à Buffétrille serait d'autant plus fort qu'un passage à niveau était prévu sur la route Hennebeaux-Marville, sur ses terres. Du coup, il repensa à la goguenardise du bonhomme le jour où il avait roulé le bois et, sans s'en réjouir, il y vit un petit signe de justice.

Par contre, de gare, il n'en était pas question. Aucune trace, ni sur le plan, ni dans le descriptif ; trois arrêts étaient prévus en vingt kilomètres : à Beauché, à Bénouville et à Bonneval. Un tous les dix kilomètres, ce qui semblait en effet raisonnable. La filouterie de Du Barrel apparaissait encore davantage et il se promit de faire de la publicité à l'affaire.

Tandis que le greffier, muet, grattait sa plume d'acier sur du papier à en-tête de la mairie, Joseph s'était assis dans un coin, près de l'énorme poêle qui entretenait une bonne chaleur. Il lisait une à une toutes les pages du cahier bleu élaboré par la Compagnie pour décrire le projet. C'était presque idyllique. Trop. Les prévisions de développement de la région à la suite du passage du train semblaient très exagérées, beaucoup plus importantes en tout cas qu'il était raisonnable d'attendre.

Joseph lisait depuis un petit quart d'heure, lorsque les fines roues de l'élégant tilbury de Monsieur Du Barrel crissèrent sur les pierres de la route. La jument fit un écart pour mieux prendre le portail de face et s'engagea dans la cour. Pendant un instant, Joseph entrevit la silhouette du maire emmitouflée dans un grand manteau. Il était coiffé d'un chapeau de ville, les jambes enserrées dans une couverture de laine verte. Puis, il disparut de la fenêtre ; Joseph suivit, aux bruits dans la cour, le déplacement de l'arrivant. Il fut sur le point de refermer le registre pour s'en aller, puis il se dit que la mairie était à tout le monde et il resta, pas fâché au fond de se retrouver devant Du Barrel dans une autre maison que la sienne et dans le cadre de rapports qui n'avaient en principe rien à voir avec ceux qu'ils entretenaient d'ordinaire.

Le maire entra sans frapper, et avec lui des odeurs de froid et d'hiver. Le greffier se leva d'un bond pour le saluer. Du Barrel lui serra la main. Joseph aussi s'était levé, mais plus mollement, ne mettant dans son geste que le minimum de respect dû au garant de son prêt.

— Tiens, je vois que je n'ai pas fait tambouriner le champêtre pour rien. Le train a l'air d'en intéresser quelques-uns.

Ils se serrèrent la main, puis Du Barrel enleva son chapeau, ses gants et son manteau. Il apparut dans un élégant costume de style anglais qu'une cravate et une pochette du même ton agrémentaient du meilleur goût.

— Alors, tu t'y retrouves ? demanda-t-il, plaçant ainsi Joseph d'emblée dans la situation d'un illettré incapable de lire un plan.

— Évidemment. C'est clair, répondit Joseph du ton de quelqu'un qui refuse la position basse dans laquelle on voulait le placer.

Du Barrel sembla se plonger dans la lecture du plan qu'il avait certainement déjà très minutieusement étudié.

— C'est sur la route de Bénouville que je ne vois pas bien comment ils vont faire. La route est basse ; à mon avis, la ligne devrait enjamber, et pourtant ils ont prévu un passage à niveau, pas un pont.

Joseph ne répondit pas et regarda son registre.

— Enfin, ce n'est pas notre affaire. Ceux de Bénouville y réfléchiront… conclut-il. Heureusement, nous, on n'a pas ce genre de problème sur la commune.

Le maire voulait manifestement parler de la ligne, et son insistance ressemblait à de la provocation. Joseph réagit :

— Non, on n'a pas ces problèmes, mais on en a d'autres.

— Ah ? s'étonna Du Barrel, faussement surpris. Et les quels ?

Joseph se dit qu'après tout il ne lui devait pas grand-chose et décida de répondre, courtoisement certes, mais d'un ton assuré :

— Au niveau de l'emprise de la ligne et des terres qu'elle va couper, au niveau des petites fermes qu'elle va réduire et morceler encore plus…

— Mais ça, qu'est-ce que tu veux, il faut bien qu'elle passe quelque part cette ligne. C'est sûr que c'est bien malheureux pour ceux à qui elle va prendre de la terre, mais c'est comme ça, on n'y peut rien, répondit-il.

— Faut croire que si quand même… laissa planer Joseph mi-accusateur, mi-ironique.

Du Barrel le prit assez mal, mais il se maîtrisa, évita tout écart de langage et continua à parler calmement. Il savait qu'il n'avait pas intérêt à se mettre Joseph à dos car il était l'un des seuls au village à pouvoir le contester avec des arguments d'un certain niveau qui frappaient l'esprit de tous les illettrés et autres ignorants.

— Tu pensais qu'on pourrait lui faire prendre le chemin qu'on souhaiterait ? demanda-t-il, faussement naïf. C'est pas un chemin de terre, elle ne peut pas contourner les parcelles !

— Non, mais pourtant, on dirait bien à voir le plan qu'elle suit pas son chemin normal. C'est pas au sud de Hennebeaux qu'elle aurait dû passer, mais au nord ; c'était plus logique, plus court, plus intéressant pour la Compagnie.

— Tu veux dire qu'elle aurait dû passer chez moi ?

— Dame ! on dirait bien que c'est la logique !

— Si tu crois qu'un tracé peut être modifié comme ça, exige-le donc, tu verras, si c'est si possible !

Joseph le sentit fort, cynique, méprisant et il eut envie de lui jeter au visage tout ce qu'il avait sur le cœur. Il ne le fit pas et se contint à grand-peine. Il préféra tourner la conversation :

— Si au moins la ligne avait été rapprochée du pays pour y faire une gare, on aurait compris.

— Il n'y a pas de gare sur le plan parce que c'est le plan d'emprise de la ligne ; cela ne veut pas dire qu'ils n'en feront pas une. Je ne vois pas pourquoi ils la feraient passer près du village si c'était pour refuser la gare.

— En attendant, c'est pas bon signe de l'avoir oubliée sur le plan, poursuivit Joseph.

— C'est un oubli, voilà tout. Mais je vais m'en occuper et je te garantis qu'ils finiront bien par céder. Enfin, toi, Joseph, un homme qui est toujours pour le progrès, tu ne peux pas être contre le train. Sois moderne, tu dois comprendre que le train va nous apporter...

Joseph le coupa sèchement au milieu de sa phrase :

— Je suis pour le train et tout ce que vous dites en ce moment, j'ai été le premier à le dire dans la commune. Mais je constate que ce passage va être lourd pour certains et que le progrès va encore être plus cher payé par les uns que par les autres. Parce qu'en plus de tous les inconvénients qui vont suivre chez ceux dont les parcelles vont être coupées, il va y avoir la question du prix payé par la Compagnie. Il n'y a pas une ligne sur l'indemnisation là-dedans.

Et Joseph agitait en l'air la petite brochure bleue.

— En général, reprit Du Barrel en sortant sa pochette et en se tamponnant les doigts qu'il avait moites, un arrêté d'expropriation est signé par le préfet après une enquête publique. C'est lui qui fixe les prix des terres…

— Qui correspond à la moitié de la valeur réelle ! Je me suis renseigné.

— Mais non, pas toujours : c'est le prix pratiqué partout, voilà tout, dit-il en sentant bien que Joseph le tenait pour un menteur.

— N'empêche, prendre des terres à moitié prix de la valeur à quelqu'un qui ne les a pas encore payées, c'est pas juste !

— Oui, bien sûr, continuer à rembourser un prêt pour payer des terres expropriées moins cher que le montant du prêt… surtout quand on ne les a plus, c'est un problème ; je te comprends.

Il fit le tour de la table et alla s'asseoir dans son fauteuil de maire. Là, il croisa ses longues jambes et remit le pli de son pantalon en place.

— Remarque bien que même si la surface totale du lot diminue à cause de cette expropriation, moi, je n'ai qu'une parole et je ne change rien aux conditions de couverture de ton prêt…

— Oh, mais je paierai en temps et en heure ! coupa Joseph. Vous n'avez rien à craindre… Je trouve simplement que c'est pas juste, c'est tout… pas juste du tout même.

Il n'avait plus envie de parler avec cet homme tant il le sentait puissant et sûr de lui. Il rendit la brochure au greffier qui s'empressa d'aller la ranger. Puis, Joseph se couvrit et salua Monsieur Du Barrel.

— Oui, il faudrait rechercher des solutions plus justes pour tout le monde… dit-il, mystérieux.

— C'est ça, répondit le maire en lui serrant la main. Cherche des solutions. Tu viendras tout écrire sur le registre de la préfecture au moment de l'enquête publique. Si tes propositions sont bonnes, ils en tiendront compte…

Joseph sortit. Au-dehors, le dégel avait ramené un froid beaucoup moins vif et la bruine des derniers jours avait définitivement éloigné les moins douze ou moins quatorze de la mi-janvier. Il traversa la place, la route où des nids-de-poule se creusaient depuis le dégel et se dirigea vers le bistrot. Il n'y allait pas très souvent, mais ce soir, il éprouvait le besoin de parler, de convaincre. Une volonté formidable de se tourner vers l'avenir, et d'obliger les autres à regarder avec lui à échéance de dix, vingt, trente ans le poussait à rechercher la compagnie des petits paysans. Et les autres, un soir de février, étaient au chaud autour d'un verre !

Alphonsine tenait le seul bistrot du pays : c'était une vaste salle rectangulaire tout en profondeur où on entrait par une porte à bec-de-cane et à clochettes multisons. Un long comptoir recouvert de zinc occupait tout un côté de la pièce. L'autre côté était garni de petites tables où quatre buveurs pouvaient prendre place et jouer aux cartes. Alphonsine, c'était une maîtresse femme, grande et forte qui ne s'en laissait imposer par aucun charretier, même saoul comme un Polonais. L'ordre régnait toujours dans son estaminet.

Une douzaine d'hommes s'y trouvait déjà quand Joseph entra. C'était très calme. Plusieurs vieux jouaient aux cartes, une bouteille et quatre verres au cul épais posés sur le bord, à côté du carnet où ils marquaient les points. Plusieurs autres buvaient le vin raide que l'Alphonsine se procurait dans l'Orléanais ou le Vendômois. Les charretiers ne fumaient pas en général, à cause du vent de la plaine, à cause du feu aussi dont il fallait toujours se méfier au contact de la paille des écuries. La plupart chiquait. De temps en temps, ils sortaient de leur poche une carotte de tabac et un couteau, et s'en coupaient la valeur d'une grosse noix qu'ils se mettaient aussitôt à mastiquer avec plaisir. Après quelques instants, ils commençaient à lancer entre leurs incisives plus ou moins disparues, des jets de salive brunâtres. Alors, Alphonsine, dès le matin, étalait une bonne couche de sciure de bois, parce que les chiqueurs crachaient à leurs pieds par habitude, comme dans la plaine.

— Mais, c'est mon béguin ! lança Alphonsine en voyant entrer Joseph. Viens mon coco que j'te vois de plus près... Ben, t'as plutôt l'air fâché ! J'te sers un ballon ?

— Oui, un petit ballon, répondit-il en serrant les mains tremblantes et dures des quelques vieux.

Bineux, assis à une table, jouait au *truc*[1]. Joseph lui serra la main et regarda son jeu par-dessus son épaule.

— Ben, en effet, t'as pas l'air en forme ; t'as des soucis ?

— Non, non... ça va répondit Joseph.

— Tu joues ou tu causes ? s'insurgea le vieux père Jules, un acharné de cartes pour qui rien ne devait perturber le jeu.

— M'engueule pas le père, répondit Bineux. Non seulement je joue, mais j'vas jouer si bien que tu vas y perdre tes bretelles.

---

1. Truc : jeu de cartes.

Joseph avança jusqu'au comptoir, posa un coude sur le zinc et se mit à parler de tout et de rien avec un vieux de plus de soixante-quinze ans que le mauvais ménage avec sa belle-fille poussait souvent au bistrot. Ils parlèrent du temps, de ce froid qui avait duré si longtemps et qui avait gelé du blé un peu partout sur la commune. Ils parlèrent aussi de tous les vieux qu'on venait d'enterrer. Joseph écoutait, répondait, mais n'était pas vraiment à la conversation. Il regardait distraitement les deux grosses suspensions où les lampes à pétrole jetaient une lumière vive, mille fois répercutée par les abat-jour de porcelaine.

Vers les six heures et demie, Édouard entra avec Albert. Puis, d'autres paysans arrivèrent : Antoine, un cultivateur du bout du bourg, Gaston, un autre cultivateur qui habitait sur la route de Marville. Puis, d'autres arrivèrent encore : Grand-Soif, La Souris, Paille-au-Cul. Bientôt, le bistrot devint une ruche où il fut difficile de s'entendre parler. Alphonsine servait et resservait les verres de rouge en glissant à chacun une parole bourrue et équivoque. Édouard vint vers Joseph et fut le premier à parler du train.

— Dis donc, t'es allé voir, toi, cette histoire de train à la mairie ? Des conseillers m'ont dit que la ligne traversait nos terres, dit-il en pensant évidemment aux quelques lopins possédés par son père et qu'il n'osait pas encore baptiser « mes terres ».

— Oui, j'en viens de la mairie, répondit Joseph. C'est vrai, la ligne va passer sur tes terres.

— Ben, c'est le père qui va gueuler ! Il est foutu de prendre son fusil si on y touche.

— Il n'y pourra pas grand-chose, le tracé semble bien décidé.

— Ils peuvent pas nous prendre la terre comme ça si on veut pas la vendre, contesta-t-il naïvement. Doit y avoir des lois pour ces choses-là !

— Oui, il y a des lois, répondit Joseph, mais elles ne sont pas de ton côté.

Édouard but son verre d'un trait, le tendit à nouveau vers Alphonsine qui le remplit sur-le-champ. Édouard se retourna et dit à haute voix :

— Eh ! Émile, Albert, Antoine, Gaston, venez donc voir une minute ! V'là une nouvelle qui vous concerne autant que nous deux. Le train passe plus chez le maire : il paraît qu'il passe tout près du pays et qu'il coupe toutes nos terres !

Il y eut un silence. Les quatre interpellés le regardèrent et s'approchèrent inquiets.

— Moi, y pourront pas me couper mes terres, dit Grand-Soif, toujours prêt à sortir une plaisanterie, alors faudra que je me méfie qu'ils me coupent pas les choses.

Plusieurs se mirent à rire, dont La Souris qui fut repris de la même crise qu'au cours de la nuit aux alouettes.

— J'croyais que c'était déjà fait, ironisa Alphonsine. On les a pas vues souvent en treize ans !

— Ma cocotte, c'est des choses du dimanche que je sors que pour les grandes occasions. C'est comme qui dirait de l'article de luxe. Faut du doigté pour s'en servir…

— C'est pour ça que tu tournes souvent autour des brebis ! rigola Alphonsine, suivie par la majorité des buveurs qui commencèrent dans tous les coins à discuter des choses de Grand-Soif et des reparties de cette dégueulasse d'Alphonsine.

Mais les six petits cultivateurs n'avaient guère ri. Ils s'étaient regroupés autour de Joseph qui se mit à raconter ce qu'il avait vu sur le plan. Il dit à chacun dans quelles pièces ils allaient être touchés, pour quelle surface et ce qui, selon lui, allait rester de chaque pièce.

— J'suis formel, on m'avait dit que la ligne devait passer plus haut et couper le domaine du maire, s'indigna Antoine.

— Vous avez pas encore compris les gars ! coupa Paille-au-Cul qui, ne possédant rien, parlait d'un air détaché. Mais le Du Barrel, il en veut pas de la ligne, ou du moins, il la tolérerait à condition qu'elle passe chez les autres. Vous avez pas encore compris que c'est lui qu'a tout chamboulé ? Il a peut-être le bras encore bien plus long que vous le croyez… continua-t-il les mains sur les hanches.

— Qui est-ce qui l'a si long ? demanda Grand-Soif tandis que La Souris qui venait de payer une chopine se versait un nouveau verre en repartant dans un fou rire.

— Ta gueule, espèce de trou de taupe ! lui lança Paille-au-Cul.

— Vous êtes pas justes les gars, intervint Bineux. Moi, je suis conseiller et j'étais là l'autre soir à la réunion quand notre maire a expliqué qu'il avait fait déplacer la ligne pour qu'elle passe à Hennebeaux dans le seul but d'obtenir une gare et tirer tous les avantages du train. Un train sans gare, c'est de la merde. Il a raison de demander une gare !

— L'ennui, reprit Joseph, c'est qu'elle n'est pas prévue sur le plan cette gare et rien ne laisse supposer qu'elle se fera. Tu penses : on a combien d'habitants à Hennebeaux ? demanda-t-il à Bineux. Toi qu'es conseiller, tu dois savoir.

— Deux cent soixante-seize, répondit-il en bon écolier, mais faut aussi compter les hameaux. Y en a encore cinquante-sept au Guilandru et quatre-vingt-huit à Marville. Ça fait quatre cent vingt et un en tout !

— Et tu crois qu'ils vont faire une gare pour quatre cent vingt et un habitants alors qu'on est à une couple de kilomètres du chef-lieu du canton et qu'ils feront une autre gare à Bénouville. On est entre deux gares. Tu crois qu'ils vont en faire une ici ?

— Vous allez encore être cocus les gars, jeta Paille-au-Cul. Vous pisse à la raie, Badinguet. Vous comprenez donc pas qu'il pense qu'à lui ?

Un silence suivit pendant lequel le mauvais vin fit couler la rage qui naissait sous les casquettes relevées.

— Mais enfin, peuvent pas nous prendre nos terres de force ! répéta Albert.

— Mais si, ils peuvent, reprit Gaston. Avec un arrêté d'expropriation que ça s'appelle. C'est signé par le préfet et des ministres, et tu y peux rien. Si tu veux pas, ils enverront les gendarmes et la troupe.

Ces deux derniers mots firent grosse impression : l'évocation de gendarmes en bicorne et de régiment de dragons sabre au clair venant arracher la terre des mains des paysans saisit de frayeur les imaginations des plus faibles. Dame ! des répressions sanglantes de grèves de mineurs ou d'ouvriers de Lorraine, on en avait entendu parler. Un silence prolongea ces images terrifiantes tandis qu'ils buvaient à nouveau pour chasser les mauvaises idées.

Dans le fond de la salle, le fou rire de La Souris repartait de plus belle. Grand-Soif racontait une histoire.

— … Sa femme était malade. Elle lui avait dit d'aller tirer la vache mais cette bourrique n'arrêtait pas de lui envoyer la queue dans la gueule. Ni une ni deux : il prend une ficelle, attache la queue à un bout et cherche où attacher l'autre bout. Y avait un clou au plafond, alors il se met derrière la vache, monte sur le tabouret et lève les bras pour accrocher la ficelle au clou. Juste au moment qu'il tirait pour redresser la queue de la vache, v'là le bouton de ses bretelles qui casse et son froc qui lui tombe sur les sabots ! La vieille est rentrée dans l'étable juste au moment où il était bannière au vent ! Il paraît qu'elle gueulait qu'elle venait de voir le diable et que son gendre était un monstre, un vicieux, un obsédé.

La Souris riait à gorge déployée, glissant son rire sans fin dans le silence des autres.

— Ce qu'il faudrait, c'est que tous les paysans laissent une superficie en rapport avec la grandeur de leur ferme, commença Joseph.

— Comment veux-tu que ça se fasse ? demanda Antoine. Même s'il accepte, un paysan qu'est pas touché, ça sert à rien qu'il en laisse !

— Mais si, reprit Joseph. Pour cela, il faudrait aussi faire ce qu'on appelle un remembrement…

Joseph leur expliqua ce qu'était un remembrement. Il leur dit que cela consistait à redistribuer toutes les terres de la commune en redonnant à chacun sa part d'un seul tenant, ou à la limite en deux ou trois parcelles.

— Alors moi, mes terres du Buisson Galant, on me les prendrait ? s'insurgea Bineux.

— Peut-être bien que oui, mais c'est pas important. Toi qui as cinq hectares, tu aurais toujours tes cinq hectares. D'accord, peut-être plus au Buisson Galant, mais qu'est-ce que ça peut faire ? Tu y gagnerais : tu aurais toujours tes cinq hectares, mais d'un seul tenant. Tu te vois avec une pièce de vingt mines d'une seule parcelle ?

Évidemment, cette perspective était alléchante ! Mais aucun n'avait confiance dans cette redistribution et ce remembrement qui puait les idées rouges dont tout le monde se méfiait.

— Ça, le père voudra jamais qu'on lui change ses pièces de place. Non, mais vous vous rendez pas compte, des terres qu'appartenaient déjà à la famille avant la Révolution ! Il préférerait rester jusqu'à sa mort au bout du champ avec son fusil chargé !

— Et la qualité des terres ? interrogea Albert. Tu y as pensé à la qualité ? Une mine au bois du Pendu, c'est pas une mine aux Basses Marnières !

— Ça c'est vrai, répondirent plusieurs voix.

— Oui, c'est exact, reprit Joseph. Mais on peut compenser, se mettre d'accord tous ensemble pour dire par exemple qu'une mine ici vaut une mine vingt plus loin, ou le contraire. Ce qu'il faut, c'est trouver un système juste où tout le monde retrouve sa part.

— Moi, j'm'en fous, cria Paille-au-Cul, j'possède rien. Mais il a drôlement raison le frère, c'est le seul moyen d'obliger les gros à pas vous foutre dans la merde. Si vous vous entendez pas pour faire ce qu'il vous dit, les Du Barrel et les Buffétrille profiteront du train sans y laisser une plume, et vous qu'êtes petits, vous serez plus petits encore… c'est facile à comprendre. C'qui dit, Joseph, c'est le seul moyen de pas vous laisser bouffer !

Un silence plana, lourd de réflexions. Joseph se retrouva le dos au mur, tous les autres devant lui, comme s'ils avaient senti un chef possible. Pourtant tous les visages restaient fermés et chacun se demandait s'il n'avait pas perdu la tête. Ces idées ressemblaient trop aux idées des partageux, des rouges, des socialistes dont les propos couraient dans les campagnes comme la peste : ils avaient peur !

Au fond de la salle, Grand-Soif et La Souris avaient été rejoints par Désiré et Abel. Grand-Soif avait redit son histoire en y ajoutant des détails : le bonhomme n'avait même plus de caleçon, et ses roustons découverts s'étaient enrichis de poils noirs.

— Vise bien, j'aurais peut-être préféré me farcir la vache que la vieille, rigola Grand-Soif en appelant Alphonsine pour qu'elle apporte une autre chopine et des cartes.

— Moi, j'comprends pas bien ton histoire de répartition de l'emprise de la ligne, dit Albert. Qu'est-ce que ça veut dire de laisser de la terre en rapport avec la grandeur de sa ferme ?

— Ben c'est simple, expliqua Joseph. Moi, par exemple, j'ai douze hectares, on va me prendre cinquante ares. Toi, t'as six hectares, on va t'en prendre quarante ares. Du Barrel en a plus de trois cents, on lui prend rien. Buffétrille en a cent dix, on va lui prendre trente ares, moins qu'à toi. Tu trouves que c'est juste toi ? Alors, c'est simple, il faudra dans les sept ou huit hectares pour faire la voie, huit hectares sur les huit cents de la commune, c'est-à-dire un pour cent. Eh bien, chacun donne un pour cent de ce qu'il a. C'est aussi simple que ça. J'ai douze hectares, je laisse douze ares. Tu en as six, tu laisses six ares ; Du Barrel laisse trois hectares, etc.

— Et tu crois qu'il accepterait ? demanda Antoine.

— Et pourquoi pas ? Lui aussi y retrouverait son compte parce qu'oublie pas que le remembrement regrouperait toutes ses terres : il a des parcelles de rien du tout même sur les communes voisines !

Le raisonnement était difficile à suivre pour ces hommes habitués à fatiguer leurs bras sans trop réfléchir. Ils ne retenaient qu'une chose : avec le système de Joseph, on en prendrait moins aux petits et plus aux gros, et ça, ça ne tenait pas debout ! On n'avait jamais rien vu de semblable ! Les verres se vidaient de plus en plus vite. Les joues rougissaient et les casquettes se relevaient de plus en plus haut sur les crânes blancs qui contrastaient avec les visages burinés. Alphonsine servait et resservait encore. Au fond, Grand-Soif et les autres jouaient bruyamment aux cartes en buvant plus que de raison. Déjà, Alphonsine servait la quatrième bouteille.

— Si tu continues à foutre ton jus de chique au bas du mur, menaça Alphonsine, tout Grand-Soif que tu t'appelles, j'te claque la gueule !

— Ma petite, j'en ai vu d'autrement plus féroces que toi, à la guerre, et ça m'a pas empêché de leur enfoncer ma baïonnette dans le cul, répondit-il d'une voix qui commençait à devenir épaisse.

La Souris s'étouffait de rire en répétant : « Il veut foutre sa baïonnette au cul d'la patronne… » et il riait, s'embarquait dans un fou rire qui se terminait en crise de toux qui lui arrachait les larmes des yeux.

À ce moment, le forgeron entra, poussant devant lui un homme portant en bandoulière une grosse caisse de bois délavée par les pluies. L'homme paraissait fatigué, mais gardait l'œil roublard et le regard vif.

— C'est un nouveau colporteur les gars ! lança le forgeron. Je vous l'ai amené, il a rien que des trucs pour les bonshommes !

Les hommes firent cercle autour de lui, et tandis qu'il posait sa caisse en bois blanc sur une table et cherchait dans ses poches la clé de la serrure, on entendit les conversations reprendre. Joseph était resté seul au comptoir. Il avait compris. Il n'avait pas su expliquer, pas su convaincre. Il s'en voulait, se disait qu'il avait été maladroit. Il finit son verre et s'en resservit un autre. Il regardait ce troupeau étonné autour de la boîte du colporteur, tous ces paysans prêts à se laisser rouler par un jeune filou qui n'en voulait qu'à leurs sous.

Le colporteur sortit des pipes, des briquets, des couteaux à deux lames, des allumettes de contrebande sans doute, des montres volées probablement par un quelconque complice, des peignes, des lunettes cerclées de fer et tout un bric-à-brac invraisemblable. Les paysans regardaient, écoutaient, touchaient ce capharnaüm fabuleux. Ils prenaient dans leurs mains, au passage, ce qu'ils comptaient examiner davantage avant de se décider à acheter. On aurait dit des enfants !

— Et des *noisettes*[1] mon gars ? Est-ce que t'as des noisettes ? hurla Grand-Soif en jetant un regard circulaire sur l'assemblée.

Le colporteur releva la tête, sourit, ouvrit une petite boîte et en tendit à Grand-Soif.

— Est-ce qu'elles sont solides au moins ? Parce qu'on monte pas des juments de second ordre mon brave ! reprit Grand-Soif. Hein, La Souris, que t'as une pouliche de course toi, et que tu peux pas te permettre d'avoir la cravache qui fuit ?

Le groupe rit d'un rire gêné, mais plusieurs hommes tendirent la main. On échangea des plaisanteries salées pour exorciser ces vieux tabous qui mettaient mal à l'aise. Bineux ouvrit l'un des papiers blancs, en sortit une et souffla dedans pour mieux faire rigoler les autres. Quand elle eut dépassé la grosseur d'un concombre, La Souris intervint.

— Stop, elle est juste à ma taille.

Mais l'autre continua dans l'espoir de la faire éclater.

« Pauvres cons, pensa Joseph en se retournant et en prenant appui des deux coudes sur le comptoir, je leur parle de solidarité, de se grouper pour mieux se défendre contre les gros. Je leur dis qu'il

1. *Noisette : désigne un préservatif en patois beauceron. À l'époque, la noisette était fabriquée à partir d'une vessie de porc.*

ne faut pas se laisser bouffer au sujet de la ligne. Je leur parle de remembrement et de justice… et ce qu'ils font, c'est souffler dans les *noisettes* ! »

Écœuré, il vida son verre et s'en servit encore un. Juste au moment où il le portait à ses lèvres, il entendit un éclatement dans la salle et un immense éclat de rire.

« C'est la deuxième *achauferdie* que je prends sur le cœur en peu de temps, se dit-il. À se demander si l'hiver va pas m'emporter. »

La femme de La Souris entra brutalement et commença sa sérénade habituelle au milieu des hommes allumés et éméchés. Tandis que Grand-Soif encourageait son copain en lui tendant une noisette et en lui affirmant qu'il allait en avoir besoin, le forgeron, qui lui aussi était conseiller municipal, vint vers Joseph et lui lâcha d'un bloc :

— Paraît qu'il vient d'y avoir du vilain à la mairie, à l'instant même. Buffétrille a démissionné de son poste de premier adjoint en hurlant qu'il ne refoutrait pas les pieds à la mairie tant qu'on serait gouverné par un filou !

Ça, Joseph ne l'attendait pas, et c'était plutôt une satisfaction.

X

Une démission inattendue

Joseph avait l'habitude de se lever avec le jour, aussi, au fur et à mesure que la saison avançait, se levait-il chaque jour un peu plus tôt. Fin mars, il se levait à 5 heures. Ce matin-là, il refit tous les gestes dictés par l'habitude. Son premier travail consistait à ouvrir le vantail du haut de la porte et à examiner le temps. À un hiver rigoureux avait succédé un début de printemps humide. On avait bien eu quelques belles journées en février, mais des journées entières de pluie avaient détrempé les terres et considérablement gêné le travail des champs. Beaucoup de blé avait gelé au cours du mois de janvier. Celui d'Albert en particulier qui s'était entêté à vouloir semer du *Dattel*, une variété à qui les grands froids ne convenaient pas trop. Joseph n'était pas touché ; l'ensemble de sa grande pièce avait bien résisté. Aucun dégât n'était venu stopper la croissance de son *Gironde* qui, avec le printemps, s'épanouissait en fortes tiges touffues.

Tout laissait entrevoir une belle récolte, mais les quatre mois qui le séparaient de la moisson pouvaient encore apporter bien des surprises. L'inquiétude le tenaillait toujours aussi fort.

Quand il eut examiné le ciel, il revint s'asseoir à la table, avala son café et alla reposer sur les braises de petites bûches qui se mirent aussitôt à fumer et à crépiter. La maison était encore plongée dans le sommeil. Pourtant, dans la chambre, il crut entendre Marguerite se lever. Les enfants dormaient et il reconnaissait, entre mille, les ronflements du petit Jean. Il sortit sans bruit. Noiraud lui sauta sur le pantalon pour venir lui dire bonjour. Joseph le caressa et alla inspecter ses bêtes. Il les soigna, changea les litières des chevaux et des vaches, jeta un coup d'œil à la vingtaine de moutons qu'il n'avait pas encore sortis dehors cette année de peur qu'ils ne se gavent d'herbe trop grasse et qu'ils attrapent un gros ventre ou le piétin dans les prés encore trop humides. D'ailleurs, les brebis n'avaient pas fini d'agneler.

À l'automne dernier, il avait acheté une truie à la foire de Beauché du premier jeudi du mois. Il gardait l'impression d'avoir été roulé sur le prix, mais n'était pas mécontent de son acquisition. La bête était bien pleine et venait de mettre bas six petits gorets en pleine santé. La nouvelle soue était bien assez grande ; il avait décidé avec Marguerite de n'en vendre aucun pour l'instant et de tous les élever. Sa belle-mère, malgré toutes les tâches domestiques qui la tenaient une grande partie du jour à la maison, avait voulu participer à l'effort de la maison et avait revendiqué le soin d'élever la portée en la gavant de patates cuites, de mauvais restes de céréales et de quantité d'herbe qu'elle comptait aller chercher au bord des routes, avec les enfants.

L'une des cousines s'était installée à Beauché et avait agrandi son magasin en y ajoutant la vente d'œufs, de beurre et de volailles. Marguerite s'était entendue avec elle et chaque semaine, le cousin venait avec sa carriole se ravitailler. Marguerite ne pouvait pas encore lui vendre de grosses quantités, mais elle avait mis tant et tant à couver que Joseph se demandait comment elle allait nourrir tous ces becs à venir. Elle prétendait avoir son idée. Sous la grange, bien au sec, le rutilant semoir mécanique était un objet d'admiration et de fierté. Joseph l'avait employé pour refaire les blés gelés d'Albert. Celui-ci aurait préféré que le premier essai fût fait dans une pièce de Joseph, mais l'examen du premier passage de l'engin avait paru si concluant que c'est en souriant qu'il avait vu se terminer le travail. Non seulement les semis semblaient d'une régularité parfaite, mais on y gagnait du temps et de la sueur. Tout Hennebeaux et ses environs avaient parlé de la mécanique. Certes les avis, s'ils n'étaient pas franchement hostiles, se révélaient dans l'immense majorité des cas sceptiques et moqueurs. Est-ce qu'on n'avait jamais vu des machines remplacer la main de l'homme ? Cette mécanique, dont on ne parvenait pas à comprendre le fonctionnement, avait des airs diaboliques et sentait le soufre. Tout le monde considérait que c'était bien là une idée de Joseph que de vouloir installer un soi-disant progrès en toute chose. C'était comme le syndicat agricole, la répartition de l'emprise de la ligne, le remembrement et tout le bataclan. Les femmes surtout se montraient médisantes et ricanaient pendant des heures autour du lavoir, à tel point que Marguerite n'y allait plus et envoyait sa mère. La pauvre vieille laissait dire en espérant pouvoir redresser la tête quand les résultats viendraient. D'ailleurs, elle devenait sourde et les mots ne parvenaient pas toujours jusqu'à elle.

Ah oui ! les idées que Joseph avait défendues pendant tout le mois de février avaient fait le tour de la commune et des communes voisines comme une traînée de poudre. Elles avaient été colportées par tous : à la sortie de la messe, à la forge, au bistrot, dans les champs, au détour d'un bois ou à la croisée de deux attelages. Même le curé y avait fait allusion dans son sermon du dimanche en parlant de « tout ce qui venait de ces rouges et de ces révolutionnaires qui, de Paris, intoxiquaient les esprits jusque dans nos villages ».

Joseph et sa femme n'allaient à la messe guère plus de quatre ou cinq fois par an. Seuls les enfants y assistaient tous les dimanches avec la grand-mère. Cela le laissa froid. Il sentait des manœuvres là-dessous. Certains s'ingéniaient en sous-main à exciter les paysans contre Joseph en agitant la vieille peur séculaire du vol de la terre ancestrale, du partage du patrimoine et de la peur des rouges qui, à Paris, faisaient couler le sang tous les vingt ans. C'est à peine si on ne rappelait pas que ces idées-là ramèneraient la guillotine, comme cela avait été le cas cent ans plus tôt. Les plus impressionnables s'imaginaient déjà coupés en deux pour mieux être dépossédés. Tout en le jetant dans une profonde tristesse, ces violences verbales rassuraient Joseph : il était sur le bon chemin. Ses convictions se renforçaient et si le trouble le plus noir agitait les faibles cervelles des petits paysans, il sentait que dans sa tête tout était parfaitement clair.

Il revint dans la maison après avoir donné de l'avoine au cheval. Marguerite était levée, avait mangé et s'apprêtait à aller tirer les vaches. Il l'embrassa et ils parlèrent à mi-voix du travail de la journée. Puis, ils sortirent et se dirigèrent vers l'étable.

— Tu sais, lui dit-il alors qu'elle commençait à traire la Blanche, je suis décidé, on va les acheter au début avril les deux génisses. J'ai réfléchi :

pour toi, l'année prochaine, tu en auras cinq à tirer au lieu de trois cette année. Alors, pour gagner du temps et du travail, le matin et le soir, on les mettra dans le pré.

— C'est déjà ce que l'on fait, dit-elle, ne voyant pas où il voulait en venir.

— Oui, mais le champ qu'on vient d'acheter à l'oncle Jean sur le chemin des Cinq-Muids, dès maintenant, je vais y semer de la prairie. On doublera notre surface de pré. Avec une bonne cabane, on n'aurait ni besoin de les soigner, ni besoin de les nettoyer de fin mars à la mi-novembre.

Marguerite était heureuse de le voir enthousiaste à nouveau. Elle avait eu grand-peur le mois dernier quand elle l'avait senti abattu et triste. Intérieurement, elle se disait que son homme était redevenu fort puisqu'il bâtissait sans cesse de nouveaux plans pour l'avenir. Cela la rassurait.

— Tu vas être obligé de faire une clôture au fond, il n'y a pas de haie, objecta-t-elle.

— Ce n'est pas une affaire ; les perches ne manquent pas dans les bois.

Ils se turent. Qu'auraient-ils pu ajouter ? Depuis un an, ils en rêvaient de ces deux génisses. Avec un peu de chance, l'an prochain, cinq veaux naîtraient. Marguerite pouvait écouler tout son beurre. Le petit-lait nourrirait les cochons. Tout semblait bien organisé. Joseph lui caressa l'épaule puis ouvrit le portail. Dans la cour de la ferme d'en face, Albert sortait du fumier de l'écurie. Il leva le bras pour le saluer et tous deux avancèrent l'un vers l'autre. Albert, quoique réservé et peu bavard, était celui qui comprenait le mieux Joseph. Depuis des années, ils étaient devenus frères de travail sans avoir à souffrir le moindre litige. Quand ils eurent échangé les banalités sur le temps et la santé, Albert revint sur un problème qui le tourmentait depuis quelques jours.

— J'ai beaucoup rediscuté avec les autres à propos de la jachère et des trois soles ; personne ne te donne raison. Tout le monde soutient que la terre ne peut produire que deux années de suite. La troisième année, il faut la laisser se reposer et rien y faire. Et toi, tu dis que dans tes pièces, il n'y aura plus jamais de jachère nue ?

— Ben non, tu ne verras plus jamais de jachère nue dans mes champs, mais ils ont raison les autres : la terre ne peut pas produire la même chose tous les ans ; il faut changer. Quand ils disent qu'ils ne font rien la troisième année, est-ce que cela veut dire qu'il n'y pousse rien ?

— Non, c'est la mauvaise herbe qui s'y met !

— C'est pas utile ; la mauvaise herbe salit la terre, c'est tout. Ce qu'il faut, c'est semer des plantes qui ont des besoins opposés aux céréales : des pommes de terre, des betteraves, des carottes blanches. Tiens, moi, je vais garder tous mes cochons. Au lieu de laisser en jachère nue, je vais planter cette année un hectare de carottes blanches et un hectare de topinambours.

Albert resta bouche bée.

— Et puis, je vais faire deux hectares de luzerne, parce que, dès le mois prochain, on aura cinq vaches. L'hiver faudra bien les nourrir. Si mes vaches me mangent pas tout, je trouverai toujours bien à vendre le surplus en ville.

— J'hésite, répétait encore Albert. Les vieux disent que tu vas tuer ta terre et que derrière, t'auras plus rien en blé ! Tu risques pas, tu crois ?

— Mais au contraire ! Écoute, si je fais de la carotte blanche cette année, je vais être obligé de la biner une fois, Peut-être deux. Qu'est-ce que je vais laisser comme mauvaises graines ? Rien ! Alors, l'année prochaine, on verra beaucoup moins de saloperies dans mon blé et je récolterai plus !

Albert, comme toujours, était tenté de croire Joseph, parce qu'il était son ami et qu'il avait confiance. Mais, tous ces changements rapides lui faisaient peur. Il aurait préféré aller plus lentement, faire de petits essais, sur de petites surfaces, pour voir.

— Et le travail ? répliqua-t-il. Tu crois y arriver tout seul ?

— Je suis pas tout seul, t'es là, répondit-il. À nous deux avec les matériels qu'ils sortent, on doit s'en tirer ! Pour les sarclages, j'embaucherai un trimardeur pendant quelques semaines ! Il me mangera pas tout le bénéfice, va !

Albert rajusta sa casquette, fit un pas vers sa porte.

— N'empêche, dit-il, je vais en laisser encore un peu en jachère nue cette année !

Il rebroussa chemin pour reprendre son travail puis se retourna :

— Au fait, j't'ai pas dit, mon cheval, le jeune, je l'ai vendu au marchand de vins d'Orléans, celui qui livre l'Alphonsine ! Il vient le chercher dans une quinzaine.

— Tu vas pouvoir lui demander quelques bouteilles en prime, ironisa Joseph en se retournant pour revenir chez lui.

À 8 heures, quand il eut mangé, parlé avec ses garçons et fait sauter Victorine sur ses genoux, Joseph détacha ses deux chevaux, alla chercher la jument d'Albert et les conduisit chez le maréchal-ferrant. Il tenait les longes détendues, marchait devant, et les gros animaux le suivaient de leurs masses imposantes. Ils traversèrent le village. Spontanément, peut-être parce qu'ils se sentaient légers de n'avoir aucun harnais sur le corps, ils se mettaient au trot, rattrapaient leur maître et venaient donner de la tête contre son épaule. Joseph se retournait, parlait à l'animal en lui passant la main sur le chanfrein et le cheval reprenait le pas.

Le maréchal-ferrant, qui était aussi forgeron, ne ferrait les chevaux que le matin. Il consacrait régulièrement ses après-midi aux réparations des outils ou aux ferrures dont tout le monde avait besoin dans les fermes. Il ne manquait pas d'ouvrage. Il s'appelait Camille Dubois, avait une quarantaine d'années et des bras aussi durs que les morceaux de fer qu'il frappait à longueur de journée. C'était un homme affable, discret, recevant toute sa clientèle d'un même sourire, qui savait parler sans totalement découvrir ses convictions profondes ni mettre ses interlocuteurs dans une position intenable. Bref, cette qualité surtout l'avait amené très jeune au conseil municipal, et depuis, il obtenait toujours le plus de voix, au grand déplaisir de Du Barrel.

Peu avant le carrefour avec la route de Marville, l'odeur âcre et piquante de la corne brûlée se fît sentir et les coups de marteau sur l'enclume résonnèrent un peu plus fort à chaque pas. On aurait dit que le cœur du village se trouvait dans cette maison et qu'il battait au rythme de la vie. La forge elle-même n'était qu'un trou noir où parfois des lueurs de braises allumaient le long des murs des ombres fantastiques. Un auvent d'une grandeur peu commune avait été construit pour que les chevaux n'aient pas à souffrir d'une longue attente par mauvais temps. Partout, le long du mur extérieur, des anneaux qui pendaient permettaient de nouer les longes. Autour de cet abri, des carrioles, des chariots, des tombereaux, du matériel de travail espéraient les réparations. Dans un angle de la cour intérieure, d'immenses cercles de fer attendaient d'être posés sur les roues. Camille occupait trois autres personnes : un ouvrier d'une cinquantaine d'années, un apprenti et un gamin.

Quatre ou cinq chevaux attendaient à la porte, deux paysans discutaient, les mains dans les poches, les jambes légèrement fléchies, ce qui leur donnait une silhouette lourde et pesante. Joseph alla attacher ses chevaux et vint serrer la main de ses deux voisins de parcelles, Édouard et Bineux. Ils parlèrent de la pluie et du beau temps, des terres et des bêtes. Mais, ils reparlèrent surtout de cette démission de Buffétrille qui faisait tant de bruit, démission dont Du Barrel semblait bien ennuyé.

— Ils se bouffent entre gros, dit Bineux. Du Barrel ne voulait pas de la ligne chez lui, Buffétrille non plus. Le maire a pu la faire déplacer, mais c'est l'autre maintenant qui la ramasse. Non, moi je suis sûr que Buffétrille pensait que le maire avait la main suffisamment longue, soit pour faire avorter le projet, soit pour le déplacer sur une autre commune. Buffétrille était contre au départ…

— Ah, pour sûr ! confirma Joseph. Qu'est-ce qu'il m'a passé quand il l'a appris au tout début !

— Mais après, il a fait semblant d'être pour, parce qu'il croyait que Du Barrel jouait fin. Mais il a pas joué fin du tout et quand sa position a été claire, l'autre lui a balancé sa démission dans les pattes.

— Finalement, il est pour ou il est contre le maire ? demanda Édouard.

— Va savoir, répondit Bineux. Il doit être contre puisqu'il a fait déplacer le projet, mais il dit qu'il est pour…

— C'est pas très clair, intervint Camille qui sortait de la forge avec une boîte à poignée contenant tous ses outils.

— Mais si, c'est clair, reprit Joseph. Ici, à Hennebeaux on sent bien que vous n'en voulez pas du train. Et Du Barrel encore moins que vous ! Mais il sait bien que son siège de conseiller général ne tient que grâce aux voix qu'il obtient à Beauché. Qu'il dise clairement qu'il est contre et tout Beauché votera contre lui, et peut-être même Ameray, parce qu'ils vont avoir une gare, eux.

— Tu vois de la politique partout ! lui répondit Édouard. Peut-être qu'il essaie vraiment d'obtenir une gare ici…

— Mais non, la gare n'est pas sur le plan, et elle ne sera jamais sur le terrain. C'est une affaire entendue, conclut Joseph que les tâtonnements d'Édouard et sa soumission irritaient.

D'autres paysans arrivaient ; qui avec un cheval, qui avec un âne. Il pouvait y avoir maintenant une dizaine d'animaux aux anneaux. Tous les hommes faisaient cercle et parlaient en attendant leur tour. La conversation tourna autour de la ligne et des champs qu'elle allait engloutir.

— Chez nous, le père a dit qu'elle passerait où elle voudra, mais qu'il ne donnera pas un pouce de terre, dit Édouard. Il préfère plutôt leur tirer dessus.

— Si tu crois qu'ils vont lui demander son avis, ricana Antoine. Non, le mieux, ç'aurait été de nous laisser tranquilles et de pas amener de train par ici !

— On m'a dit qu'ils la paieraient rien, ajouta Bineux.

— Moins cher que ce qu'elle vaut en tout cas, reprit Joseph, c'est la vérité. On n'a jamais vu l'Administration estimer des terres à leur juste prix.

— Mais, bon Dieu de bon Dieu, on va pas se laisser tondre comme des moutons ! On va prendre les fusils et les fourches et on les empêchera de passer, déclara Gaston.

— C'est pas la solution, dit Camille. T'as rien à gagner parce que tu s'ras jamais le plus fort. Et puis, tu seras rapidement tout seul…

— Dites donc, commença Joseph, on va tous de temps en temps aux alouettes avec des filets !

Les autres le regardèrent et tirèrent des sourires entendus.

— Celui qui en met plein sa musette, c'est pas celui qui tient les filets ou la lampe. On s'y retrouve à la fin parce qu'on partage. Là, c'est pareil ; nous, on va donner nos terres, mais ce sont les gros qui vont ramasser les alouettes.

— Tu veux encore nous parler de ta répartition et de ton remembrement, coupa Gaston.

— Oui, continua Joseph. Vous ne voulez pas vous laisser faire, vous voulez vous battre, mais vous ne sauriez que prendre vos fusils pour vous défendre. Vous ne comprenez donc pas encore que le train, c'est une bonne chose pour nous si nous savons nous entendre et nous grouper. Finalement, on a tout à gagner si on peut avoir des fermes mieux constituées. On gagnerait vite en rendement et en peine, le un pour cent de surface qu'on perdrait.

Un silence lourd s'installa. Camille appela ses deux ouvriers, tandis que le gamin tirait fort sur le soufflet pour activer la chauffe. Gaston, les yeux rivés au sol, résuma la position de tout le monde :

— On t'aime bien, Joseph, mais tu nous emmerdes avec ton remembrement. Tout ça, c'est des idées de rouge. On va s'embarquer dans des aventures où on ressortira complètement lessivés. Personne n'a confiance dans ton histoire. C'est du rêve et des bobards.

Édouard hésita. Bineux aussi.

— Moi, ce que Joseph dit me fait un peu peur, déclara Édouard, mais si le père me laissait faire, je crois bien que je marcherais dans ses idées…

— Ben, heureusement que ton père est encore là, ironisa Gaston. Il va t'empêcher de faire des conneries. T'aurais vite fait de bouffer la grenouille !

— Tu dis comme Joseph juste pour être contre ton père, lâcha Bineux.

— Mais non ! contesta Édouard. Moi, j'ai fait mon service militaire. Si tu voyais comme tout change dans les villes. Ils ont des machines et ils construisent en fer partout. C'est le progrès…

— Peuh !… termina Gaston. Comme si avant nous, ils ont eu toutes ces machines-là ! Ils étaient ni plus bêtes, ni plus malheureux pourtant.

— Ils n'étaient pas plus heureux non plus… dit Joseph à mi-voix.

Les autres ne parlaient pas. Ils semblaient hostiles surtout au fait qu'on puisse parler de déplacer la terre. On ne parle pas d'échanger ses enfants. Son garçon, c'est pas le garçon du voisin, et pourtant ce sont deux garçons. La terre, c'était pareil et c'est surtout ce point qui choquait les esprits. Joseph parlait comme si la terre fut devenue pour lui des pièces de monnaie. Oui, une pièce d'un franc valait bien une autre pièce d'un franc. Mais y avait-il une quelconque ressemblance avec la terre ? Non, la terre resterait toujours un membre de la famille, un membre que l'on aimait avec toutes ses qualités et souvent tous ses défauts : on ne choisit pas sa famille. Jamais un paysan ne pourrait se mettre à cultiver une terre en pensant que d'autres que les siens l'avaient déjà aimée, tandis que la sienne gémissait dans des mains étrangères. Il aurait eu l'impression d'abandonner ses vieux dans un mouroir immonde !

Le forgeron donna une sangle de cuir à Joseph qui se la passa autour du cou. Puis il saisit la patte avant de Sansonnet et la lui soutint à l'aide de la courroie. L'animal ne bougea pas et il abandonna son pied aux soins du maréchal. Deux paysans faisaient de même un peu plus loin ; Joseph vit ceux qui attendaient encore se grouper et parler en lui jetant des œillades de conspirateurs. Le forgeron arracha l'ancien fer. Il tailla la corne en donnant des coups de marteaux sur une lame, ce qui résonnait dans la nuque de Joseph. Puis, il lima et prépara le pied. Il alla chercher des fers – car il les préparait à l'avance – et choisit celui qui convenait le mieux. Il restait à l'ajuster exactement à la taille du sabot. Il partit une minute ou deux et revint en tenant au bout d'une longue paire de pinces le fer incandescent. Il le posa sur la corne et un impossible nuage de fumée âcre et piquante envahit la forge. Puis il le posa sur l'enclume et, avec des coups de marteau précis, lui donna la forme désirée. Il frappait sur le fer, mais quand il le retournait de la main gauche, sa main droite continuait à marteler l'enclume à vide pour garder le rythme et un son d'une pureté très grande se mettait à parcourir le village tout entier. Il l'essaya à nouveau et, quand il fut bien adapté à la taille du sabot, il plongea le fer dans un seau d'eau. Un feulement doux suivi d'un grand nuage de vapeur miaulèrent un instant. Camille revint clouer le fer.

— Je crois que tu te trompes, Joseph, dit-il. Tu as tort de leur parler de tout ça. Tu es trop en avance. Ils ne peuvent pas comprendre, tu ne les entraîneras pas. Ils ne veulent pas d'outils, ils ne veulent pas de progrès, ils ne veulent pas changer. Il faudra au moins cinquante ans pour que tes idées fassent leur chemin, et encore… Faut comprendre, ils ne savent même pas lire, alors tu penses, ton modernisme et ton progrès, ils en ont peur…

— Pourtant, la seule solution pour nous, c'est de se grouper, de prendre l'initiative, de ne plus subir la volonté des riches. On vit comme des bêtes parce qu'on accepte de travailler comme des bêtes… Les autres le savent bien…

Les clous ressortaient sur les côtés du sabot. Camille les coupa avec ses pinces et les recourba à légers coups de marteau.

— Allez, à l'autre patte ! poursuivit-il.

L'opération se renouvela, avec les mêmes gestes, les mêmes bruits, les mêmes odeurs.

— Tu devrais même parler moins fort. Le curé est remonté contre toi. Il se met même à dire ce qu'il pense en chaire. La république, les socialistes et tes idées, il met tout dans le même sac.

— S'il pouvait, il reviendrait au temps des seigneurs ! regretta Joseph.

— Peut-être, mais c'est pas bon pour toi, ajouta Camille.

— Je ne fais pourtant rien de mal : je ne dis rien d'injuste. Ce qui le rend méchant, c'est que moi, un petit, un gars de rien, j'ose parler de justice, de solidarité. Si le bon Dieu m'entend, là-haut, tu crois qu'il me désapprouve et qu'il bénit tout ce que font les Du Barrel et compagnie ? Tu crois peut-être que tout ce que dit le curé va avec tout ce qui est écrit dans ses livres ? Mais non ! Pendant la guerre, on avait des protestants avec nous : ils ont la Bible en français, et les Évangiles aussi. J'peux te dire, Jésus il disait des choses comme moi, il n'a jamais défendu le riche et le puissant contre le petit, au contraire. Tiens, s'il revenait aujourd'hui à Hennebeaux, il leur dirait comme moi. Je suis pas plus un rouge que les autres, continua-t-il en montrant le groupe du menton, mais j'peux pas supporter l'injustice et les mensonges.

Le cheval fatiguait et sa patte devenait plus pesante. Joseph la saisit des deux mains pour soulager sa nuque endolorie.

— Heureusement qu'ils sont en latin leurs livres ! Si un jour ils font la messe en français, tout le monde comprendra le décalage entre ce qu'ils disent et ce qu'ils font, et les églises seront vides, ajouta-t-il.

Un long silence s'établit pendant lequel les deux hommes semblèrent suivre une réflexion intérieure intense. Puis, Joseph avoua d'une voix sourde et faible :

— Dans le fond, si s'est la justice qu'ils veulent les socialistes à Paris, j'crois bien que j'en suis un, moi aussi...

XI

Un coup de fusil malheureux

La première lettre de la préfecture, annonçant officiellement aux propriétaires le passage de la ligne, arriva le 29 mars. Ce fut à la fois avec beaucoup d'inquiétude et un certain soulagement que Joseph l'ouvrit et la lut à haute voix pour que Marguerite en connaisse le contenu en même temps que lui. En dix lignes à peine, le préfet annonçait le chemin de fer, le passage des géomètres dans les champs pour effectuer les relevés, l'enquête publique en juillet et la ferme volonté des pouvoirs publics de voir aboutir très rapidement ce projet, source de progrès pour l'homme et le pays. C'était courtois, mais Joseph sentit tout de suite que la décision était prise quoi qu'il puisse se passer maintenant.

Le midi, plusieurs paysans vinrent chez lui pour se faire faire la lecture de leur lettre. Certains étaient illettrés, ou si peu sûrs de ce qu'ils lisaient à haute voix comme des enfants, qu'ils ne comprenaient pas le sens des phrases. D'autres se rendirent immédiatement à la mairie où Du Barrel passait de plus en plus souvent depuis la démission de son adjoint. D'autres allèrent voir le curé. Dans l'ensemble, chacun reçut la lettre comme une paire de gifles cinglantes. Certes, chacun connaissait le projet mais personne n'avait jamais vraiment cru qu'il se réaliserait. L'en-tête de la lettre, la signature fine et le tampon à l'encre rouge leur en imposaient. Cette fois, c'était du sérieux et il n'était plus permis de douter.

Alors, le village tout entier fut pris d'une sorte de torpeur, comme si les lettres avaient annoncé une mobilisation générale ou l'arrivée des ennemis. D'un seul coup, ils étaient contraints d'accepter l'idée qu'on allait leur mutiler un enfant !

Le maire, très sournoisement, expliquait qu'il se démenait pour faire installer une gare en espérant secrètement, soit que la population de Hennebeaux et celle des environs agiteraient violemment les fourches et rejetteraient le projet sur une autre commune, soit accepteraient le passage du train comme une fatalité, une malédiction tombée du ciel. C'est d'ailleurs un peu dans ce sens-là que le curé prêchait dans son église et surtout en dehors. Il dénonçait sans arrêt ces lois idiotes qui avaient donné le droit de vote à tout le monde, y compris à ces cohortes d'ouvriers imbéciles qui élisaient des rouges au gouvernement. C'était en quelque sorte le châtiment de Dieu, la conséquence inévitable de toutes les mesures irréfléchies prises depuis 1789. Et ce n'était qu'un début ! Le Ferry ne commençait-il pas à faire voter des lois dangereuses pour quadriller le pays d'écoles laïques, jusque dans les plus petites communes ? Des écoles sans Dieu à la tête desquelles on nommait des maîtres d'école qui se baptisaient « hussards » de la république. Des hussards… c'était donc la guerre ! La ligne, le vol de la terre n'étaient que le début. La suite ressemblait fort dans sa bouche au chemin qui mène en enfer. Il prévoyait l'apocalypse, la fureur vengeresse de Dieu… Les gens l'écoutaient et ses propos engendraient la peur, le repli sur soi et la haine de ces brigands de républicains parisiens qui en voulaient à leurs quatre sous et surtout à leur terre.

Le bistrot d'Alphonsine ne désemplissait pas. Le soir, les hommes y parlaient pendant des heures et oubliaient la soupe. Des groupes prenaient des airs de conspirateurs. Des bruits couraient que certains préparaient des quantités de cartouches. Un seul événement créa diversion : le conseil municipal se réunit trois fois avant de parvenir à élire un successeur au poste de premier adjoint occupé jusqu'à maintenant par Buffétrille. Ce fut Camille Dubois, le forgeron, qui fut élu au troisième tour de scrutin.

Quant à Buffétrille, il ne quittait plus sa ferme. De fait, il n'était plus vu dans la plaine et Grand-Soif avait même raconté au bistrot qu'il ne prenait plus son fusil.

Mais, il faut bien que la vie continue. Aussi chacun semait, hersait et nourrissait sa terre comme si rien n'allait se passer.

Joseph avait été le premier à être malade de cette *achauferdie* que constituait le passage de la ligne. La lettre le soulagea et lui redonna confiance. Il espérait qu'à cette occasion les paysans allaient se ressaisir et qu'il parviendrait à les convaincre. Il admettait finalement que cinquante ares de terre en moins valaient mieux qu'un bras coupé. La ligne pouvait même être une sacrée chance s'ils savaient faire front et demander un remembrement ou le financement de solutions regroupant les parcelles. La ligne ne serait une catastrophe qu'en cas de désaccord persistant du monde paysan qui entraînerait la coupure des parcelles et un travail plus difficile sans aucune compensation.

Ce jour-là, il travaillait dans sa grande pièce, et la vue de ces dix mines d'un vert profond ondulant sous les premières douceurs du printemps lui redonnaient confiance et espoir. Son blé était magnifique. Il promettait un beau rendement. Même le père d'Édouard, ce vieux fou qui menait la maison à la baguette, en chef qui n'entendait pas être contesté, lui avait avoué avec réticence qu'il présentait pour l'instant une bien meilleure végétation que celui des voisins. Il s'était fait redire le nom de cette nouvelle variété, ce que Joseph avait ressenti comme un véritable compliment. Tambour était attelé au rouleau, et il passait et repassait dans le sens de la plus grande longueur pour rouler les tiges encore en herbe et contraindre ainsi les plantes à mieux s'enraciner. Peu de cultivateurs roulaient les blés, par manque de temps, le plus souvent. Joseph voulait apporter le maximum de soins à cette pièce : il la cultivait pour la première fois et, même s'il se disait avec tristesse que c'était peut-être la dernière, il voulait quelque chose d'exceptionnel, une récolte susceptible de rester dans les mémoires et de l'affirmer aux yeux des autres. Il avait prévu de passer à la mi-avril pour échardonner et couper les plus gros pieds de mauvaises herbes. C'était un travail long qui exigeait de nombreux bras mais il y croyait et espérait retrouver sa sueur à la moisson en août. Tambour avançait dans cette mer verte où le plus léger souffle de brise courait en vagues frémissantes, accrochant aux tiges mille nuances de la même couleur qui allaient du blanc le plus brillant au vert le plus sombre. Le rouleau écrasait les plus petites mottes que le gel n'avait pas rompues.

Il pouvait être 10 heures quand une détonation résonna dans la plaine. Joseph s'en étonna, arrêta, tendit l'oreille dans le vent. Une seconde détonation retentit. Puis, des cris suivirent. Joseph marcha jusqu'au bout du champ et arrêta le cheval. En s'avançant sur le chemin, il vit arriver en courant quatre hommes dont l'un, plus grand que les autres, tenait une sacoche. Les autres portaient des piquets et du matériel de géomètre. Il comprit tout de suite que le père d'Édouard venait de décharger son fusil dans le bas du dos des géomètres chargés de faire les études sur le terrain. Les quatre hommes arrivèrent à sa hauteur et s'arrêtèrent. Ils étaient hors de souffle et celui qui semblait être le patron parla par rafales, la respiration coupée tous les cinq mots.

— Il nous aurait tués… ce vieux fou, dit-il. Vous n'êtes pas blessés au moins… Monsieur Legris ?… Vous avez crié tout à l'heure…

L'autre s'était assis et se palpait la cuisse :

— Non, je ne saigne pas… J'ai pourtant reçu le coup dans la cuisse, répondit-il.

— Vous en avez beaucoup des fous comme ça dans la commune ? demanda le premier.

— Il voulait pas vous tuer, répondit Joseph, il a sans doute tiré avec des bourres de paille compressées. Vous aurez un bleu, pas une blessure !

— Mais, c'est insensé. Il a reçu la lettre comme les autres. Nous avons l'autorisation de pénétrer dans les propriétés pour faire tous les relevés dont nous avons besoin : c'est prévu dans l'arrêté préfectoral ! dit-il calmement quand il eut repris son souffle. Dès ce midi, je passe voir le maire et je préviens les gendarmes. Nous ne sommes pas des romanichels pour être reçus à coups de fusil.

Joseph les regardait. Il n'avait jamais vu d'hommes habillés de cette façon dans les champs. Ils portaient d'étonnantes casquettes, des costumes de ville et, pour parfaire le tout, des souliers de cuir souple avec des guêtres. Ils ressemblaient à Monsieur le marquis de Bourgueuil de Saint-Yves qui venait à la chasse de temps en temps chez Du Barrel. Joseph eut presque envie de rire. À la ville, ces gens-là seraient passés dans le ruisseau pour l'éclabousser. Là, dans la plaine, Joseph était chez lui, et il eut pitié et ironie pour ces quatre planteurs de piquets mis en fuite par un vieillard borné. Il les regardait, sans rien dire, les mains dans les poches.

— Bien, nous reprenons les plans, les chaînes, les lunettes et nous continuons sur les parcelles voisines. Nous reviendrons chez le fou avec les gendarmes s'il le faut !

Les trois sous-fifres se déployèrent dans la plaine. Ils mesurèrent, plantèrent des jalons rouges, délimitèrent des largeurs. Au fur et à mesure qu'ils avançaient, Joseph, qui les regardait sans bouger, visualisait de mieux en mieux l'emprise de la ligne. Petit à petit, ils revinrent au chemin, le coupèrent et entrèrent dans la grande pièce. Les uns après les autres, les piquets sectionnèrent le champ en diagonale. Ce fut douloureux pour Joseph. Il avait imaginé que le chemin de fer passerait à cet endroit, mais de le sentir, de le voir presque sous ses yeux, il en eut une boule dans la gorge et éprouva soudain de la peine à avaler sa salive. Il pensa à son grand-père qui avait laissé tant de sueur et d'amour ici. Mieux valait qu'il soit mort maintenant. Lui aussi aurait été capable de sortir le « mesureux » du champ à coups de fourche ou de canne.

— C'est à vous ce blé ? demanda le chef.

— Oui, répondit Joseph, la gorge serrée.

— C'est dommage ; vous avez une bien belle pièce. J'ai rarement vu du blé aussi touffu à cette époque ! Mais, puisque vous êtes concerné, excusez-moi de ne pas m'être présenté. Charles Serant, ingénieur à la Compagnie des chemins de fer de l'Ouest. Les études sont prêtes sur le plan et nous venons piqueter sur le terrain avant de relever les niveaux par la suite.

Il regarda le paysage et continua avec un sourire.

— La ligne ne vous gênera pas beaucoup, elle passera en déblais dans ce secteur !

Il essayait d'être sympathique et voulait manifestement créer un bon contact. Joseph hésita, mais jugea que cet homme n'était pas un ennemi pour lui. Il demanda :

— Et ce serait pour quand ces travaux ?

— Si tout marche comme nous l'espérons, enquête en juin, décision définitive en août, premiers travaux courant septembre... Les financiers sont pressés... et le gouvernement aussi. Les ouvriers grondent à Paris. Ils ont besoin de travail... vous comprenez ? On ouvrira les travaux par chantiers tous les dix kilomètres. Nous ferons un tronçon de Beauché à Ameray, c'est tout indiqué... Ah, vous allez en voir du monde !

— Vous êtes sur le projet depuis le début ?

— Oui, les études sont commencées depuis deux ans. Mais vous savez, les financiers, ce sont eux qui décident en fin de compte. Ils n'étaient pas prêts et maintenant c'est urgent. Allez comprendre.

— On a dit dans le canton que la ligne aurait dû passer beaucoup plus au nord, du côté du Guilandru par exemple, dit Joseph avec innocence.

L'autre tomba dans le piège, trop heureux de pouvoir enfin nouer un contact en étourdissant son interlocuteur de paroles.

— Tout à fait exact ; c'est d'ailleurs visible sur le plan. Vous avez des gens qui ont la main longue, auprès des financiers surtout. Je crois même que Monsieur le maire et conseiller général possède un beau paquet d'actions dans la Compagnie... Alors...

Et son bras décrivit dans l'air un geste vague plein de sous-entendus. Pour Joseph en tout cas, c'était clair et il tenait la réponse qu'il recherchait depuis le début. C'était donc par la force de son argent que Du Barrel avait réussi à faire modifier la trajectoire de la ligne.

— C'est peut-être bien pour avoir une gare à Hennebeaux qu'il a demandé à ce que la ligne passe si près du pays ?

— Une gare ?…

L'ingénieur partit d'un grand rire.

— Une gare dans un si petit village ! Vous n'y pensez pas. Il n'en a jamais été question, c'est une hypothèse qui n'a jamais été abordée. Qu'est-ce que vous en feriez ? Vous auriez quelques voyageurs le jeudi, et encore, ils préféreraient peut-être aller à pied ou en carriole ! Non, je ne vois vraiment pas qui a pu faire courir ce bruit.

— On entend tellement de choses en ce moment… laissa tomber Joseph pour conclure.

Il n'insista pas. Non seulement le maire l'avait bien promise cette gare, mais aujourd'hui encore il soutenait qu'il l'obtiendrait. Lentement, Tambour, qui commençait à trouver le temps long, s'était rapproché de son maître. Il avait alors dessiné dans le champ une trace irrégulière qui marquait le blé là où le rouleau était passé. Il vint renifler sur le bras de Joseph, recherchant la main dont le rôle était de tenir la longe. En bon ouvrier, il semblait dire : « Ton travail, c'est la terre, pas les paroles, alors, viens… »

— On dirait que votre cheval s'impatiente, dit l'ingénieur. Moi aussi, il va falloir que j'avance, mes collaborateurs sont déjà loin.

Il tendit la main, ostensiblement, visiblement satisfait d'avoir enfin noué un contact courtois avec un paysan du coin. Joseph serra cette main blanche et la retint un instant :

— À votre avis, on va nous la payer combien, la terre qui va être prise ?

— Oh ! dans les quatre mille francs l'hectare. Un peu plus ou un peu moins, selon les qualités de terre, répondit l'ingénieur en libérant sa main. La Compagnie paiera, mais c'est l'Administration qui décide et l'Administration n'est pas large.

L'ingénieur tourna les talons et s'éloigna à travers champs. Non, l'Administration n'était pas large. Cette terre avait été payée six mille huit cents francs l'hectare et on allait lui voler à quatre mille. Sur ce qui allait lui être pris, c'était une perte sèche de quatorze cents francs ! Une paille !

Joseph ressentait cette estimation comme un vol grossier, un débordement de pouvoir devant lequel les paysans spoliés ne pourraient que baisser les bras et se taire. À moins qu'ils ne sortent les fourches ! Il reprit son travail en marchant à côté de Tambour. L'animal retrouva le rythme de ses pas avec plaisir. Derrière lui, le rouleau semblait avaler le vert cru du blé. Après son passage, une nouvelle bande de plantes couchées où des reflets d'un blanc argent couraient à chaque apparition du soleil au travers des nuages, s'ajoutait. Au fur et à mesure qu'il passait dans un sens, puis dans l'autre, ces bandes parallèles dont les blés étaient couchés dans des sens opposés rayaient le champ de larges traits clairs ou foncés. Il contourna un piquet. Puis un autre plus loin.

Ainsi donc, c'était vrai maintenant : la ligne était là, déjà présente, dans son champ. Il repensa à chacune des paroles de l'ingénieur, à ce vieux fou – le père d'Édouard – qui avait tiré et qui recommencerait encore si la Compagnie persistait. Joseph le croyait même capable de tirer sur les gendarmes. Comment était-il possible de parler remembrement à un vieil âne aussi borné, pour qui la terre avait les qualités de cœur d'une vieille maîtresse à qui on avait tout donné ? Ni la fourberie et les mensonges du maire, ni la rage qui l'avait animé à l'annonce du prix d'expropriation, ni même la bêtise de tous ses semblables qui subiraient l'opération en animaux incapables de réflexion ne parvenaient vraiment à lui faire envisager l'avenir sous une forme noire. Il sentait, sans pouvoir l'expliciter, que ce train allait être source de progrès, pas seulement de progrès technique, mais surtout de petits progrès humains. Son esprit divagua et se projeta dix, vingt, cinquante ans en avant. Que deviendrait cette terre dans cinquante ou quatre-vingts ans ? Il pressentait déjà de formidables bouleversements, l'emploi d'outils plus perfectionnés, de techniques plus rationnelles, de semences nouvelles et mieux adaptées, d'engrais ou de produits susceptibles de détruire les mauvaises herbes et les insectes. Déjà, il avait entendu parler d'un certain Garola, dont l'autorité commençait à se répandre et qui préconisait des traitements à l'acide sulfurique pour détruire les *jottes*. Secrètement, il voulait être parmi ces paysans de progrès, autant par amour de la terre et de sa condition que par nécessité d'améliorer le sort des siens. Il ne voulait pas seulement jouir de la terre par amour, il la voulait aussi par intelligence.

Un peu après onze heures et demie, le roulage de sa grande pièce était terminé. Il se retourna encore une fois pour s'emplir les yeux des verts que le vent faisait frissonner.

« Pourvu que les quatre mois qui viennent soient bons ! »

De si nombreux obstacles restaient à franchir, des dangers si redoutables guettaient son *Gironde* avant qu'il ne soit moissonné : la rouille, les insectes, les orages… On le disait haut de tige, ce *Gironde*, avec des épis longs et recourbés en col de cygne, deux raisons supplémentaires de le voir verser en juillet une nuit d'orage.

À la ferme, les soins aux bestiaux réglaient le cours de la journée. La grand-mère soignait les cochons. La truie était allongée sur le côté, les mamelles gonflées et les six petits bavaient en tétant.

— Elle a du lait, dit la grand-mère, et elle est bonne mère.

La truie leva la tête pour regarder ce qui se passait. Quand elle vit la grand-mère déverser un seau entier de nourriture dans son auge, elle se leva, les petits suspendus sous ses mamelles.

— Oui, Mémère, répondit Joseph en commençant à dételer son cheval, mais ils sont pas encore venus…

— On y arrivera, on y arrivera, répéta-t-elle confiante.

Joseph rentra le cheval à l'écurie, prit de grosses poignées de paille et bouchonna l'animal en sueur. Il aimait le contact chaud de cette peau au fin pelage soyeux. Depuis neuf ans qu'ils travaillaient ensemble du même pas, de la même fatigue, Joseph le considérait comme un membre de la famille. Il souffrait encore plus que l'homme des grands froids de l'hiver, des chaleurs étouffantes de l'été, de l'humidité, du tenaillement du collier sur les épaules. Parfois, quand il roulait pour le compte des autres, Joseph partait de bonne heure le matin et ne revenait pas à la maison en milieu de matinée pour collationner. Il emportait un morceau de pain et une tranche de cochon. Il s'asseyait alors sur une pierre de chemin ou un tronc d'arbre et cassait la croûte en le regardant.

Tambour s'approchait et tendait sa grosse tête. Joseph finissait toujours par lui couper un gros cube de pain. Le cheval retroussait les lèvres et saisissait le morceau tendu délicatement de la pointe de ses longues dents.

De dehors parvint une voix que Joseph ne reconnut pas immédiatement ; il tendit l'oreille et identifia P'tit-Coup. Il parlait à la grand-mère :

— Joseph est dans les champs ? demandait-il.

— Non, non, tu vas le trouver à l'écurie, il vient de rentrer.

P'tit-Coup pressa le pas.

— Qu'est-ce qui peut bien t'amener à cette heure, interrogea Joseph en lâchant son bouchon de paille et en lissant le poil de sa bête du plat de la main.

L'autre ne savait pas par quel bout commencer.

— Y a eu un accident à la ferme : le berger a fait basculer une grande échelle.

— Et il est blessé ?

— Presque pas, juste un doigt qu'il ne peut plus remuer, mais l'échelle est tombée sur les moutons et on en a deux qui ne peuvent plus bouger. Constant dit qu'ils ont la colonne vertébrale cassée. Il faudrait que tu viennes pour les tuer. Ils souffrent, ils peuvent pas attendre les pauvres bêtes !

— Mais les moutons, ce n'est pas tellement ma partie, contesta Joseph en s'essuyant les mains sur son pantalon. C'est ton patron qui a dit de venir me chercher ?

— C'est Constant ; le patron est au lit, paraît qu'il a fait une attaque. Le médecin est venu deux fois en trois jours. Tout va de travers en ce moment.

— Bon, j'y vais tout de suite, je mangerai avec vous.

— Tu vas pas te régaler, c'est encore du rata, mais tu trouveras plus de patates que de cochon ! Enfin, toi, on t'en donnera peut-être un bout... laissa-t-il échapper, ce qui supposait que le pauvre diable ne devait avoir droit qu'aux patates et au goût du morceau de cochon dont la graisse en fondant donnait l'illusion d'avoir de la viande plein son assiette.

Joseph discuta quelques minutes avec Marguerite. Puis, il prit sur l'étagère du haut du placard sa boîte à couteaux et son tablier de cuir.

— On va prendre le cheval, décida Joseph, on se fatiguera moins. Il peut nous porter tous les deux, va !

— T'es bien le seul qui parle de pas se fatiguer sans raison.

Tambour ressortit. Joseph monta sur le bord du grand abreuvoir en pierre et lui sauta sur le dos. Il montait le cheval à cru.

— Bon sang qu'il est large, dit-il. Va falloir que t'écartes les jambes... Tiens, passe-moi la longe et attache-la aussi de l'autre côté...

L'autre monta ensuite sur le bord de l'abreuvoir et vint s'asseoir à califourchon derrière Joseph. Tambour avança et dès qu'il fut sur la route, Joseph lui fit prendre le trot. C'était agréable d'être assis sur le dos d'un si gros cheval, directement, avec seulement le tissu du pantalon entre la peau et le cuir de l'animal. P'tit-Coup se tenait à la ceinture de Joseph. Il lui raconta tous les malheurs qui assaillaient depuis deux semaines la ferme de Marville.

D'abord, ç'avait été ce pauvre vieux Louis, ce vieux charretier qui s'était cassé une jambe, quand la roue du tombereau avait éclaté dans les ornières du chemin des pièces de l'Orme Blanc. Sa jambe cassée avait subitement enflé, et il souffrait à tel point que lorsqu'elle était devenue noire, des doigts de pieds au ventre, il avait fallu le faire conduire à l'hôpital de Bonneval. Le départ avait beaucoup impressionné les domestiques. Il hurlait de douleur et, en plus, il ne voulait pas partir. Il voulait qu'on le laisse mourir à sa place, dans l'écurie. Il criait qu'on faisait avec lui comme avec les vieux chevaux ; quand ils étaient blessés ou malades, on se dépêchait de les emmener à l'abattoir avant qu'ils crèvent.

— Paraît qu'il va pas bien du tout, ajouta P'tit-Coup. Abel est allé le voir dimanche. Il dit qu'on le reverra sûrement pas à la ferme : il veut plus causer, il mange plus… il fait que de pleurer comme un gosse…

Puis, il y avait eu tous ces blés gelés qui avaient apporté un travail supplémentaire et qui avaient mis le patron dans des colères terribles. Même Constant s'était fait engueuler, à tel point qu'il avait menacé de partir. Le patron n'allait d'ailleurs pas fort depuis qu'il avait démissionné du conseil. Il rageait dans sa tête et se montrait de perpétuelle mauvaise humeur. Tout allait de travers selon lui. Il furetait dans tous les coins et engueulait tout le monde. Les domestiques se méfiaient et redoutaient ses arrivées autant que des coups de bâton.

L'ingénieur était venu le voir pour discuter de la traversée de ses terres par le chemin de fer. Il n'était pas resté longtemps. Le patron l'avait foutu à la porte à peine cinq minutes après en hurlant dans la cour : « Vous direz à votre Compagnie de mes deux que leur train j'en veux pas sur mes terres. Et vous, espèce de sousse-crottin, revenez pas ici ou je vous reçois à coups de fusil », et il avait claqué la porte.

— Oui, il a appelé l'ingénieur « sousse-crottin », répéta P'tit-Coup que le quolibet attribué à un monsieur de la ville qui portait costume et sacoche de cuir impressionnait au plus haut point.

Deux jours plus tard, Buffétrille avait eu une attaque et s'était couché. Il ne voulait voir personne. Sa femme s'était mise en prière et passait des heures à côté de lui, muette, un chapelet entre ses doigts nerveux.

— Mais je vais te dire, continua P'tit-Coup, ce qui le tourmente aussi le patron, c'est la Marie. Dame, elle est grosse de six mois maintenant et ça en fait du bruit à la ferme ; elle est toujours aussi garce et elle force pour que son gros ventre soit encore plus gros. Elle rit, elle plaisante, elle lâche des sous-entendus qui font penser à tout le monde que c'est lui qu'est le responsable. Elle le fait marcher. Tout le monde dit qu'elle ne partira que lorsqu'elle aura les sous, et elle a l'air gourmande ; lui, il a pas l'air de vouloir lâcher. On en parle tous, même que des fois les autres disent qu'elle a bien raison de pas repartir chez sa mère, comme l'autre à qui je porte un petit paquet tous les mois. N'empêche c'est du tracas pour le patron ! Il va pas pouvoir attendre qu'elle lui apporte le mioche sur la table…

Joseph se laissait porter par le pas du cheval. Il écoutait son compagnon sans lui répondre, en pensant qu'effectivement autant de soucis tombant sur un homme en même temps et le blessant à la fois dans sa fortune, dans sa soif de posséder, dans sa puissance et dans son honneur auraient causé une attaque à plus jeune et plus solide que

Buffétrille. Il admirait Marie dans un sens, non pas pour s'être allongée un peu partout avec des hommes, mais pour oser tenir tête, se rebiffer. Certainement qu'elle réussirait à faire plier ce vieil autoritaire radin et égoïste, et il en était secrètement heureux.

— Quand même, s'interrogea P'tit-Coup devenu subitement tout rêveur, je suis bien placé pour savoir qu'il l'a sautée plus d'une fois... mais de là à lui faire un gosse !

— Ah ! tu sais, répondit Joseph en souriant, cette chose-là, on ne sait jamais si c'est une répétition ou pour de bon. Le plus malin s'y laisse prendre.

— Les autres ont eu de la chance, alors. Ils ont toujours réussi à faire des répétitions... Je suis même sûr qu'il y en a plusieurs qui répéteraient bien encore, malgré son gros ventre. Elle est encore plus accrocheuse qu'avant et si tu voyais ce qu'elle n'essaie pas de cacher dans son corsage...

— Allons, allons, P'tit-Coup ! se mit à rire Joseph. Avec ce que tu me dis là, j'vais finir par croire que c'est toi qui l'as engrossée !

— Oh ! ben ça, pas de danger ! rougit le benêt, qui se tut et resta silencieux jusqu'à Marville, imaginant en secret qu'il aurait été bon de le faire, effectivement.

Quand le cheval s'arrêta dans la cour de la ferme, Constant les attendait. Les deux moutons étaient morts, mais il ordonna de les saigner comme on pouvait et de les dépouiller.

— La viande sera aussi saine que si on les avait égorgés. Ils sont pas crevés de maladie, que je sache… La viande est si chère.

XII

L'ombre du pendu

Il pouvait être 9 heures du soir. Le souper était terminé. Marguerite fourbissait sa vaisselle. La grand-mère tricotait près de la cheminée, le petit Jean assis à ses côtés caressait le chat qui ronronnait sur ses genoux. Pierre, au milieu de la table, bien au-dessous de la lampe, lisait un livre que le maître d'école lui avait confié ; il était sage, studieux, l'instituteur le récompensait de temps en temps en lui permettant une lecture. La petite Victorine jouait à emmailloter le chien qu'elle avait transformé en bébé. Joseph, lui, essayait de calculer le prix de revient d'un ouvrier saisonnier. Des chiffres barraient toute une feuille.

C'est à ce moment-là que la porte s'ouvrit brutalement. Édouard était là, méconnaissable, blanc, les yeux effarés. Il semblait fou et perdu. Il n'avait même pas pris le temps de frapper. Il n'entra pas. Il chercha Joseph des yeux et quand il l'eut trouvé, il jeta :

— Faut que tu viennes tout de suite, Joseph : on a besoin de toi.

Joseph le regarda, inquiet, pressentant un malheur. Il se leva, voulut demander des explications, mais déjà l'autre avait lâché la porte et rebroussait chemin. Joseph empoigna sa veste qu'il enfila tandis qu'il courait derrière Édouard. Quand il fut à sa hauteur, il allongea le pas et lui demanda :

— Qu'est-ce qui se passe ? Il est arrivé quelque chose ?

— Tu parles, répondit l'autre, le père vient de s'accrocher !

— Quoi ? tu veux dire que ton père s'est pendu ?

— Oui, répondit Édouard. Ah ! si j'avais pu me douter…

En quelques secondes, ils parvinrent à la ferme. La lune était faible ; tout était sombre. Une lumière brillait dans la salle et dans l'encadrement de la porte ouverte, la silhouette de Louise, la femme d'Édouard, se découpait. Elle attendait les deux hommes, une lampe à la main. Elle pleurait en répétant sans cesse :

— Ah ! quel malheur… quel grand malheur !

Édouard prit la lampe et passa devant. Joseph le suivit. Ils poussèrent la petite porte qui s'ouvrait dans l'une des grandes portes de bois de la grange. Du matériel, du bois, de la paille encombraient l'espace. Il fallut contourner des outils. Soudain, Édouard s'arrêta et leva la lampe. Joseph ne vit d'abord que l'ombre gigantesque du corps sur le mur de bauge du fond. Puis, ses yeux découvrirent le vieux. Il se balançait mollement. Il paraissait terriblement grand. La corde était attachée à la poutre maîtresse. Le nœud coulant se situait sur la nuque, si bien que le mort semblait regarder vers le sol. Il avait les yeux grands ouverts et le regard rigide. Les mains surtout étaient terribles. Elles pendaient de chaque côté du corps et restaient ouvertes, menaçantes. Elles semblaient bien plus grandes que des mains d'homme.

— Ah ! mon Dieu ! se mit à dire Édouard en s'essuyant les yeux. Mais qu'est-ce qui nous arrive là ? Si j'avais pu me douter ! Qu'est-ce qui a bien pu lui passer par la tête.

Ils restèrent tous les deux atterrés, ne prenant aucune décision, regardant sans y croire vraiment le spectacle effroyable de ce pendu.

— Faudrait aller chercher les gendarmes, dit Joseph, on n'a pas le droit de le décrocher sans les autorités…

— À cette heure-là, c'est pas possible.

— Il faudrait au moins le maire alors, mais on m'a dit qu'il n'était pas chez lui, réfléchit Joseph à haute voix. Le mieux c'est d'aller chercher Camille, il est premier adjoint, je pense qu'il a le droit.

— On va dire à Louise de le quérir, répondit Édouard. Moi, je sens que je vais pas avoir la force.

Joseph lui posa la main sur l'épaule et l'entraîna à l'extérieur. Louise partit chercher le forgeron en pleurant et en répétant :

— Ah ! mon Dieu ! quel malheur… quel grand malheur !

Des chiens se mirent à aboyer. Les deux hommes suivirent le départ de la femme, puis Édouard retourna dans la grange. Il ne voulait pas laisser son père tout seul. Il s'agrippait au bras de Joseph pour ne pas se sentir seul, à la fois effrayé et fasciné par les yeux fixes du vieillard. Il pleurait en silence. La lampe éclairait son pauvre visage muet. De grosses larmes coulaient sur les joues et jusque dans les moustaches. Il se tourna vers Joseph et lui demanda d'un ton qui n'espérait pas de réponse :

— Mais pourquoi il a fait ça ? Pourquoi ? Ah ! mon Dieu ! si j'avais pu me douter !

Joseph ne répondit rien ; il se contenta d'affermir la main sur l'épaule de son ami, comme pour se sentir plus près de lui.

— Il est sorti de la maison en disant qu'il allait fumer une pipe dehors et une demi-heure après, il n'était pas revenu. J'ai eu peur qu'il attrape froid ; je suis sorti pour aller le chercher. Il est si fragile des bronches ; pour un oui pour un non, il s'enrhume…

Édouard se tut, effrayé par ce grand corps qui se balançait dans la lueur de la lampe. Joseph imagina tout de suite les raisons du drame. Le vieux avait tiré sur les géomètres de la Compagnie l'autre jour. Le lendemain les gendarmes étaient venus, avaient essayé de le raisonner, l'avaient menacé et étaient repartis. Les jours suivants, le vieux avait monté la garde dans ses champs et les géomètres n'avaient pas pu pénétrer dans ses pièces. Le matin même, quatre gendarmes à cheval, sabre au ceinturon, impressionnants dans leurs uniformes rutilants, avaient traversé le pays et avaient accompagné les géomètres. Ils avaient désarmé le bonhomme qui n'avait pas osé tirer sur eux et l'avaient ramené au village de force, maintenu serré entre les quatre chevaux. Le vieux avait traversé le pays comme un forçat : il ne lui manquait que les chaînes.

Les géomètres firent vite. L'après-midi, quand le vieux retourna dans ses parcelles, partout des piquets couraient dans ses blés, dans ses orges, dans ses guérets et ses jachères. Pris d'une rage folle, il avait arraché tous les jalons et les avait jetés en l'air. Puis, il avait marché dans la plaine et les bois tout le reste du jour, comprenant sans doute que la terre allait lui être volée et qu'il ne pourrait pas s'y opposer.

Alors, la décision prise, il ne restait plus qu'à l'exécuter.

Après manger, il était sorti, avait fait une dernière fois le tour des bâtiments et du jardin, fouillant la nuit de ses yeux clairs pour tenter de s'emplir une dernière fois le regard de ces champs qu'on lui assassinait, puis il avait saisi une corde, l'avait attachée à la poutre, se l'était passée autour du cou et avait fait basculer du pied les deux caisses sur lesquelles il était monté. Pour lui, la ligne ne passerait jamais.

Édouard gémissait toujours. Il n'était pas prêt à cette disparition. Il ne comprenait pas, tout se mélangeait dans son esprit et il tentait à grand-peine de retrouver un peu de lucidité. Louise ramena Camille une bonne dizaine de minutes plus tard. Elle n'avait pas réussi à le mettre au courant tant les sanglots l'étouffaient, tandis que les mêmes paroles remontaient toujours à ses lèvres. Joseph les entendit arriver. Il l'accueillit à la porte.

— Le vieux s'est pendu, lui dit-il à voix basse tandis qu'il le poussait à l'intérieur de la grange.

Édouard arracha son regard du pendu et le saisit par un bras.

— Il faut que tu nous autorises à le descendre, le maire n'est pas là en ce moment.

Camille n'était premier adjoint que depuis quelques jours. C'était sa première mission officielle, et il ne savait pas si tout cela était très légal et n'allait pas lui attirer une avalanche d'ennuis.

— Vaudrait mieux que les gendarmes viennent, souffla-t-il.

— Tu n'y penses pas, répliqua Joseph, ils ne viendront pas de nuit et on ne peut pas le laisser accroché jusqu'à demain.

Camille fut donc contraint d'accepter. Ils empoignèrent l'échelle, et, tandis que Joseph et Édouard soutenaient le corps, Camille monta à la poutre pour dénouer la corde. Le vieux tomba dans les bras de Joseph et ses cheveux vinrent frôler son visage. Il en eut un frisson chargé d'effroi. Il sentit le mort le caresser et glisser entre ses doigts.

Ils emmenèrent le corps dans la maison et l'allongèrent sur son lit. Louise cherchait un cierge tandis que Joseph tendait la main pour fermer les yeux froids au travers desquels l'au-delà les dévisageait et les faisait trembler.

— Va chercher des femmes pour l'habiller, dans une heure vous pourrez plus le bouger, dit Camille.

Les trois hommes restèrent dans la maison. Ils revinrent dans la salle, ne laissant qu'un cierge pour veiller le mort.

— Il faudrait peut-être aller chercher le curé, dit Édouard en les regardant. La chapelle, c'est pas si loin, il viendra peut-être…

— Dès que ta femme sera revenue avec les autres, j'irai le voir, dit Joseph que cette ambiance pénible commençait à marquer.

— On va atteler la jument, dit Édouard qui avait besoin de bouger pour ne pas éclater. J'y vais…

Et sans attendre la réponse, il saisit une lampe et sortit.

Camille et Joseph restèrent seuls.

— On est tous attachés à notre terre, dit Joseph, mais au point de se détruire pour quelques boisseaux !

— Il était vieux… Il a pas pu mettre cette histoire de ligne au-dessus de lui, commença Camille. Dieu sait ce qu'on aurait fait dans son cas !

Ils entrèrent à nouveau dans la chambre et entreprirent d'enlever les vêtements de travail du mort. Déjà, le corps se rigidifiait et il devenait difficile de lui bouger les membres. Cinq minutes passèrent en silence, puis Louise revint avec deux vieilles femmes que tout le monde allait chercher dans ces cas-là.

— Mon Dieu ! dit la plus vieille en faisant le signe de la croix. Dire que nous avons fait notre communion le même jour… le pauvre gars ! Mais qu'est-ce qui lui est passé par la tête ?

— Va chercher le curé, dit Camille, moi je vais rester avec Édouard.

Joseph ne se le fit pas répéter deux fois tant il était soulagé de quitter la maison. Il sortit, monta dans la petite carriole sur le côté de laquelle il fixa la lanterne. Il claqua la croupe de la jument d'un coup de guides et se dirigea vers la chapelle. La nuit était déjà fraîche, mais il ne faisait pas vraiment froid. Le vent avait poussé les nuages. La lune apparaissait maintenant dans toute sa brillance et éclairait les maisons, les arbres et les choses d'une lumière froide et sévère. On n'y voyait pas comme en plein jour, mais la route se dessinait très nettement plusieurs centaines de mètres en avant. Tout changea quand il s'engagea sous les grands arbres, après avoir tourné au coin de la petite mare. Les premiers bourgeons avaient éclaté dans les taillis et les buissons. L'aubépine, les noisetiers mangeaient la lumière. Au contraire, au-dessus de sa tête, les longues branches des chênes dressaient encore vers le ciel une voûte squelettique de bras enchevêtrés. La lune dessinait sur le dos de la jument et la plate-forme de la carriole un étrange quadrillage mouvant où les zones d'ombre et de lumière semblaient jouer un jeu inquiétant.

Joseph mit la jument au galop. Ses sabots, ferrés de neuf, se mirent à éclater dans la nuit et à résonner sous la futaie comme dans une église déserte. Tout autour de lui, le monde mystérieux et secret de la nuit semblait l'épier et se dissimuler au passage de ce messager de la mort. Le presbytère était encore éclairé, tout blanc dans les rayons de lune. Joseph frappa et n'eut pas à attendre plus de quelques secondes. Le domestique du curé – car le curé du Guilandru avait horreur d'être servi par une vieille bonne comme cela était la coutume – vint lui ouvrir, lui fit répéter son nom et disparut à l'intérieur, dans la pénombre des couloirs.

Quelques instants plus tard, le curé revint avec une lampe dans une main et un livre dans l'autre. L'accueil fut froid, d'autant plus froid que les discussions à propos de la ligne avaient considérablement éloigné les deux hommes et leur avaient fait prendre des positions inconciliables.

— Bonsoir, Monsieur le curé, dit Joseph respectueusement, en ôtant sa casquette. Pardonnez-moi de vous déranger aussi tard.

Le curé ne lui rendit point son salut. Il attendait, debout, la tête droite. Joseph continua :

— Le père d'Édouard vient de mourir ; il voudrait que vous veniez.

Le curé hésita, puis tourna les talons, disparut quelques instants, puis revint, suivi de son domestique qui tenait une cape noire et un chapeau à bords. Sans un mot, il enfila ses vêtements, sortit et s'installa sur le banc de la carriole. Il garda une attitude figée et silencieuse. Pendant les deux kilomètres qui les ramenaient à Hennebeaux, ils ne se dirent pas un mot, n'écoutant que le martèlement sonore des pas de la jument, sur les pierres du chemin. Édouard avait laissé une lanterne dans la cour. Le curé descendit le premier et fut surpris de voir Camille ouvrir la porte pour l'accueillir.

— Comment se fait-il que tu sois là ? interrogea-t-il.

— Il faut bien s'aider quand un malheur arrive, répondit-il vaguement. Monsieur le maire n'est pas là en ce moment.

— Je ne vois vraiment pas pourquoi Monsieur le maire devrait être là. Est-ce qu'on a besoin du maire pour un décès ? continua-t-il d'un ton presque blessant.

— Non, bien sûr, Monsieur le curé, reprit Camille, mais c'était pas possible d'aller chercher les gendarmes à cette heure...

— Qu'est-ce que c'est que cette histoire ? interrogea sèchement le curé, en regardant tour à tour Camille et Joseph.

Il avait l'impression d'être tombé dans un traquenard et prenait maintenant des airs offusqués. Camille ne répondait pas, de peur de se faire cingler verbalement. Joseph répondit comme on laisse tomber à terre une pierre trop lourde :

— Le vieux s'est pendu, Monsieur le curé.

Le curé bondit et remonta immédiatement dans la carriole.

— Un suicide, un suicide ! C'est pour un suicide qu'on est venu me déranger en pleine nuit. Je n'entrerai même pas dans cette maison. Dieu donne la vie, seul Dieu a le droit de la reprendre.

— Mais, Monsieur le curé, il faut comprendre, reprit Camille, il était vieux et cette histoire de terre et de gendarmes lui a tourné la tête... Le bon Dieu lui pardonnera...

— Misérable ! coupa le curé, rouge et furieux, agitant son bréviaire comme une menace. Tu oses parler de Dieu à la porte de cette maison. C'est un sacrilège. Tu déparles. Je ne verrai pas le corps. Je refuse de le faire entrer dans l'église. Il a renié Dieu en s'ôtant la vie, il sera enterré sans sa miséricorde et son pardon.

— Joseph, raccompagnez-moi au Guilandru ! ordonna-t-il comme une sentence.

Louise se mit à pleurer en s'accrochant à la soutane du curé :

— Je vous en supplie mon père. Vous ne pouvez pas nous abandonner dans une situation aussi terrible… Je vous en supplie, répétait-elle.

— Vous ne pouvez pas faire ça, suppliait Édouard à son tour, c'était un bon chrétien, vous ne pouvez pas lui fermer les portes d'une église où il a été baptisé. On ne va pas l'enterrer dans le carré des sans-croix… Je vous en supplie…

— Je prierai pour vous, mes pauvres enfants, c'est tout ce que je peux faire, leur dit-il en pointant le doigt vers la maison. Il s'est exclu lui-même de la communauté des enfants de Dieu. J'ai déjà demandé à être raccompagné, ajouta-t-il d'un ton sec à l'adresse de Joseph.

Joseph monta dans la carriole et claqua la jument. Il serrait les dents pour ne pas avoir à parler. Le curé ne dit rien jusqu'à ce que la jument pénétrât sous les grands arbres. Alors, sous cette lumière froide et coupante comme un rasoir, il s'en prit à Joseph avec une hargne entassée en lui depuis des jours et des semaines :

— Tu vois où mènent toutes ces idées de soi-disant progrès ? Et dire qu'il est des gens comme toi pour défendre des projets sortis tout droit des cartons de l'enfer. Voilà où conduisent ces idées de rouges, de socialistes ! À prendre la terre de pauvres gens, à les conduire au suicide, et à les écarter définitivement de Dieu. Et toi, tu es d'accord ! Tu veux même aller plus loin, tu veux prendre toutes les terres, les repartager à ce qu'on dit ! Mais malheureux, ce n'est pas un suicide, mais six, vingt que tu vas avoir sur la conscience. Dieu veut l'ordre et pour y parvenir, rien de plus efficace que de respecter les traditions. Dieu a fait la terre comme elle est, il faut conserver les structures que l'intelligence suprême dans son infinie sagesse a posées sur le monde. Pense à ce pauvre homme poussé au reniement de Dieu par toutes les stupidités que tu défends ! Même la crainte du châtiment éternel, même la peur de la malédiction de Dieu n'ont pas été aussi fortes que le désespoir causé par le vol de ses terres… Réfléchis avant qu'il ne soit trop tard, Joseph. Reviens dans le droit chemin avant d'être damné pour l'éternité.

Joseph avait envie de lui répondre, de s'expliquer, de lui dire que Dieu ne voulait sans doute pas le malheur du plus grand nombre pour satisfaire la puissance et la richesse de quelques-uns. Il serra les dents à s'en briser les mâchoires. Ses lèvres blanchirent encore plus sous la lumière blafarde. Il claquait sans cesse la croupe de la jument, la menant au galop pour arriver au plus vite au presbytère. Il sentait la cassure profonde qui séparait la religion, la foi, et l'Église en sa qualité de force politique. Il se promit de ne plus mettre les pieds à l'église de Hennebeaux tant que ce curé y officierait. Désormais, il irait à la messe dans une autre paroisse. Au moins, il ne pourrait voir que l'homme de Dieu dans un curé qu'il ne connaîtrait pas. Ses souvenirs militaires lui revinrent en mémoire, et il repensa à son copain protestant qui, à l'époque, lui avait expliqué ce qui séparaient catholiques et protestants.

On arrivait au Guilandru. Le curé n'avait pas cessé de parler, mais Joseph ne l'écoutait plus ; il avait le sentiment d'avoir été le plus fort en se taisant.

— Regarde bien ce pendu, dit le prêtre en descendant si vite qu'il faillit se prendre le pied dans sa soutane. Regarde-le bien et réfléchis avant d'avoir d'autres morts sur la conscience.

Joseph tira sur la guide de gauche. La jument virait déjà.

— Dieu est justice ! cria Joseph. Il reconnaîtra les siens.

Et il s'éloigna au trot du cheval, tandis que le curé, furieux, claquait la porte du presbytère.

On n'enterra le vieux que le matin du troisième jour. Louise et Édouard avaient multiplié les visites, rien n'avait pu faire fléchir le curé. Du Barrel lui-même était intervenu pour qu'il dise un tout petit bout de prière devant la tombe au moment de la descente du cercueil. Louise était allée le voir trois fois, et trois fois, il l'avait fait reconduire sans un mot par son domestique. Quand un suicide arrivait à Hennebeaux – et c'était chose extrêmement rare —, la famille enterrait son mort de bon matin. Seuls les plus proches parents accompagnaient le corps, quand ils ne refusaient pas pour cause de religion. Personne n'était invité, les gens du pays ne se déplaçaient pas.

Édouard gardait en lui-même un sentiment d'injustice. Il fit dire par le garde-champêtre que l'enterrement aurait lieu à 11 heures et qu'il souhaitait que les amis du pendu viennent comme si le vieux était mort dans son lit. Malgré la crainte du qu'en-dira-t-on, le vendredi à onze heures moins le quart, la moitié du village était présente devant la ferme du vieux. Chaque maison avait tenu à être représentée. Les hommes dans leurs costumes sombres qui leur donnaient une démarche inhabituelle et gauche étaient de loin les plus nombreux, et ce nombre même montrait que le village considérait qu'il s'agissait d'une affaire d'hommes, d'une affaire importante. Les visages étaient graves et fermés, non par tristesse – le vieux avait fait son temps –, mais personne n'approuvait la position du curé.

À 11 heures, Camille, Joseph, Albert et Antoine avaient sorti le cercueil de la maison. Il avait fallu trouver des volontaires à la dernière minute ; les porteurs habituels s'étaient tous excusés, houspillés probablement par le curé. On posa le vieux sur le corbillard à bras et on le recouvrit d'un drap noir presque neuf que la mairie avait eu la bonne idée d'acheter pour les quelques inhumations qui ne passaient pas à l'église. Les roues cerclées du corbillard se mirent à crisser sur les cailloux. Découvert, sombre, le village suivit, formant spontanément un cortège froid.

Muet et silencieux, tout le monde assista d'un bout à l'autre à cette étrange cérémonie. Édouard éprouva un pincement douloureux en franchissant le petit portail du cimetière au milieu duquel se dressait l'église à la porte close ; la cloche ne sonna pas. Cette absence de sons fut remarquée : plusieurs personnes levèrent les yeux vers la pointe du clocher. Le corbillard contourna l'église. En ordre dispersé, les gens se groupèrent en rond autour de la fosse béante où, au fond, la mère attendait depuis huit ans. Il ne se passa rien. Aucune parole, aucune prière ne fut prononcée. Un silence lourd s'installa pour quelques minutes. Chacun resta immobile et grave. Que pouvait-il donc se passer dans ces têtes ? Priaient-ils ? Pensaient-ils au vieux ? Voyaient-ils un pendu ou un curé ? Allez savoir ! Peut-être mélangeaient-ils tout en un amalgame douloureux qui laisserait une blessure difficile à cicatriser ? Ils semblaient attendre des paroles, des gestes, quelque chose. Avec le curé, on écoutait, on récitait, on agitait le goupillon. Mais là, que faire ? Lentement, les quatre porteurs prirent les cordes et descendirent le cercueil au fond du trou. Puis, peut-être pour remplacer le goupillon absent, Joseph saisit une poignée de cette terre pour laquelle le vieux s'était pendu et la jeta sur le bois du cercueil. Au milieu du cimetière silencieux, un bruit mat sortit du ventre de la terre comme un frisson. Instinctivement, les gens suivirent, tournant autour du trou pour jeter une poignée de terre. Dérisoire cérémonie plus émouvante par son silence et le mutisme des participants que tous les requiems des églises.

Au fur et à mesure qu'ils sortaient du cimetière, les gens attendaient sur la route. Édouard et Louise sortirent les derniers. Ils regardèrent le village devant eux et Édouard dit :

— Nous ne faisons pas de condoléances… Venez à la maison avant de partir.

On refit le chemin en sens inverse. Les femmes disparaissaient aux détours des petites routes. Quelques hommes aussi. Mais il en arriva au moins une quarantaine à la ferme. Marguerite et sa mère avaient aligné les tables et posé une quantité de verres. Édouard déboucha quelques bouteilles de vin. Au milieu de paroles prononcées à voix basse, comme si le mort fut encore dans la chambre voisine, les hommes vidèrent un verre. Puis, ils venaient serrer la main d'Édouard, embrassaient Louise et disparaissaient, appelés à la ferme par le travail qui ne se faisait pas. Bientôt, il ne resta plus qu'une dizaine d amis. Des petits paysans, des hommes comme Édouard. Les voix retrouvèrent leur sonorité.

— Quand même, dit Édouard, regroupant tout à coup l'ensemble des hommes autour de lui, si j'avais pensé prendre la ferme dans ces conditions !

— Ce qui l'a tué c'est qu'on lui prenne sa terre, laissa tomber Gaston.

— Non, répondit Édouard. La ligne lui prenait sa terre et il en était malheureux ; mais c'est pas ça qu'il n'a pas avalé. Le soir, il répétait vingt fois que c'était une honte pour des gens haut placés comme le maire de faire modifier les projets pour écraser ceux qui ne peuvent pas se défendre. Il savait bien qu'il ne pourrait rien empêcher, mais allez savoir s'il ne s'est battu que pour protéger un carré de terre ou s'il a voulu aussi résister aux plus puissants que nous.

— On est tous au courant de ce changement de projet et on pense tous que c'est pas juste, continua Antoine, mais de là à se mettre une corde au cou…

— Faut croire qu'il était plus vieux, poursuivit Albert, qu'il était moins fort et qu'il n'a pas pu supporter…

— Maintenant, il est parti, mais moi non plus j'peux pas supporter, reprit Édouard. Le père, j'étais pas toujours d'accord avec ses méthodes et sa façon de mener la ferme, mais moi non plus je trouve pas que ce déplacement est juste. Pourquoi faudrait-il que seuls les petits comme nous soient touchés par le passage de cette ligne ? Maintenant, je vais marcher avec Joseph, c'est lui qui a raison, il faut répartir l'emprise selon la taille de la ferme et peut-être échanger des terres pour que ce soit encore cultivable après, quand le train aura tout coupé en deux.

Tous furent surpris, Joseph le premier. Il ne s'attendait pas à ce que les idées qu'il semait depuis des mois germent aujourd'hui dans la bouche d'Édouard. Il n'était plus tout seul. Deux, c'est le début d'un groupe, trois même avec Albert qui suivrait fatalement. Les autres se montraient toujours aussi sceptiques, Gaston en particulier qui affichait une peur de plus en plus évidente.

— C'est peut-être même pas légal, dit-il en haussant les épaules.

— Moi, j'ai rien, dit Camille le forgeron, mais au conseil au moment de l'enquête, je défendrai aussi cette idée, elle est juste !

— Bien sûr, quand on ne possède rien, c'est plus facile, ajouta Gaston.

— La première chose à faire, ce serait d'aller en parler à Du Barrel et à Buffétrille, souligna Bineux. Nous, même si on arrive à se mettre d'accord, ça ne servira à rien si les plus gros ne marchent pas avec nous.

— Tu rêves ? dit Gaston. Tu penses peut-être que Du Barrel va lâcher deux hectares alors que la ligne ne passe même pas chez lui ? Et pour donner à un loqueteux comme toi ou moi ?

— Pourquoi pas, intervint Joseph. Après tout, si la ligne était passée chez lui comme cela devait se faire, elle lui en aurait mangé cinq ou six. Il est encore gagnant.

— Mais c'est vrai qu'il y gagne encore plus s'il donne rien du tout ! ajouta Antoine. Rien ne l'oblige.

— Si, répliqua Joseph. Ce qui va dans le sens de son intérêt, comme de notre intérêt à tous, c'est le regroupement des terres par un remembrement. Tout le monde progressera, et lui encore plus que nous parce qu'il en possède plus grand !

— Et les moyens, tous ceux qui possèdent cinquante ou soixante hectares et qui ne se mélangent pas avec nous, dit Albert, est-ce que tu crois qu'ils marcheraient ?

— Pourquoi pas, répondit Édouard.

— C'est non d'avance, trancha Gaston. Ils marchent avec les gros. Et puis, vous oubliez qu'il y a des fermiers parmi nous, des paysans qui ne possèdent rien du tout, pas un boisseau, et qui feront ce que dira leur propriétaire.

— On peut toujours en parler, risqua Édouard.

La conversation tarissait. Les hommes ne voulaient pas s'avancer davantage. Cela leur semblait trop facile, trop beau pour pouvoir se réaliser. Bineux résuma parfaitement la position de tous.

— Moi, je serais pas contre si tout le monde avait déjà dit oui… Mais se lancer, c'est délicat…

Plusieurs hochèrent la tête. Oui, c'était bien là la position de la majorité d'entre eux.

— Réfléchissez, conclut Joseph, parlez-en à ceux que vous connaissez bien. C'est la seule solution juste. Il faudra pourtant vous décider rapidement, l'enquête se fera en mairie fin mai ou début juin. Tout va aller vite maintenant.

Marguerite remplit les verres. Elle regardait son homme et était fière de lui. Elle sentait qu'il avait raison. Elle se promit d'en parler aux femmes. Elles ne décident rien, mais elles amènent souvent les hommes à prendre des décisions qu'elles souhaitent.

— Quand même, dit Édouard, songeur, en posant son verre vide, je voudrais bien savoir si le curé va s'opposer à ce qu'on mette une croix sur la tombe du père…

XIII

Une étonnante moisson

LES MOIS DE MAI ET JUIN avaient amené des pluies et des coups de chaleur humide et moite. La rouille avait fait des ravages dans tous les blés des terres lourdes. Les épis verts se tachaient que c'était tristesse à voir. Juillet avait un peu rattrapé la situation en restant sec et chaud. Il n'avait plu que le 12 et encore, n'était-ce qu'une pluie d'orage qui était plus à redouter qu'à espérer.

Dès la fin juillet, la grande pièce avait pris un blond roux qui tirait au jaune pâle par endroits. Le *Gironde* tenait sa promesse, et bien qu'il ne fût pas coupé et qu'un bel orage puisse encore causer des dégâts, Joseph sentait qu'il touchait au but. Les tiges montaient haut, beaucoup plus haut que les blés semés jusqu'à maintenant. Les épis, lourds et dorés, retombaient sur le côté, en un col de cygne harmonieux qui inquiétait Joseph, tant il menaçait de faire verser la plante tout entière en cas d'orage ou de grand vent. Le régisseur de la grande ferme qui persistait à semer des variétés plus anciennes avait des blés médiocres. Son *gris de Saumur* avait pris la rouille avec une facilité ahurissante. Buffétrille avait eu les mêmes problèmes avec son *bleu de Noé*. Albert n'avait pas vu son *Dattel* trop souffrir, bien que de larges taches salissent ses pièces, mais il ne moissonnerait pas avant le 15 août. La sécheresse de juillet avait maintenu les épis de ces variétés anciennes dans une taille réduite. Là encore, le *Gironde* avait mieux résisté.

Joseph cueillit un long épi courbe, le regarda, le tourna, puis le broya entre les deux paumes. Il souffla et il ne resta dans le creux de sa main que quelques dizaines de grains dorés, pleins, gonflés, où la coupure avait la même apparence que celle d'un pain rond et croustillant. Il en mit quelques grains dans sa bouche, mâcha, fit éclater sous sa dent les boules craquantes et souples.

— Dans deux ou trois jours, on peut couper, dit-il à haute voix, envoyant d'un geste rapide le reste de grains dans sa bouche.

Il regardait sa pièce sans se lasser, essayant d'évaluer à l'œil, le rendement :

« Peut-être vingt-deux, vingt-trois quintaux l'hectare », pensa-t-il.

Et il se sentit déjà récompensé de son travail acharné, des heures passées à parcourir la pièce pour échardonner et couper les tiges naissantes des *ponciaux*, des bleuets, des renoncules et autres *jottes*[1]. Ce travail supplémentaire avait fait sourire les autres, mais la preuve était là aujourd'hui, qu'il avait eu raison. Son champ était certes beaucoup moins fleuri que celui de ses voisins, mais à la place des larges taches colorées, des épis lourds puisaient dans le soleil la blondeur du travail récompensé.

Dès le jeudi suivant, Joseph avait mobilisé toute la maisonnée. La grand-mère n'avait pas son pareil pour tresser les liens de seigle. Depuis quinze jours, elle en avait préparé des quantités, trop sans doute pour la grande pièce. Bineux, chez qui Joseph avait travaillé une semaine entière au printemps pour l'aider à refaire ses blés gelés avec son semoir mécanique, devait arriver à quatre heures et demie. Albert devait arriver à 7 heures avec les chevaux. Marguerite, elle, ne devait venir que pour le casse-croûte, avec la *fromagée*[2], les rillettes, le bout de cochon et une bouteille de vin. Il avait été recommandé aux enfants de venir avec leur mère pour glaner tous les épis tombés.

Depuis quelques jours, dans la fièvre de ce début de moisson – il coupait en effet sa première pièce de blé – on sentait une fébrilité inhabituelle dans l'activité de Joseph. Marguerite avait dit à Albert

1. *Jottes : fleurs sauvages jaunes, proches du colza.*

2. *Fromages mis à macérer dans une terrine avec de l'alcool.*

que ce devait être à cause de cette première récolte très réussie dans la grande pièce retrouvée, mais on surprenait des sourires étouffés, des lèvres pincées pour refouler une parole. À trois heures et demie, Joseph fut sur pied. À 4 heures, il était dans son champ. Il regarda dans la pénombre blanchâtre qui couvrait encore la plaine de nuit et de silence. Il s'assit sur le chemin, les jambes écartées, planta devant lui une petite enclume et entreprit de *battre sa faux*[1]. Il posa la lame de faux sur une petite enclume et le marteau frappa à petits coups réguliers. Joseph s'appliqua surtout à refaire la pointe et l'endroit émoussé par la rencontre avec une taupinière. Quand la lame lui parut bien dressée, il se leva, et de la corne de vache qu'il avait accrochée à sa ceinture dans le dos, il saisit la pierre à affiler humide et la passa méticuleusement sur le tranchant.

Puis il avança sur le bord du champ, regarda encore une fois la grande pièce toute frissonnante de nuit et de blondeur, empoigna le mancheron de la main droite, le manche de la gauche et envoya sa faux dans le pied des blés, au ras du sol. Un sifflement déchira l'air, quelque chose de métallique comme un grésillement de grêle sur un toit. Les tiges se couchèrent sur la droite, en un feulement sourd. Elles vinrent verser dans les deux bras

1. *Battre une faux, c'est redresser la lame.*

de bois de la faux qui les déposa sur la gauche en une brassée prête à être ramassée. Joseph ramena l'outil, et un nouveau grésillement se produisit. Le geste se renouvela au rythme du balancement du corps du faucheur. Petit à petit, les javelles s'alignèrent derrière lui en une ligne parfaite. Joseph ne se retournait pas, il ne voulait pas casser le rythme. Il lançait sa faux avec un plaisir sans cesse renouvelé, la faisant chanter au ras du sol pour ne pas perdre un pouce de paille. Malgré la pâleur du petit jour, il devinait la blondeur dorée des tiges et le poids dense du grain.

À quatre heures et demie sonnantes, Bineux arriva, portant sa faux sur l'épaule. Il entra dans le champ, vint rejoindre Joseph. Ils ne parlèrent que quelques instants, juste le temps de se saluer et pour Bineux de demander dans quel sens on coupait.

— Tu vas prendre derrière moi. On va javeler deux lignes tout le tour du champ, lui dit Joseph.

— Tu coupes en escargot maintenant ? répondit Bineux, surpris.

— J'ai mon idée, coupe comme j't'ai dit.

L'autre, bien que cette idée lui parût complètement saugrenue, se plaça dix mètres derrière et commença à faucher sur la gauche de Joseph.

Ce fut un harmonieux duo quand les faux se mirent à chanter au même rythme. Les deux hommes sourirent secrètement et s'obligèrent à rester au diapason, s'entraînant l'un l'autre. Au fur et à mesure que les lignes de javelles s'allongeaient, les reins devinrent douloureux. Ils savaient que la première heure de fauche était pénible. Après, les muscles chauds se taisaient et obéissaient en silence.

Le jour se leva complètement. Dans un éclatement de blancheur qui vint mourir sur la plaine, le soleil apparut, fragile mais brillant déjà. Il éclaboussa de lumière les tiges couchées à terre et ce fut pour l'œil une symphonie de dorure. Quand ils arrivaient à un coin du champ, les faucheurs s'arrêtaient, se redressaient péniblement en portant leur main au dos, se frottaient les reins et saisissaient la pierre qui restait toujours humide dans la corne remplie d'eau. Ils redonnaient du fil à leur lame et se cassaient à nouveau en deux jusqu'au coin suivant.

Un peu avant 6 heures, le premier tour du champ était terminé. Deux voûtes de blé bosselaient une bande de chaume de trois mètres de large sur tout le périmètre de la parcelle. Bineux s'apprêta à poursuivre de la même façon, mais Joseph l'arrêta.

— On pose la faux et on lie, lança-t-il en allant coucher son outil sur le bord du chemin, là où il avait déposé sa veste et une grosse botte de *lians*[1].

---

1. *Lian : lien tressé avec quelques brins de paille.*

— Les femmes feront ça tout à l'heure, dit Bineux. Vaudrait mieux continuer.

Mais Joseph sourit mystérieusement en ramenant les liens.

— On va les avancer, voilà tout… Allez, pose ta faux et fais les brassées. Je lie derrière toi.

Bineux n'y comprenait rien. Il observait le petit sourire fébrile de son compagnon et se disait qu'il devait y avoir anguille sous roche pour travailler de façon aussi bizarre. Il ramassa à pleins bras les paquets de tiges tombées, les serrant contre lui comme il l'aurait fait d'une femme, les épis lui caressant le visage.

— Vingt dieux ! qu'il est large ton blé ! T'as eu de la chance qu'il verse pas avec l'orage qu'on a eu l'autre jour, dit Bineux.

— Oui, convint Joseph, c'est son seul défaut, il a la paille un peu longue et l'épi un peu lourd. J'ai eu de la chance, mais avoue qu'il est pas laid !

— J'ai pas dit ça, au contraire. J'en ai rarement vu d'aussi beau. Tu vas faire au moins dans les vingt-quatre ou vingt-cinq quintaux, reprit Bineux, les bras chargés d'une énorme gerbe qu'il liait.

Il en ajouta une poignée et posa la brassée à ses pieds. Puis, il recommença.

— J'comptais plutôt entre vingt et vingt-deux, répondit Joseph. Ce serait déjà pas mal ; c'est au moins six ou sept de plus que la moyenne.

Joseph passait un *lian* sous le ventre de la botte posée par Bineux. Il la serrait en posant sa jambe dessus et d'un geste habile, sans même la soulever, il nouait le *lian* et laissait la botte sur place.

— Pourquoi tu veux couper en tournant et lier à chaque tour ? s'étonna encore Bineux. J'ai jamais travaillé comme ça. Toi non plus d'ailleurs. Qu'est-ce qui te prend ?

À 7 heures, quand Marguerite arriva avec Albert et le cheval, les deux faucheurs avaient terminé de lier les bottes et les avaient repoussées à la bordure du champ.

— Il me reste rien à faire, s'étonna Marguerite, vous liez au fur et à mesure maintenant ?

— Mais qu'est-ce que c'est que ce travail ? demanda Albert. Et puis dis-moi un peu à quoi il va servir ce cheval ?

Joseph resta muet et s'assit dans les chaumes piquantes.

— On mange, après on verra si mon idée vaut quelque chose, répondit-il en regardant vers la route de Beauché comme si la réponse devait arriver de ce côté.

Ils coupèrent le pain que Marguerite avait apporté. Ils mangèrent la *fromagée* et les rillettes. Ils burent le vin coupé d'eau. Toujours, Joseph se tournait de côté pour voir la route de Beauché. Il devenait fébrile et inquiet.

— Qu'est-ce que t'as à sauter comme une pie sur un tambour ? demanda Marguerite en observant son homme.

La réponse arriva enfin. Au loin, une carriole tirée par deux chevaux de front apparut. Joseph se leva tout en portant la main à hauteur de ses sourcils pour mieux la voir, sourit et avala les dernières bouchées de son pain. Puis, il courut au devant et attendit à la croisée du chemin et de la route. Restés dans le champ, les trois autres virent la carriole s'approcher, s'arrêter et Joseph discuter avec l'homme.

— On perd du temps, c'est pas en discutant que le travail va se faire, ironisa Bineux que cette pause ravissait.

À leur grande surprise, l'attelage s'engagea dans le chemin. Albert comprit le premier en examinant le contenu de la carriole et le visage souriant de Joseph.

— Mais… c'est une javeleuse, c't'engin !

Ils s'avancèrent tous et regardèrent cette machine dont ils avaient à peine entendu parler.

— Elle est pas à moi, regretta Joseph, c'est à Bernard, mon copain d'armée qu'a la grosse ferme de Cormainville. Sa moisson ne va pas démarrer avant huit à dix jours, alors il a bien voulu me la prêter… pour voir… au cas où on voudrait en acheter une, l'an prochain ou après…

Un silence admiratif s'établit. La mécanique fut descendue et ce fut un ravissement que d'observer les deux roues de fer cerclées de crampons qui entraînaient dans leur course toute une série de pignons et d'engrenages qui donnaient vie à une barre de coupe où une lame prenait place. Un siège de fer surmontait l'engin, juste derrière les limons.

— Tu veux dire qu'on va se foutre le cul là-dedans et que le travail va se faire tout seul ? interrogea Bineux en pointant son doigt vers le siège.

— Oui, enfin, presque tout seul... rectifia Joseph.

Ce fut alors un énervement sans limites jusqu'au moment où la javeleuse entra en action. On attela Tambour à la hâte et on le conduisit dans les chaumes, au bord de ce qui avait été dérivé à la faux. Le charretier, prêté par le patron de la ferme de Cormainville et qui s'appelait Léon, descendit de la carriole une sorte de grande roue de bois d'où six bras légers partaient. Une fois mise en place, cela ressemblait à une immense corbeille fixée au-dessus de la barre de coupe et abaissée plus bas que les épis.

— Elle va tout t'égrainer ? s'inquiéta Albert.

— Mais non, expliqua Léon, quand on avance, la lame va et vient et coupe les tiges au ras du sol. Les bras, eux, se mettent à tourner dans ce sens-là et rabattent les tiges en arrière.

La démonstration commença dès que tout fut installé. Léon monta sur le siège et fit avancer Tambour. Les grands bras battirent l'air et aussitôt que la lame eut disparu dans l'épaisseur des tiges, le blé tomba doucement vers l'arrière ! Les quatre autres suivaient, muets d'admiration devant cette machine qui faisait à elle seule le travail d'au moins huit faucheurs. La mécanique fit le tour complet de la pièce en une dizaine de minutes. Elle en avait coupé presque autant que les deux hommes en deux heures ! Léon arrêta la javeleuse.

— Ben, on m'avait dit que ces machines existaient, mais si j'l'avais pas vue… s'extasiait Albert.

Léon expliqua que deux hommes devaient suivre pour regrouper les javelles sur le côté droit de façon à faire le passage pour le second tour. Pendant ce temps, Marguerite devait ramasser le dernier lit et pousser les bottes sur la bordure. Pour gagner du temps, tout le monde repoussa les javelles afin que la machine puisse repartir. Alors, ce fut extraordinaire. Léon abattait, à lui seul, un travail fantastique. Derrière la machine, le blé se couchait avec une telle régularité que la magie semblait intervenir. Joseph et Albert, sans quitter la javeleuse des yeux, donnaient de larges coups de faneurs pour rassembler les épis. Ils ne discutaient plus, ils buvaient le spectacle. C'était inouï, facile, déconcertant.

À 10 heures, plus d'un hectare était coupé. Joseph arrêta Léon et se fit expliquer le mécanisme en détail. Puis, il monta sur le siège et lança Tambour qui écrasait de ses gros sabots les pointes acérées des chaumes. La barre de coupe le fascinait : cela semblait si simple, la sueur des milliers de faucheurs qui transpiraient sang et eau jusqu'à maintenant semblait si dérisoire, si facile à éviter ! Il fit plusieurs tours, sans fatigue, par plaisir, et réalisa qu'il venait de coucher sans effort autant de blé qu'à la faux en une longue demi-journée. L'idée d'en acquérir une l'avait poussé à emprunter celle de son copain de régiment. Aussi, incita-t-il Albert, puis Bineux à monter sur le siège et à faire quelques tours. Les deux hommes se firent un peu prier, arguèrent qu'ils n'y connaissaient rien en mécanique, qu'ils avaient peur de tout briser, mais ils finirent par monter et, le cœur serré par le plaisir, par donner l'ordre au cheval d'avancer. Joseph savait qu'un tour sur la javeleuse valait mieux que des heures de discussion pour les persuader.

Vers les 11 heures, Marguerite rentra à la maison. Les enfants avaient rejoint les grands et glanaient tout ce qui pouvait échapper aux râteaux des hommes ou à la main de celui qui formait les gerbes. Il fallait que tout le monde participe, même si ce travail semblait dur aux petites jambes de Victorine :

— C'est tout piquant, les chaumes, se lamentait-elle. J'ai déjà du sang plein les jambes !

— Nous aussi, et on pigne pas, répondaient les garçons, que ce travail n'enchantait pas non plus et qui auraient préféré courir les bois.

La chaleur devenait intense. Le soleil montait droit dans le ciel et bien avant qu'il n'atteigne le zénith, les hommes ne portaient plus que la chemise grande ouverte. Souvent, ils revenaient près des vêtements où, sous quelques bottes, on gardait au frais du vin largement coupé d'eau. Il fallait faire attention, on buvait jusqu'à dix litres de cette boisson-là en une journée. Pour éviter de revenir à la maison et perdre du temps, on mangeait dans les champs pendant la moisson. Quand Marguerite revint vers les midi, portant les deux paniers remplis de nourriture, la machine s'arrêta et on détela Tambour. On lui donna de l'eau dans un seau. Les deux chevaux qui avaient apporté la javeleuse s'étaient allongés à l'ombre de la carriole, heureux d'être libres depuis le matin et de se laisser porter par la chaleur.

Les hommes redressèrent quelques bottes et on s'installa dans leur ombre. Marguerite sortit le pain, le cochon, les rillettes et les premières pommes du verger. Elle laissa le fromage au frais dans le panier. Les hommes mastiquaient dur et ce n'est que lorsque les estomacs furent calmés que la conversation reprit vraiment.

— Je crois qu'on va finir vers les 3 heures, regardez le peu qui reste, dit Léon en pointant son couteau vers le centre de la pièce où subsistait un carré de blé de dimensions ridicules.

— Deux hectares et demi en six heures ! souligna Albert qui n'en revenait pas.

— Et sans se fatiguer, poursuivit Bineux, à qui cette machine plaisait décidément beaucoup.

Joseph les laissait parler. Il pensait à sa moisson, à tout ce beau blé bien mûr, bien doré. Il se disait qu'une telle moisson couchée à la machine en si peu de temps allait faire parler d'elle pendant le repas de midi.

— Dès que ce sera fini, faut que je rentre, précisa Léon.

— Mais nous, on n'aura pas fini pour autant, ajouta Marguerite. Il faudra lier et relever les bottes.

— Si tout va bien, on peut avoir fini ce soir ! conclut Joseph.

Cela laissa tout le monde rêveur : la moisson dans une telle pièce demandait habituellement le travail de quatre personnes pendant trois jours au moins ! Tout en se coupant de gros carrés de pain sur lesquels ils posaient le cochon ou les rillettes, les hommes firent dériver la conversation.

— Ce qui est dommage, regretta Albert, c'est que la machine s'en va alors que la moisson est à peine commencée. Maintenant qu'on a vu et qu'on a goûté à cette machine, la faux va nous sembler bien rude à manier !

— Oui, si on l'avait jusqu'à la fin du mois, nos affaires seraient bien arrangées, constata Bineux.

— Pour cette année, c'est fichu, dit Joseph, mais pour l'année prochaine, on pourrait voir…

— Tu veux dire que tu vas en acheter une ? demanda Bineux.

— M'en acheter une ? Non, j'peux pas, répondit Joseph, j'ai déjà dépensé pour le semoir… mais à plusieurs, on pourrait y penser…

L'idée d'acheter du matériel en commun n'avait pas encore trouvé son chemin. Elle était difficile à faire admettre à ces paysans pour qui tout devait appartenir à quelqu'un. Tout devait être blanc ou noir, jamais gris.

— Oui, continua-t-il, suffirait de s'entendre et de l'acheter en commun. On sait bien qu'une machine comme ça ne serait pas rentable dans une petite ferme, mais à quatre ou cinq, peut-être qu'on y gagnerait du temps et de la sueur.

Bineux, de plus en plus séduit par la machine, essaya de poursuivre la discussion en entrant dans les détails.

— Payer en quatre ou en cinq, dit-il, faudrait pouvoir ! Dame ! Toi Joseph, t'as douze hectares, mais moi j'en ai que la moitié, Albert aussi ; on s'en servirait pas autant l'un que l'autre.

— Oui, reprit Albert, elle nous ferait pas le même travail ; il suffirait de la payer selon la superficie que l'on cultive : si je suis susceptible de m'en servir pour douze hectares sur quarante au total, par exemple, je paierai en proportion au départ… vous comprenez ?

— C'est le même système que pour la répartition de l'emprise de la ligne alors, rigola Bineux.

— Oui, c'est le même système, répondit Joseph. Et il est juste, on peut pas dire le contraire !

Marguerite finissait de servir les enfants. Elle sortit du fond du panier un bol recouvert d'un torchon. Les deux garçons et Victorine attendaient impatiemment, devinant à l'avance que leur mère avait préparé une douceur pour la fin du repas.

— Et voilà, dit-elle en présentant le bol découvert : des framboises au sirop !

Les enfants firent tourner leur langue sur leurs lèvres en se frottant le ventre. Marguerite distribua trois cuillères et chacun piocha dans le bol.

— Ils avalent deux fois plus vite que moi, protesta la gamine, y va me rester que la sauce !

— C'est normal, on est plus grands, il nous faut plus de nourriture, répondirent les garçons.

— Allons, chacun sa part, trancha Marguerite.

Elle sortit les pommes qu'elle tendit aux hommes.

Au loin, une silhouette s'avançait vers eux. Ils reconnurent Édouard. Depuis que son père était mort, et malgré la douleur sincère qu'il avait ressentie, on avait l'impression de voir éclore un autre homme en lui. Il travaillait avec une fougue nouvelle et projetait mille transformations qui effrayaient Louise.

— Et l'argent, tu y penses à l'argent ? disait-elle sans cesse.

Édouard marchait d'un pas à la fois rapide et lent, à cause des longues enjambées qu'il faisait. Avant d'arriver à leur hauteur, il s'arrêta, regarda la pièce, écrasa des épis dans sa main et les observa longuement. Il saisit plusieurs bottes par le lien et les soupesa en connaisseur. Puis, il se dirigea vers le groupe et tomba en admiration devant la javeleuse. Il tourna, s'accroupit pour détailler le mécanisme. Joseph et les autres l'observaient en souriant et prenaient l'air blasé des utilisateurs de longue date.

— Avoue qu'elle te fait envie, lança Bineux.

— Pour sûr ! répondit Édouard. Avec un engin comme celui-là, c'est l'ouvrage qui doit avoir peur du paysan, et pas le contraire.

— Et encore, t'as rien vu, rigola Bineux. Il suffit de s'asseoir dessus et ton travail se fait dix fois plus vite qu'avec la faux.

— J'vais attendre un peu : j'voudrais bien la voir à l'œuvre, poursuivit-il en s'asseyant.

— Trinque avec nous, dit Marguerite en lui tendant un verre qu'elle emplit d'autorité.

Bineux continuait à plaisanter, à vouloir en remettre encore et encore pour faire enrager Édouard et amuser les enfants.

— Dans quelques années, ils vont inventer une machine qui attachera même les bottes, peut-être même qu'elle mettra le blé en sac et qu'elle tassera les bottes de paille... on fera la moisson comme dans son lit !

— C'est pas demain la veille, soupira Édouard. Comment voulez-vous acheter une machine de ce prix sur les petites sur faces qu'on possède !

Il se fit expliquer d'où venait cette javeleuse, combien elle coûtait, combien elle pouvait couper en une journée. Lui qui avait subi les méthodes ancestrales de son père avait un tel retard à combler qu'il ne tarissait pas.

— Mais on pourrait se grouper pour s'en acheter une et s'aider pour s'en servir. Chacun serait libre chez lui, mais de bons outils en commun, ce serait bien meilleur que de vieux outils mal adaptés, à soi... dit Joseph.

Et il lui exposa à nouveau ses idées.

— Ce temps-là va venir, répondit Édouard. Faudra bien qu'on y arrive. Écoutez, pour l'instant, les grosses fermes ne s'équipent pas encore et on vivote tant bien que mal parce qu'on est sur un pied d'égalité. Le jour où les gros fermiers auront compris, ils achèteront tous ces machines et d'autres plus perfectionnées qui ne vont pas manquer d'être inventées si les premières se vendent ; ce jour-là, ce sera la fin pour nous, on ne pourra pas résister, ils nous couleront et nous disparaîtrons. C'est pourquoi, il faudrait que nous les petits, nous soyons les premiers à avoir ces machines, que nous nous groupions pour prendre de l'avance. Les machines, ils pourront se les payer, mais on peut les devancer en apprenant avant eux à bien s'en servir.

— C'est Joseph que j'entends causer là, coupa Marguerite en mettant ses deux poings sur ses hanches. Heureusement que t'es pas une femme, faudrait que je me méfie.

— Seulement, reprit Édouard, faudrait aussi avoir des terres qui se prêtent à un travail plus moderne. Il faudrait des parcelles plus grandes, mieux agencées, quoi !

Albert, plus calme et plus lent à comprendre, lui demanda de préciser sa pensée :

— Tu nous expliques que tu marches avec Joseph quand il parle du remembrement et de la répartition des expropriations ?

— Tout juste, répondit Édouard, et j'ai une bonne nouvelle : j'ai causé avec Sylvestre Latort et Désiré Fouquet. Ce sont pas des petits ceux-là, une centaine d'hectares à eux deux ! J'ai l'impression qu'ils marcheraient : eux aussi veulent regrouper leurs terres. Vous savez que c'est un calvaire pour Désiré : la moitié de ses terres est complètement enclavée et il faudrait qu'il soit un oiseau pour cultiver convenablement ses champs ; c'est pas une solution pour lui.

Joseph réfléchissait : le matériel, les terres… les idées progressaient. Il sentait qu'il allait en naître quelque chose. Il était le sculpteur qui avait pétri une argile brute et, soudain, il sentait sous ses doigts la boule prendre une forme, devenir réalité. Il sentait un souffle autour de lui.

— Est-ce que t'en serais heureux Bineux ? interrogea Édouard.

— Dame ! si tout le monde s'y mettait, je suivrais, répondit-il du ton hésitant qu'il prenait toujours au moment des grandes décisions.

— Joseph, Albert, Bineux et moi… dit Édouard. Voilà déjà quatre petits. Désiré et Sylvestre, deux moyens.

— Et si on demandait à tous les paysans de venir à une réunion pour discuter du problème, dit Albert, ce serait un bon moyen de connaître les positions de chacun.

— Pourquoi pas, répondit Joseph. En attendant, il faudrait se dépêcher parce que maintenant que le projet du train est déclaré d'utilité publique, les financiers vont pousser à la roue pour que les travaux commencent. Mais on pourrait toujours regrouper nos terres après, à condition que la Compagnie finance…

— Alors, cette réunion, on la lance ? interrogea Édouard, avec un enthousiasme qui forçait les autres à y croire. On prévient tout le monde ?

— Faut y réfléchir pendant un jour ou deux, dit Albert. Faut savoir qui, où, préparer ce qu'on va dire… Et puis, t'oublies qu'on commence la moisson et que le temps va manquer !

— Et le dimanche matin, il nous restera toujours le dimanche matin, lança Édouard.

— On se revoit demain et on prend une décision, trancha Joseph.

— C'est encore le moment, continua Édouard. Les gens du pays sont contre le maire depuis que c'est officiel que la gare ne sera pas pour nous. Ils ont tous l'impression d'avoir été roulés. Ils ne se gênent pas pour dire qu'il a tiré toute la couverture à lui sans s'occuper des autres. C'est pas bon à un an des élections ! La Compagnie serait peut-être tentée de nous appuyer puisqu'elle fait l'économie d'une gare !

Tous se mettaient à rêver à un avenir plus facile où le fer des machines remplacerait le dos douloureux des hommes. Les enfants couraient dans les chaumes. Victorine avait cueilli un énorme bouquet de bleuets.

— Trêve de rêvasseries, ordonna Marguerite. Vous avez perdu une demi-heure à discuter, maintenant au boulot !

Les hommes râlèrent pour la forme, se levèrent et reprirent le cours de leurs travaux. Les reins étaient déjà durs et froids. Il fallut se réhabituer à la chaleur qui vous tombait droit dessus et vous faisait transpirer comme une éponge. Quand la javeleuse fut attelée, Édouard voulut la conduire. Joseph le regarda s'éloigner avec Léon et il comprit qu'ils allaient pouvoir parler d'avenir. Alors, son esprit revint à sa moisson, à cette récolte qu'il avait tant espérée. Il oublia un peu les machines, les terres, la ligne pour se projeter dans l'avenir, dans un futur où tous leurs champs porteraient des épis aussi lourds et aussi drus que dans cette pièce. Il empoigna les bottes, les redressa et se mit à bâtir tout autour du champ des groupes de sept bottes, cinq debout et deux couchées dessus en forme de toit incliné.

À 2 heures, la machine remontait vers Cormainville, à 7 heures, toutes les gerbes étaient liées, dressées, relevées en terriaux qui constellaient la grande pièce de petites maisons dorées. En une seule journée au lieu de trois, avec plus d'une semaine d'avance sur les autres, Joseph venait de couper la plus belle pièce de blé de Hennebeaux, faisant la preuve que ses idées et la mécanique étaient le meilleur gage d'un avenir serein.

XIV

Une injuste mise à pied

La récolte de blé dans la grande pièce fut l'objet de toutes les conversations. Un à un, discrètement, chaque paysan vint examiner ce nouveau *Gironde* qui battait toutes les variétés employées jusqu'alors. Ils vinrent aussi juger sur place de la qualité du travail de la javeleuse, et s'il se trouva un imbécile pour prétendre que cette façon de couper allait abîmer la terre et hypothéquer les récoltes futures, tous les autres convinrent de la réussite. Les bottes furent soupesées, les épis décortiqués pour compter les grains qu'ils contenaient. On compara leur poids avec les grains du *Dattel* ou autre *bleu de Noé*. Le meunier lui-même à qui une poignée d'épis avait été portée finit par dire que la farine qui sortirait de ce blé-là serait sans doute d'une qualité supérieure à celle produite par les blés traditionnels. Le bonhomme n'avait pas grand mérite en cela, la meunerie dépréciait considérablement le *Dattel*.

En quelques jours, Joseph fut comme auréolé d'un prestige et d'une considération inconnus jusqu'à ce jour. Avant, il passait pour un illuminé, un fou qui tuait sa terre, un original qui travaillait en piétinant les traditions. On lui prédisait des catastrophes et la misère sous son toit. À la place de toutes ces déconvenues, Joseph récoltait le meilleur blé de la commune, moissonnait trois fois plus vite, élevait deux fois plus d'animaux que les autres et avait su tirer parti de son assolement en récoltant des luzernes abondantes et en se préparant une récolte de carottes blanches extraordinaire là où les autres avaient laissé leur troisième sole en jachère nue. Sur près d'un hectare et demi, des pommes de terre étalaient leurs fanes abondantes et des choux jalonnaient l'autre partie des pièces ; ces cultures-là, par contre, faisaient l'objet de longues discussions et si on ne contestait pas la réussite botanique, on se demandait bien qui allait manger ces tonnes de patates et ces centaines de choux. Chacun avait son idée, aussi saugrenue que celle de son voisin. On savait Joseph et Marguerite bons cultivateurs, mais on les savait aussi malins au point de trouver un débouché à leurs productions avant d'avoir semé les plantes ou fait naître les animaux. Ne disait-on pas que Marguerite, avec ses poulets, ses œufs et son beurre, gagnait des mille en fournissant ses cousins de Beauché ? Ne disait-on pas aussi que les cochons élevés par la grand-mère étaient retenus par un gros charcutier depuis le jour de leur naissance ?

Mais si l'on reconnaissait l'intelligence, le savoir, la prévoyance et ses idées de progrès, on admirait surtout chez Joseph le courage, le travail qui l'avait poussé à biner ses champs à la main, à sarcler ses carottes et même à les démarier pour obtenir de plus grosses racines. On avait ri de le voir avec les siens dans ses blés poussant devant lui l'échardonnoir pour détruire d'un coup sec les pieds de chardons et de fleurs des champs, mais force était de reconnaître que sa pièce avait été plus propre et son blé plus beau. Bref, en quelques jours, Joseph, de fou illuminé devint un spécialiste éclairé.

Cette nouvelle considération accordée aux Pichot ne fut pas appréciée par tous. Certains avaient peur que les idées rouges de Joseph soient adoptées par les autres. Cette position s'aviva bien davantage quand une histoire éclata et opposa le maire à Joseph.

Alphonse était un homme d'une quarantaine d'années qui travaillait depuis neuf ans au domaine de Monsieur Du Barrel. C'était un costaud aux cheveux déjà blanchis qui était particulièrement apprécié au moment des moissons. Il était bon faucheur, excellent chargeur de voitures. Avec lui, un charretier pouvait partir tranquille, jamais une voiturée de gerbes ne *foirait* et ne s'étalait sur un chemin au passage d'un cahot. Il n'avait pas son pareil pour monter les meules et surtout y ménager des puits d'aération qui évitent la chauffe. Tous les ans, du blé ou de l'orge rentré humide ou après un bel orage, tassé à la hâte sans trop de soin, se mettait à fumer dès le lendemain. Les bottes chauffaient au point de mettre le feu à la maille tout entière. Avec lui, jamais. Chose assez rare, il avait aussi le don pour couvrir ces mailles avec les pailles longues de l'année précédente. La plupart des autres paysans faisaient appel en fin de moisson aux maçons du pays.

Alphonse, s'il était maître gars dans les champs, se montrait aussi maître mâle à la maison. Il avait douze enfants et comme disait cette bonne vivante de Pauline, sa femme, aussi chaude qu'une lapine, elle avait « le treizième dans le placard ». Alphonse était surnommé « queue d'âne », ce qui, aux dires de Pauline, était tout à fait justifié. Alphonse se contentait pourtant de satisfaire les gros appétits de sa femme. Il ne tournait guère autour des autres femmes et ne se montrait même pas grivois dans ses propos.

— Quand le coup est tiré, il faut recharger le fusil, disait La Souris, et, pendant ce temps-là, on regarde pas si d'autre gibier passe…

La plaisanterie courait qu'Alphonse était sollicité tous les matins et qu'il n'avait pas trop de sa journée pour préparer les festivités du soir. Ceci expliquait peut-être cela ! Douze enfants, c'est lourd à élever même si les plus grands commençaient à rapporter leur part à la maison. Alphonse, heureusement, possédait la petite maison de ses parents à la sortie de Hennebeaux, en face de la petite mare. Cet avantage lui évitait de loger à la ferme et obligeait Monsieur Du Barrel à le payer plus que les autres ouvriers qui eux étaient logés et disposaient du bois de chauffage. La moisson commençait à peine lorsque l'accrochage avait eu lieu. Le régisseur avait décrété que l'équipe de cinq faucheurs et cinq ramasseuses que dirigeait Alphonse devrait manger comme il faut avant de partir vers les 4 heures du matin parce que la bonne ne porterait rien avant midi.

— C'est pas la règle, avait contesté Alphonse. Dans toutes les fermes on se dérouille à 4 heures et à 6 ou 7 heures, la bonne nous apporte du pain et du cochon avec de la boisson fraîche. Normalement, on a droit à un litre de vin par faucheur à cette heure-là.

— Dans les autres fermes, ils font ce qu'ils veulent, je ne veux pas le savoir. Ici, maintenant on mange plus dans le champ à 6 heures, on mange avant. Vous gagnerez du temps !

— Mais on ne se reposera plus… même pas cinq minutes. Plus de travail avec rien dans le ventre !

— Vous pensez qu'à bouffer vous autres, avait conclu le régisseur en amorçant son départ. Et le travail alors ?

Mais Alphonse ne l'entendait pas ainsi. Il se planta devant lui et, le visage dur et la voix haute, il lui parla fermement :

— C'est pas la règle ce que vous avez décidé. On nous a rien dit de semblable aux louées, sinon on n'aurait pas marché.

L'autre l'avait pris de haut et avait blanchi.

— Si t'es pas content, va voir ailleurs, avait-il répondu avec une moquerie dans le regard. La moisson commence, toutes les équipes sont faites partout… Vous avez pas le choix…

— Je vais aller voir Monsieur et il vous obligera à nous faire porter le manger de 6 heures…

— Si tu fais ça, j'te fous à la porte. On verra bien à qui il donnera raison.

— C'est facile de faire suer sang et eau aux pauvres gars et de leur supprimer la croûte quand on garde les mains dans ses poches…

Alphonse sentit que la colère l'emportait loin, plus loin que les limites habituellement respectées. Le régisseur serra les lèvres, plissa les yeux et pointant son doigt en direction du portail grand ouvert, il cria :

— Dehors ! Passe au bureau chercher ton compte et fous le camp tout de suite. Ah ! on veut aller voir Monsieur, on veut me faire mettre à genoux ! C'est pas encore demain la veille. Si tu te crois indispensable ! Va donc crever la faim ailleurs, j'en trouverai un autre qui me demandera deux fois moins que toi !

En s'excusant, Alphonse aurait peut-être pu rattraper son erreur, mais il ne put prononcer ces paroles. Il jeta sa veste sur son épaule, toisa le régisseur qu'il dépassait d'une tête et se dirigea vers le bureau pour y prendre son compte. L'inquiétude l'envahit cependant en rentrant chez lui. Le régisseur avait dit vrai : les équipes étaient constituées et le travail ne courait plus la plaine. Tout le pays fut rapidement au courant et parla beaucoup de la dureté du régisseur et de ses méthodes que son patron encourageait. Édouard en parla à Joseph et à Albert. Tous les trois ne fournissaient pas à la peine. Il fut décidé d'embaucher Alphonse pour le temps de la moisson.

— Après, on verra bien, lui dit Joseph. J'aurai les patates et les carottes, les moutons et les labours…

L'embauche fut donc conclue pour trois francs par jour et Joseph s'entendit avec les deux autres pour se répartir les frais. Sans s'en rendre compte, peut-être parce qu'ils en parlaient depuis longtemps, ils venaient de franchir le premier pas, réussissant à se grouper pour travailler en commun. Joseph le ressentit comme une grande victoire sur l'inertie de ses amis. C'était un début.

— De toute façon, c'est pas chrétien de laisser toute sa nichée sans la soupe ! avait dit Marguerite.

Il va nous soulager, mais je suis bien contente de les aider, conclut-elle le soir.

Alphonse confirma effectivement sa réputation. Il faucha pendant une quinzaine de jours dans les pièces de ses trois patrons. Il était rapide, organisé, prévoyant et possédait les gestes précis qui facilitaient la tâche. Ce jour-là, on commençait à rentrer les blés. Joseph avait décidé de commencer par la grande pièce. Elle avait été coupée la première, il était normal qu'elle fût rentrée la première. Bineux s'était joint à eux et chacun avait attelé sa carriole où les hautes ridelles avant et arrière avaient été fixées. Les quatre carrioles tirées chacune par deux chevaux constituaient dans la plaine, où les jaunes et les ocres se mêlaient, le spectacle le plus rassurant pour ces êtres dont le travail de l'année entière tendait vers la moisson : on rentrait la récolte. Cette fois-ci, c'était gagné.

Les quatre hommes piquaient le broc à trois doigts dans les bottes et d'un coup de reins les passaient à leurs femmes qui, sur la gerbière, rangeaient les bottes avec le plus grand soin. Ce n'était pas catastrophique de faire *foirer* une voiture, mais c'était du temps perdu. Alphonse tassait la voiture de Bineux. L'inverse aurait été plus rationnel car Alphonse, plus fort, aurait *brocqueté*[1] plus vite et avec moins de peine que ce pauvre Bineux qui

1. *Brocqueter : soulever les gerbes avec un « broc ».*

poussait un han de douleur à chaque fois qu'il élevait une botte. Mais il était impossible de confier ce travail délicat à Bineux tant il était maladroit. Quand les voitures étaient pleines, on rentrait à la ferme. Les femmes et les enfants demeuraient tout en haut et se cramponnaient à la corde que l'on jetait à la fin pour serrer l'ensemble. Les hommes menaient les chevaux.

Une fois arrivé à la maison, on passait dans le pré. On approchait une carriole près de la meule ronde en début de construction. Joseph montait sur la gerbière et passait les bottes une à une sur le disque chaud de la maille. Là, Albert puis Bineux les passaient soit à Alphonse soit à Édouard pour qu'ils bâtissent petit à petit ces curieuses maisons rondes. Alphonse pensait aux puits d'aération, comptait les bottes, équilibrait, égalisait, veillait à ce que le premier coup de vent ne mette pas la récolte dans l'herbe. Une à une, les voitures se vidaient. Pendant ce temps, les femmes couraient aux étables ou à la cuisine pour poursuivre le travail quotidien.

Le soir, vers les 5 heures, alors que l'essentiel était déjà rentré, Joseph vit arriver le tilbury de Monsieur Du Barrel. Il continua à *brocqueter* ses bottes que Marguerite, en haut, la tête tournée vers l'arrivant, continuait à récupérer au passage avec son croc en bec de buse, Du Barrel entra dans le champ et descendit de sa voiture. Il marcha vers Joseph.

— J'ai besoin de te parler, Joseph. Je t'aurais bien demandé de passer à la maison ; je ne suis pas sûr que tu serais venu. Tu as ta moisson, mais j'ai l'impression qu'on n'emploie plus le même langage.

— Monsieur Du Barrel, vous m'inquiétez à parler comme ça, répondit Joseph feignant l'étonnement car, au fond, l'homme l'impressionnait de moins en moins malgré ses chemisettes de lin et son langage de la ville.

— T'es bien placé pour savoir ce qui s'est passé avec Alphonse. Il avait besoin d'une bonne leçon. Mon régisseur a eu raison de le mettre à pied. T'as peut-être pas eu tort de l'embaucher si tu en as besoin, mais je voudrais te dire trois choses : un, c'est pas bien de ta part de l'avoir fait, en le prenant tu lui donnes raison contre moi.

— Mais, il cherchait du travail et, tout seul, j'y arrivais pas. J'ai pas voulu vous faire offense.

— C'est pas tout à fait vrai, tu n'avais pas prévu d'embaucher pour ta moisson, coupa-t-il en allongeant sa main à plat vers Joseph. Deux, tu emploies des façons qui ne me plaisent pas. Vous avez embauché un gars à trois ou quatre et vous vous groupez pour le payer ; je le sais, sa femme l'a dit. Qu'est-ce que c'est que cette organisation ? Je ne sais même pas si c'est légal ce système, faudra que je regarde ! Et en plus, vous lui donnez trois francs alors que le tarif c'est deux francs quarante, deux francs cinquante.

— Mais, Monsieur Du Barrel, c'est moi son patron et je lui donne ce qui me semble juste pour le travail qu'il me fait. Et puis, il n'a pas quatre patrons. On a de petites fermes, on s'entraide, voilà tout. C'est pas interdit !

— Pas interdit, pas interdit, faudrait voir, quoique de nos jours, avec tous ces républicains au gouvernement, il ne faut plus s'étonner de rien ! Mais trois francs, ça fait du tort aux autres qui ne peuvent pas payer plus de deux quarante. Trois, je me sens humilié par toi. Il faut remettre tout ça en ordre. Deux trimards embauchés pour la moisson sont partis sans laisser d'adresse, avec un jambon et deux vestes de charretiers pardessus le marché. J'aimerais assez que tu remercies Alphonse rapidement. Il reviendrait au domaine où le régisseur a ordre de le reprendre à deux francs trente.

Joseph regardait au loin les voitures chargées qui repartaient vers la maison. Albert avait pris sa place et la voiture où Marguerite attendait se remplissait à nouveau. Il fut écœuré par cet homme aux allures élégantes et raffinées qui puait la peur du plus petit changement, de la moindre résistance. Il n'admettait pas qu'on lui tienne tête. Son système à lui était tout aussi cohérent que celui de Joseph mais ses conceptions étaient fondées sur l'exploitation à outrance de l'homme, sur la peur, la crainte, l'argent, la faim. Son système ressemblait à un château de cartes ; il suffisait d'en enlever une pour mettre l'ensemble en péril.

— Monsieur Du Barrel, j'ai besoin d'Alphonse. Il travaille bien, je n'ai aucune raison de le mettre à la porte.

— Si, tu en as une bonne : je te l'ai demandé !

— Même si je le faisais, je ne crois pas qu'il retournerait chez vous…

— M'étonnerait. Ses gosses font parfois des tâches à la maison ; une place, on peut la retrouver, trois ou quatre, c'est dur… menaça-t-il.

— Il y a de fortes chances que j'en aie besoin à longueur d'année maintenant, avoua Joseph.

— Tiens donc, avec six hectares, tu avais de quoi t'occuper à mi-temps et avec douze, tu en as deux fois trop au point de me soulever mes ouvriers !

— Faut comprendre, Monsieur Du Barrel, j'emploie des méthodes nouvelles qui nécessitent plus de main-d'œuvre, comme les sarclages par exemple, l'abandon des jachères. Avant, avec douze hectares on en cultivait huit ou neuf, maintenant j'en cultive vraiment douze !

— Parlons-en de tes méthodes et de tes idées ! Des idées de rouges oui, des idées qui mettent le feu dans la tête des idiots du genre d'Édouard ou de Bineux. Tu leur fais croire qu'ils pourront tout avoir sans travail, tu les trompes pour ton intérêt. T'es un révolutionnaire oui, un sans-Dieu qui ne rêve qu'à étrangler les propriétaires ! Tu devrais avoir honte. Pense à ce que diraient ton père et ton grand-père en te voyant faire.

Joseph bouillait dans sa tête et blanchissait de visage. Il avait envie de lui dire ses quatre vérités, lui et sa volonté d'affamer les gens pour mieux les tenir dans le filet de ses exigences ; il eut envie de lui jeter à la figure que le Moyen Âge était fini et que toutes les activités humaines ne devaient tendre que vers un seul but : le mieux-être de tous et pas seulement de quelques-uns. Mais déjà l'autre enchaînait, vidait sa hargne comme on vide un furoncle en lui pressant les flancs.

— On m'a rapporté que tu te gênes pas pour dire que j'ai fait déplacer la ligne pour ne rien donner de mes terres. Tu sais que c'est faux, c'était pour cette gare que je n'ai pas réussi à obtenir !

Joseph se souvint des paroles de l'ingénieur quelques mois plus tôt et son rire retentit dans sa tête.

— On dit aussi que tu voudrais « répartir » l'emprise de la ligne entre tous les cultivateurs et même envisager un de ces remembrements dont parlent les rouges. Tu essaies d'en entraîner d'autres. On m'a dit que tu avais fait une réunion chez toi à ce sujet, voilà quinze jours. Tout ça ne tient pas debout. Ces idées-là conduisent au désespoir quand la réalité est là ! Regarde le père d'Édouard. Elles l'ont conduit au suicide, lui, un si bon chrétien !

— C'est pas seulement ces idées-là, murmura Joseph, peut-être qu'il n'acceptait pas l'injustice...

Du Barrel se montra soudain ironique, tirant le coin de sa bouche vers une pommette. Il prit quelques épis au sol, les fit danser dans sa main et prit des airs froids et menaçants.

— Une belle récolte dans une bien belle pièce. Ce serait dommage de rencontrer des difficultés pour rembourser. Moi, je ne demande qu'à t'aider... Encore faut-il que tu t'aides un peu... Tu vois ce que je veux dire.

Cette fois, la menace était claire. Il fallait se taire, ne plus essayer de progresser, rester dans le lot commun, abandonner ces idées de modernisme. Il fallait obéir, se soumettre. Sinon, le notaire inventerait mille difficultés et les terres de l'oncle Jean seraient impitoyablement rachetées par Du Barrel. La misère reviendrait, et avec elle la dépendance et la liberté surveillée que ses pères avaient toujours connue.

— C'est pas bien ce que vous faites là, protesta faiblement Joseph. Mais j'ai compris, je vais réfléchir...

— Bon... dit l'autre triomphant. C'est bien mieux pour tout le monde. L'ordre, tu peux pas savoir à quel point c'est la condition indispensable au vrai progrès.

Il tourna les talons et remonta dans son tilbury et fit claquer son long fouet mince plusieurs fois, autant pour faire avancer sa jument que pour blesser Joseph qui, les bras ballants, le regardait partir.

« En d'autres temps, se dit Joseph, je les aurais eus sur les épaules, ces coups de fouet. Mais, les temps ont-ils vraiment changé ? »

Il marcha dans sa grande pièce. Le chaume craquait sous ses souliers. Maintenant que les bottes étaient presque toutes parties, le champ vide paraissait encore plus grand. D'un côté, la peur d'en perdre la moitié, de l'autre l'assurance de voir la ligne le couper en deux sans compensation. Quelle solution ? Quel avenir ? Il ne voyait aucune issue. Il marcha, et des idées de syndicat agricole, de crédit agricole, de mutuelle accidents, de coopérative se remirent à bouillonner dans sa tête. Le paysan ne pouvait progresser et ne deviendrait véritablement majeur que le jour où il aurait les moyens de se défendre et de combattre. Ses armes ne pouvaient se forger que dans la solidarité, c'est-à-dire essentiellement dans la possibilité de gérer des capitaux indépendants des fortunes des plus gros, échappant aux circonstances et aux individus. Mais, si des « on-dit » apportaient parfois de vagues espérances, ce n'était guère plus que des flammèches colportées par le vent et éteintes avant d'avoir touché le sol. La réalité le laissait désespéré.

Sur le chemin qui le ramenait à la ferme, alors qu'il regardait de loin s'élever la deuxième maille dans son pré, il fut rejoint par Paille-au-Cul qui, la musette gonflée de trèfles pour ses lapins, rentrait au village en projetant de faire une bonne halte chez Alphonsine.

— Tout le monde est au boulot, et toi tu te promènes les mains dans les poches, lui dit-il en lui arrivant dans le dos. T'es encore pire que les cantonniers !

À ce moment, Paille-au-Cul vit le visage de Joseph et comprit que quelque chose n'allait pas.

— En voilà une tête ! T'as des problèmes ? interrogea le cantonnier en redevenant subitement sérieux.

— Pas des problèmes, des démêlés avec le maire. À cause d'Alphonse, de la ligne, des terres… de tout enfin. Il faut bien se taire, je suis lié à lui par ce prêt. Ah ! ce damné bonhomme !

— Ne recule pas, n'aie pas peur de lui. Les temps changent. Ils vont bientôt tomber tout seuls ces gros-là… sauront pas s'adapter. Faut vous entendre, c'est le meilleur moyen.

— Les autres aussi ont peur, continua Joseph, ils ne bougent pas d'eux-mêmes, alors tu penses, si en plus on les contraint au silence et à l'immobilisme…

— Ils y viendront, ils comprendront. Continue à expliquer. Regarde ta réunion l'autre jour, on m'a dit que vous étiez neuf. C'est un début.

— Si on veut, répliqua Joseph. À part Bineux, Édouard, Albert et moi, les autres sont pas encore prêts à dire oui. Il faudrait que les plus gros aillent dans le même sens que nous, ils les entraîneraient.

— Quatre, c'est quatre, répondit Paille-au-Cul.

— On n'avance pas ! La ligne va passer. Nos terres sont expropriées. Les travaux vont commencer, et les Du Barrel et compagnie, s'ils tiennent encore un an, nous auront eus jusqu'au trognon.

— Oui, précisa Paille-au-Cul d'une voix sourde. J'ai appris que dès que les récoltes seront rentrées, la Compagnie posera ses piquets. Vous n'allez plus pouvoir travailler dans les terres expropriées.

Il enchaîna, presque à regret :

— Ce matin à Beauché, la Compagnie a ouvert un bureau dans un baraquement. Ils embauchent cent cinquante gars pour terrasser, rouler, construire la ligne quoi. Quatre francs par jour, nourris le midi. Vont avoir du mal à tenir leurs ouvriers tous ceux qui les paient à coups de trique.

Joseph releva la tête, le regarda et répéta :

— Les travaux commencent, alors ? Et tu dis qu'ils embauchent cent cinquante gars, nourris le midi ?

— Oui, c'est ce qui est écrit sur les pancartes à la porte du bureau, s'étonna Paille-au-Cul qui ne comprenait pas.

— Alors Alphonse, je l'garde, dit Joseph. J'espérais un peu que ça tourne comme ça, mais j'y croyais pas trop…

Paille-au-Cul n'y comprenait rien. Il répétait :

— Ah !… Ah bon !…

Dès le début du printemps, Joseph avait pensé que les travaux commenceraient à l'automne. L'inquiétude au ventre, avec la peur de se tromper, il avait planté un hectare et demi de pommes de terre qui pourraient lui fournir de trente à trente-cinq tonnes de patates et trois mines de choux qui pourraient produire dix à douze mille pommes grosses comme des têtes de veaux. C'était la chance ! Enfin !

— Où il est installé le bureau de la Compagnie ? demanda Joseph, soudain tout guilleret.

— Là où ils vont construire la gare, à l'angle de la route de Beauché et de cette route-là, dit Paille-au-Cul en pointant un doigt vers le chemin poussiéreux où de hautes gerbières passaient.

Il ne comprenait toujours pas, abandonné dans la conversation et perdu dans les quatre francs, nourriture comprise qu'offrait la Compagnie à ses ouvriers. Il demanda :

— Tu vas quand même pas aller travailler pour eux ?

— Non, oh non !

Joseph le planta là, coupa à travers champ pour rejoindre la ferme en traçant dans l'air un geste évasif qui laissa Paille-au-Cul perplexe et immobile.

XV

La construction de la ligne

En une semaine, plus de deux cents hommes s'étaient présentés au bureau d'embauche de la compagnie. Cent cinquante avaient été recrutés pour travailler sur place, les autres avaient été engagés sous réserve qu'ils acceptent d'aller travailler sur des tronçons plus éloignés. La Compagnie avait officiellement ouvert les travaux au 1er septembre. Les cent cinquante hommes armés de pelles et de pioches avaient été répartis en brigades qui travaillaient simultanément sur plusieurs points. Trois grands chantiers avaient été ouverts à Hennebeaux, aux trois endroits où des déblais devaient être creusés. On se serait cru revenu au temps des cathédrales. La plaine grouillait d'hommes qui levaient des pioches, chargeaient des tombereaux sans arrêt ; les rouliers emportaient la terre dans les points bas où des remblais étaient nécessaires. Toute la journée, des hommes en costume, chaussés de souliers de ville et de guêtres passaient et vérifiaient les niveaux. Des chefs de chantier gueulaient sans cesse, houspillant cette armée de trimardeurs qui ne pensaient qu'à boire et à aller pisser.

Au début octobre, les travaux avançaient à tel point que l'imagination n'avait plus besoin de faire un effort pour donner corps au projet. Une longue saignée brune et droite tranchait la plaine comme une cicatrice laissée par quelque sabre géant. Les champs étaient ouverts, que c'était misère à regarder ! Au nord de la future voie, un chemin avait été créé. Des allées et venues incessantes le creusaient. Sur la ligne, la ronde des ouvriers poussant les brouettes avait l'apparence d'une fourmilière.

Tout avait été commencé en même temps. La Compagnie avait commandé aux maçons de la région un travail considérable qui les avait obligés à embaucher. Sur la route de Beauché, là où la voie devait passer en remblai, ils construisaient en ce moment les piles du futur pont. Pour aller plus vite, l'ingénieur avait décidé de poser sur ces piles un tablier de fer sur lequel les rails prendraient directement place. Plus loin, toujours dans les remblais, deux passages d'hommes de deux mètres de large et deux mètres de haut s'achevaient. On construisait aussi deux maisonnettes pour les gardes-barrières des passages à niveau : une sur la route d'Ameray, l'autre sur la route de Marville.

La ligne coupait les bois à la limite des communes de Hennebeaux et de Bénouville. Une équipe de bûcherons avait éventré la forêt, et les arbres encore tout feuillus attendaient d'être débités. On brûlait toutes les branches pour ne garder que les troncs. Les feuilles à peine ombrées de jaune pétillaient dans les grands feux. On racontait que plus haut, en Seine-et-Oise, le tracé était plus avancé, la plate-forme de la voie prête à recevoir les rails, les ouvrages d'art terminés. Les ouvriers du chantier qui avaient participé à l'ouverture d'autres voies expliquaient que les grandes équipes spécialisées, chargées de constituer le ballast, de poser les traverses et enfin, d'installer les rails, allaient suivre au cours de l'hiver.

Une immense cantine avait été aménagée à Beauché. La Compagnie nourrissait ses ouvriers chaque midi. Les cuisiniers confectionnaient le rata à Beauché et allaient distribuer ensuite les gamelles contenant vingt rations sur tous les chantiers, jusqu'à Ameray. Les hommes s'arrêtaient une demi-heure et mangeaient sur place, groupés autour de la gamelle qu'ils réchauffaient sur place. Mais le nombre de trimardeurs qui ne possédaient que leurs deux bras à vendre était si grand qu'un repas était distribué à Beauché le soir, contre une retenue de douze sous par jour. Des baraquements avaient été montés à la hâte autour de la future gare et une odeur de sueur et de fatigue montait de ce campement.

Trois fois par semaine, Joseph emportait autant de pommes de terre, de choux, de beurre et de légumes que sa carriole pouvait en contenir. Dès l'annonce de l'ouverture des travaux, il avait perdu une journée entière à courir le canton pour parler aux responsables et leur proposer ses marchandises. Il avait rencontré « Sousse-Crottin », comme on l'appelait désormais, le géomètre avec qui il avait parlé au printemps dans son champ de blé encore en herbe. Sans doute pour le remercier d'avoir été un des rares à ne pas lui tirer dessus à coups de fusil ou de verbes acérés, Sousse-Crottin l'avait présenté à un régisseur qui avait lui-même parlé à un intendant. Toujours est-il que le soir, Joseph était rentré à Hennebeaux avec dans la poche un contrat signé pour la fourniture de vingt-cinq tonnes de pommes de terre, dix mille choux, du beurre, des pommes, des cochons. Le tout était livrable à partir du 1er septembre, trois fois la semaine en quantités fixées à l'avance. Les prix étaient supérieurs à ceux pratiqués habituellement. Malgré le travail qui l'obligeait à se lever avant le jour et à se coucher à la chandelle, Joseph sentait que ces fournitures, ajoutées à la bonne récolte, allaient assurer la prospérité de la maison. D'autres ressources venaient par des chemins différents. Le meunier avait passé un accord pour fournir une quantité délirante de farine. Joseph avait réussi à lui vendre cinquante quintaux de blé livrables en janvier. La livraison des pommes de terre le jeudi l'obligeait. C'était jour de marché. Il revenait avec ses provisions et évitait un déplacement. Parfois, Marguerite l'accompagnait.

— Tu mettras les deux paniers de beurre en dernier, lui dit-elle, tu trouveras mieux à les caler avec les sacs.

Joseph chargeait son tombereau : dix sacs de pommes de terre qu'Alphonse, définitivement embauché à la ferme, préparait la veille. À peine sorties de terre, elles finissaient en rata dans les gamelles des ouvriers de la Compagnie : deux cents choux et, enveloppé dans un vieux drap de lin, un cochon tout entier qui reposait sur les sacs comme un dormeur un peu frileux.

— Je vais rapporter un sac de sel… L'intendant m'a commandé un cochon salé pour le mois prochain.

— Quel dommage qu'on ne puisse leur vendre que cinq cochons, regretta Marguerite. Si on en avait cinquante, je crois bien qu'on les vendrait tous !

Elle empaquetait le beurre dans des linges et calait ensuite les mottes fragiles dans des paniers d'osier.

— Chut ! lui répondit Joseph. Ne dis rien. L'an prochain…

— Tu as encore une idée, toi ? Qu'est-ce que tu manigances ?

— Cinquante ou soixante même…

La réponse mystérieuse de son mari l'intrigua. Elle insista et se fit câline pour satisfaire sa curiosité. Joseph lui fit promettre de se taire et il expliqua :

— Tu vois, cette année, je suis le seul à pouvoir leur vendre autant de patates ; les autres ne peuvent pas, ils ne les ont pas plantées. L'an prochain, par contre, tu vas en voir des patates dans la plaine ! Mais t'en verras pas chez nous, parce qu'ils ne pourront pas les vendre et elles ne rapporteront plus rien. Non. Je suis en train de m'entendre avec le régisseur pour lui fournir l'année prochaine une grosse quantité de cochons. Quand les autres réagiront, la ligne sera finie, ajouta-t-il en riant, heureux comme un gosse qui vient d'élaborer un tour pendable.

— Et tu vas les nourrir avec quoi tes cochons ? réfléchit Marguerite.

— Avec tout ce qu'on a, les patates qui resteront et que je ne vendrai pas, les carottes, les grains… Mais je vais aussi leur acheter toutes les épluchures, les restes et les eaux de leur graillon. Tu comprends, je leur vends des patates, je récupère les épluchures des patates que je leur vends et avec ça, j'engraisse des cochons que je leur revends ensuite !… Et il rit à nouveau. Mais pour réussir, continua-t-il, faut être les premiers, alors faut se taire !

Marguerite l'embrassa et prit, elle aussi, des airs de conspirateur. Il partit debout dans son tombereau, tenant les guides de Sansonnet d'une main souple. Le chemin des Cinq-Muids où débouchait son portail aboutissait sur la route de Beauché. Son cheval s'y engagea. Dès que les pommiers du pré de son voisin s'espacèrent, la ligne apparut avec son cortège d'ouvriers, de grouillements et de bruit. Les attelages de trois chevaux arrachaient à la moindre bosse des masses de terre brune. Partout où l'œil se portait, on ne voyait que travail et activité. Le cheval, malgré la charge, prit le trot et emporta le ravitaillement de tous ces ventres qui s'échinaient au loin.

Sansonnet ne se remit au pas qu'en passant à l'emplacement du futur pont. De chaque côté de la route, les piles de pierres se terminaient, hautes de cinq mètres au moins, larges d'une dizaine. Le tablier n'était pas encore posé, et pourtant, le pas du cheval y résonnait déjà comme dans un tunnel. De chaque côté des piles, les ouvriers commençaient à bâtir les murs de soutènement de la terre.

— Holà, les maçons ! leur cria Joseph. Accrochez-vous à vos pierres !

Le tombereau passa entre les échafaudages de bois et de corde. Joseph se pencha, vérifia que le moyeu du tombereau ne heurtait rien car le passage était étroit pour l'instant.

— On a eu peur, dit un maçon en éclatant de rire, on croyait que c'était déjà la soupe !

Joseph tapa sur les sacs de patates et leur lança en s'éloignant :

— C'est pas la soupe, c'est le rata !

Le cheval s'apprêtait à se remettre au trot, quand Joseph le retint et le contraignit à ralentir. Il venait de reconnaître la carcasse osseuse de Grand-Soif et la silhouette furtive de La Souris.

Il s'arrêta à leur hauteur :

— Où allez-vous traîner vos sabots ? lança Joseph.

— Ah ! c'est toi, répondit Grand-Soif en se retournant. On va à Beauché, tu vas nous emmener !

— C'est pas de refus… ajouta La Souris. La route est dure.

La Souris monta le long de la roue comme sur une échelle. Il passa la jambe par-dessus la ridelle et s'assit sur un sac. Grand-Soif attendit que le tombereau avance à nouveau pour se laisser monter sans effort. Il tapa sur l'épaule de Joseph en guise de bonjour.

— Faut une occasion pour vous voir de sortie, dit Joseph.

— Nous en parle pas ! répondit Grand-Soif. On en a eu un mal pour avoir la matinée.

— L'après-midi aurait peut-être été nécessaire, ajouta Joseph en plaisantant, y a tellement de bon vin à Beauché !

— Charrie pas, coupa La Souris, on n'a pas le cœur à la rigolade…

Grand-Soif continua en posant la main sur le bras de son compagnon :

— Tu devineras jamais ce qui lui arrive… Ça va faire dix-neuf ans qu'il est marié, il a jamais pu engrosser sa bourgeoise… Eh ben, la v'là à trente-sept ans et elle est prise, mais prise qu'elle va sûrement lui en faire deux.

— Déconne pas, riposta La Souris, si tu crois que c'est drôle de pas avoir de *gnas* au bout de dix-neuf ans de mariage… Mais le pire, c'est qu'elle est malade à en crever… et ça fait pas encore trois mois.

— On va chercher le médecin, compléta Grand-Soif.

— Dame ! faudrait pas qu'elle perde le petit, dit La Souris à voix sourde. C'est tard, mais ce serait quand même bien d'en avoir un… Peut-être que c'est ça qui lui a manqué et qui lui rend le caractère impossible…

— C'est peut-être aussi à cause de toutes tes muflées ? ironisa Grand-Soif.

— Ben, si on a un petit, tu iras tout seul chez l'Alphonsine, j'y mettrai plus les pieds, je l'jure !

Il leva la main et cracha par-dessus bord. Joseph fut pris d'attendrissement devant ce petit homme habituellement si rigolard, pris d'un éternel fou rire qui se tenait maintenant grave et inquiet parce que sa femme allait faire un petit. Il le regarda et essaya de le consoler :

— Faut pas te frapper. À trois mois, toutes les femmes sont malades, c'est bon signe, c'est que le petit prend vie...

— Tu crois ? dit La Souris en levant des yeux de chien jeté à la rue. Mais à son âge, c'est pas normal un premier, faut qu'elle fasse attention.

Grand-Soif s'étonnait de cette tendresse soudaine. Lui qui n'avait jamais eu de vie de famille et qui se souvenait à peine de sa mère, avait honte de dévoiler ses sentiments. Il affichait un air goguenard.

— Maintenant qu'il est parti, il va lui en faire un tous les ans, ricana-t-il.

— Si tu te fous encore du petit, j'te mettrai pas parrain, le menaça La Souris.

L'autre resta interloqué et le regarda avec une brume dans les yeux.

— Ben oui, quoi ! Enfin, si tu veux, ajouta La Souris.

— Tu ferais ça ? questionna Grand-Soif. Tu ferais ça ?

De voir ce grand gars de ferme dégingandé craquer ainsi aurait été ridicule si la tendresse n'avait pas été aussi rare dans la vie de ces deux bêtes de travail. Un large silence suivit. Le tombereau cahotait sur les pierres, le trot du cheval devint plus présent. À deux cents mètres de la route, dans les champs, la longue traînée brune s'allongeait. Dans cette partie, la plaine était plate. Le décapage de la terre s'était fait rapidement et le passage était prêt à recevoir les pierres, les traverses et les rails. Des ouvriers, par équipes de trois ou quatre, préparaient les passages d'eau et creusaient les fossés.

— Il t'a pas dit ce qu'il va faire à Beauché, continua La Souris à l'intention de Joseph en montrant Grand-Soif du doigt.

— Il va pas chercher le docteur au moins ?

— Il va au bureau d'embauche de la Compagnie.

— Oui, précisa Grand-Soif, si j'peux rentrer à la Compagnie, je lâche Pépère. Plus ça va plus on est mené à coups de gueule, et puis j'en ai marre aussi de crever la faim et de pas avoir de chez moi. Mon idée, ce serait d'aller travailler sur la ligne, de mettre un peu d'argent de côté et puis après de me mettre garde-barrière quelque part, dans une petite maison nette avec un jardin.

Il resta rêveur et plongea dans ses projets d'avenir.

— Ça fait vingt-cinq ans que je travaille dans les fermes. Je m'suis toujours crevé et j'ai pas un sou devant moi… ajouta-t-il avec tristesse. C'est que l'âge vient…

— Et puis, il voudrait se marier, souffla La Souris à l'oreille de Joseph en étouffant de sa main cette confidence.

— Qu'est-ce que tu dis ? interrogea Grand-Soif.

Grand-Soif redevint plus loquace pour dissimuler ses inquiétudes, sa tristesse et ses espoirs. Il raconta les samedis soir chez Alphonsine, quand la quarantaine de gars de la ligne venait rigoler. Ils buvaient ferme, dépensaient en trois heures la paie de la semaine. Parmi eux, deux musiciens les faisaient danser, entre hommes, et c'était des rigolades sans fin, jusqu'à ce que les premiers, ivres d'alcool, de musique et de cris tombent à terre. On les tassait à même le sol en attendant qu'ils soient emmenés par les moins saouls qu'eux, et la fête continuait. Parfois, une bagarre éclatait que l'Alphonsine, à grands coups de ce qui lui tombait sous la main, calmait avec autorité. Jamais un homme n'avait osé répondre. L'autre soir, elle les avait tellement fait rigoler que la bagarre s'était arrêtée avant qu'elle sorte du comptoir. Elle ne trouvait rien pour taper, alors elle gueulait qu'elle allait les assommer à coups de nichons... Quelle rigolade !

Parmi les habitués, il y avait beaucoup de trimardeurs, embauchés sur place et qui avaient troqué pour un temps leur condition de misère et leurs rares journées dans les fermes contre une place de terrassier et une gamelle de rata. Il y avait aussi quelques anciens de la Compagnie qui avaient travaillé sur toutes les lignes de France, depuis vingt ans.

— J'suis même resté cinq ans dans les montagnes pour creuser les tunnels, parce que j'ai été mineur dans ma jeunesse. C'est du pareil au même, creuser la mine ou percer un tunnel : faut creuser avec des pics, boiser, évacuer la flotte et crever de chaud…

Celui-là avait des histoires sans fin à raconter et comme lui aussi parlait d'avenir et de vieux jours, Grand-Soif s'était assis à sa table, l'avait écouté et avait oublié de se saouler jusqu'au sommeil.

— Lui, au moins, il sait qu'il l'aura sa maisonnette à la fin des travaux, et à Beauché encore !

On arrivait au chef-lieu du canton. Les premières maisons défilaient de chaque côté du tombereau. La ligne avait quitté la route pour contourner Beauché par le nord. Ils traversèrent toute la Grand'rue, coupèrent par la place de la Mairie, longèrent le Champ de Foire sans s'y engager et se dirigèrent vers la future gare. La Souris descendit sur la place pour aller prévenir le docteur. Grand-Soif continua jusqu'au bout. Quand le tombereau s'arrêta, il partit au hasard, dépaysé, cherchant des bureaux et des hommes qu'il ne connaissait pas. Joseph se dirigea vers les cuisines, un bâtiment en bois d'où une odeur terrible de graillon sortait. Tout autour, la place, complètement déserte six mois plus tôt, avait pris des airs d'armée en campagne. Des baraquements avaient poussé partout. Des ouvriers travaillaient dans chaque recoin. La Compagnie avait installé des écuries. Des charrons réparaient les tombereaux, des forgerons ferraient des chevaux à longueur de journée, des selliers assis sur de hauts tabourets cousaient des harnais. On livrait du foin, des traverses de bois qui s'entassaient près de la ligne. Partout, on marchait dans des tas de sable, des montagnes de pierres. Des piles de briques rouges et de pierres taillées s'amoncelaient en bon ordre. Des odeurs chaudes de cuisine, de paille, d'urine de chevaux, de crottin et de ciment vous serraient les narines. Dans les yeux de Joseph, des images de préparatifs de guerre s'imposèrent un instant.

Joseph déchargeait les patates et les choux dans une réserve spéciale qui ouvrait sur une sorte de quai de déchargement. Il lui suffisait de tirer ses sacs vers le cul du tombereau, puis de descendre pour les reprendre sur son dos. Par contre, il livrait le cochon et le beurre directement aux cuisines. Un chef et quatre ou cinq aides préparaient des quantités incroyables de nourriture simple et consistante destinée à remplir les estomacs. Quand il eut terminé, il alla voir le régisseur qui nota sa livraison sur un compte. Ils parlèrent un moment et le régisseur écrivit des chiffres et des dates sur des papiers qu'ils signèrent tous les deux. Quand ils se serrèrent la main, Joseph mit le papier dans sa poche. Il avait un large sourire.

Dehors, le vacarme le reprit et le replongea dans l'ambiance phénoménale d'un grand chantier en marche. Il retrouva Grand-Soif qui pestait comme un damné.

— C'est le bordel là-dedans, on trouve personne, on se fait engueuler et y a pas moyen de causer à un chef.

— C'est par ici les bureaux. Viens, j'vais aller avec toi.

Joseph l'entraîna vers d'autres baraquements. Par chance, ils rencontrèrent Sousse-Crottin, la lunette de visée sur le dos. Joseph lui parla et lui montra Grand-Soif.

— Venez par là, dit l'ingénieur, ici, on ne s'entend pas.

— J'ai des commissions à faire, répondit Joseph. Je vous le laisse, je sais qu'il est entre de bonnes mains.

Il s'éloigna tandis que Grand-Soif se frottait les pieds à la porte avant d'entrer. Une demi-heure plus tard, quand le sac de sel et les quatre courses que lui avait données Marguerite furent achetés, il revint chercher Sansonnet et descendit vers l'auberge des Trois-Rois où il avait été convenu de se retrouver. La Souris y était déjà et attendait, trois verres devant lui.

— Tu te laisses pas abattre ! lui dit Joseph en entrant et en prenant place près de lui.

— C'est pour vous deux ; c'était pour garder les places, avec le marché, c'est plein de monde.

De fait, l'auberge bruissait des voix de paysans venus vendre leurs produits et se ravitailler. Le patron eut à peine le temps de les saluer et comme Joseph mettait sans cesse sa main à sa poitrine pour palper la poche intérieure de sa veste, il s'étonna :

— Tu viens encore de chez le notaire ?

— Non, non, j'ai plus de sous !

— Oh ! on dit ça, on dit ça et puis le magot est lourd.

Il rit et partit servir d'autres clients, faufilant son gros ventre entre les tables avec une agilité peu commune.

— Alors, ton médecin ? questionna Joseph en buvant une gorgée.

— Il viendra tantôt. C'est sa femme qui me l'a dit. Il faut qu'elle reste couchée en attendant et qu'elle porte rien de lourd. Faudrait pas qu'il parte… poursuivit La Souris, inquiet.

Joseph essaya de le rassurer en lui expliquant comment les grossesses de Marguerite s'étaient déroulées. Il lui raconta la naissance du premier, les attentes, les préparatifs, l'accouchement dans la chambre. Au bout d'un quart d'heure, Grand-Soif arriva, rayonnant, les pouces passés dans l'échancrure des manches de son gilet, ce qui l'obligeait à lever les coudes et lui donnait un air de gourmand au sortir d'un banquet.

— Il était temps que tu arrives, lui dit Joseph en tirant une chaise. On était prêt à boire ton verre !

— Surtout pas, riposta l'autre d'une voix victorieuse. Faut arroser ça ; fini la culture. Vous avez un employé de la Compagnie devant vous !

Les autres sifflèrent d'admiration forcée tandis qu'il se frayait un passage entre les consommateurs bruyants pour s'asseoir.

— Tantôt, j'fais mon baluchon, j'dis merde à Pépère et demain j'commence.

Il but son verre d'un trait et hurla en levant le bras.

— Une autre tournée, Patron, les bonnes nouvelles, ça s'arrose.

Puis, à voix plus basse, un coude posé sur la table, la tête dans la main, il dit en confidence en approchant son visage de celui des autres.

— Il est chic, Sousse-Crottin, il m'a même promis de faire son possible pour une maisonnette. Pas en ville, bien sûr, dans un bois ou sur une route au milieu de la plaine, mais moi, j'm'en fous… Ce serait quand même une vraie maison !

Ils trinquèrent et rentrèrent à Hennebeaux. Il ne devait pas être loin de midi quand ils se séparèrent.

— Si Marguerite va au Guilandru, suggéra La Souris, faudrait lui dire de venir voir ma femme.

Elle a besoin de causer pour savoir comment ça se passe… C'est qu'il y a plus de grand-mère à la maison pour expliquer !

— C'est d'accord, promit Joseph en dirigeant Sansonnet dans le chemin des Cinq-Muids.

Tout de suite Joseph courut vers Marguerite, seule dans la grande salle. Les garçons étaient partis garder la soixantaine de moutons que Bineux élevait pour le compte de tous. Victorine était partie avec sa grand-mère dénicher les œufs. Il entra en brandissant le papier qu'il venait de faire jaillir de sa poche.

— Cette fois-ci, on la tient vraiment notre chance, cria-t-il. C'est pas cinquante, c'est quatre-vingts cochons que je viens de leur vendre !

— Mon Dieu, répéta Marguerite en posant ses deux mains sur ses joues. On n'y arrivera jamais, c'est trop.

— Pour un, oui, mais pour quatre, non.

Il la fit asseoir et lui expliqua à voix rapide tous ses projets. Elle avait l'habitude : Joseph parlait peu, mais quand sa voix prenait ce rythme, c'était pour dévoiler un plan longuement réfléchi, pensé, pesé.

— J'ai pas dit qu'on va élever quatre-vingts cochons : on peut pas, j'pourrais pas les nourrir. Alors voilà ce qu'on va faire : on achète encore cinq truies et on aménage nos bâtiments pour élever quarante cochons. Les quarante autres, on va s'entendre avec Albert, Édouard, et Bineux s'il veut, pour qu'ils les élèvent. Je vends tout à mon nom et on se partage les bénéfices.

Marguerite gardait le visage fermé de l'inquiétude.

— Tu vois grand maintenant… Tu me fais peur par moments.

— Mais non, c'est du tout cuit !

— Et le travail ? On fournira pas.

— On a Alphonse. Il reste ici à l'année, maintenant.

— Ça aussi me fait peur. Du Barrel t'a menacé et tu n'en tiens pas compte. Il va nous mettre des bâtons dans les roues.

— N'aie pas peur, cela aussi je l'ai prévu.

Par son copain de Cormainville, Joseph avait appris que le fameux syndicat agricole venait de se constituer. Depuis un mois, tous les deux faisaient partie des deux cents premiers adhérents. Le Syndicat agricole de la Beauce et du Perche – c'était son nom – devait organiser, pour ses adhérents, l'achat des semences, des engrais, des produits et tenter la commercialisation des grains. Il devait aussi, par la force de tous ses membres, défendre ceux que l'injustice accablait. Il fallait recruter, être nombreux. Son copain, qui faisait partie du conseil du syndicat, lui avait rapporté que l'idée d'un grand crédit agricole ouvert à tous les syndiqués était en gestation. Des fonds pourraient être prêtés à ceux qui en auraient besoin. Et Joseph comptait bien être de ceux-là pour rembourser son prêt par anticipation et se libérer des menaces de Du Barrel. Marguerite savait tout cela, et pourtant, elle tremblait.

— Sois confiante, lui répétait Joseph. On va faire une bonne année et pour peu que le ciel nous aide un peu, l'année prochaine sera meilleure. Les autres reconnaissent en nous des cultivateurs de progrès. On fait l'admiration de tous. Les gros sont en perte de vitesse. Tiens, même Grand-Soif quitte la culture pour aller travailler à la ligne. Faut aller plus loin au contraire. On a encore une chance pour le remembrement. Il faut faire un grand coup. Je vais inviter tous les paysans, même Du Barrel et Buffétrille, et la Compagnie aussi et des gars du syndicat. C'est la dernière limite mais on peut encore réussir.

— Attention, Joseph ! Si tu tombes, tout le monde t'écrasera et il ne restera rien de nous.

— Mais, je ne vais pas tomber. On est déjà plus de deux cents à travers tout le département. D'autres viennent tous les jours. Il n'est plus nécessaire de se taire maintenant. Au contraire, il faut aider les autres à prendre conscience de notre force. Tous ensemble, nous pouvons encore beaucoup progresser, vivre mieux, tu comprends, vivre mieux.

— J'ai confiance en toi ; t'es tellement convaincu ! dit-elle en se levant et en allant inscrire sur le cahier des comptes ce qui venait d'être livré.

— Mais les autres, ajouta-t-elle, est-ce qu'ils suivront les autres ? Est-ce qu'ils ne se laisseront pas mener par ceux qui possèdent, comme cela s'est toujours fait ?

Pour toute réponse, Joseph l'embrassa et lui tendit le contrat signé avec la Compagnie :

— Cette année, on peut rembourser, conclut-il. De toute façon, Du Barrel ne pourra rien avant l'an prochain. Et l'an prochain, le crédit agricole sera peut-être né !

— Peut-être… répéta Marguerite à voix basse.

XVI

La punition

EN PLUS DE L'ARRACHAGE des pommes de terre qui prenait beaucoup de temps, Joseph avait entrepris d'arracher ses carottes blanches et de constituer des silos avant que les premiers grands froids et les insectes de l'hiver ne ruinent sa récolte. Les quatre mines de carottes donnaient bien, et sans être exceptionnel, le rendement était bon. Joseph comptait sur une production de deux cents quintaux environ. Pour l'instant, aucun animal n'attendait cette nourriture, mais dès le mois prochain, les six truies allaient exiger une nourriture abondante et riche. La porcherie finissait d'être aménagée et s'il attendait encore, c'était uniquement parce qu'il voulait des animaux capables de lui donner une progéniture nombreuse, solide et de bon rendement. Les autres marchaient avec lui. Édouard et Albert projetaient d'acheter deux truies supplémentaires chacun. Bineux élèverait tous les porcelets que la sienne mettrait bas, sans en vendre aucun au sevrage comme il le faisait habituellement. Dans le pré, là où les mailles rondes présentaient avec orgueil la prospérité de la maison, une couche de paille avait été étalée sur le sol nettoyé. C'était un endroit sain, sec, protégé des vents froids. Au fur et à mesure que les racines arrachées quelques jours auparavant, bien ressuyées au soleil d'automne, étaient séparées de leurs feuilles, Alphonse et Joseph les envoyaient dans le tombereau.

— Dommage qu'on ait pas plus de vaches ou de cochons en ce moment, regretta Joseph, toutes ces feuilles qui vont se perdre !

— On pourrait en porter un tombereau chez les autres, proposa Alphonse. Ce serait autant d'herbe économisée dans les prés.

— T'as raison… Je vais leur en parler.

L'entraide devenait chaque jour un peu plus étroite entre eux quatre. Chacun apportait son travail, ses compétences, sa foi. Les qualités des uns compensaient les défauts des autres ; tous sentaient que cette formule d'entraide leur épargnait de multiples travaux pénibles, des journées longues et fatigantes tout en leur procurant des ressources plus importantes. Ces quatre-là avaient parlé avec fougue le jour de la réunion. Beaucoup de monde y était venu : tous les petits paysans, la moitié des moyens ; seuls les fermiers qui ne possédaient rien en propre s'étaient abstenus.

Buffétrille avait créé la surprise en arrivant sur sa jument. La Compagnie était représentée par Sousse-Crottin que deux autres ingénieurs et un administrateur accompagnaient. Bien qu'il fût présent dans tous les propos, Du Barrel était absent. Si l'absence du propriétaire était admise, celle du maire et conseiller général fut quasi unanimement critiquée.

— Il a pas été foutu de nous avoir une gare et maintenant, il va pas être foutu de représenter la commune. Va chercher le forgeron, ordonna Buffétrille au petit Jean. Lui, au moins, ne nous fera pas faux bond.

La parole portait toute la morgue du riche envers le puissant. Le verbe fut cinglant et donna le ton à toute la réunion. Calmement, Joseph prit la parole et exposa une nouvelle fois le principe de la répartition de l'emprise et du remembrement. Il cita l'exemple d'une commune de la Seine-et-Oise où la répartition n'avait pas été acceptée, mais où la Compagnie avait accepté de financer, conjointement avec les propriétaires, la commune et le conseil général, les frais occasionnés par les mutations du remembrement. Les représentants du syndicat prirent ensuite la parole essayant de convaincre les paysans de l'énorme chance que pouvait représenter un remembrement. On les sentait encore un peu tendus, inexpérimentés, inhabitués aux réunions publiques, mais ils parlaient le langage de la terre, le langage commun à tous les hommes de la campagne. Les hochements de tête prouvaient que personne ne se perdait dans les discussions. Tour à tour, les représentants de la Compagnie prirent également la parole. Sousse-Crottin donna des chiffres, des dates. L'autre ingénieur expliqua avec force arguments les raisons qui n'avaient pas rendu possible l'implantation d'une gare à Hennebeaux. Il avoua qu'en vérité, il n'en avait jamais été question et que la Compagnie n'y avait pensé que lorsque la rumeur publique avait soulevé le problème.

— Et notre maire, il ne vous l'a peut-être pas demandée cent fois, l'attaqua Gaston.

— Monsieur le maire n'a formulé aucune demande, non Monsieur, répondit courtoisement l'ingénieur.

— Il nous l'a pourtant dit cent fois qu'il avait le bras long et qu'il ferait son possible, continua Gaston.

— T'as pas encore compris que la seule chose qui intéressait ton maire, c'était de repousser la ligne chez les autres, lui répondit Édouard. Ta gare, ta terre, ta culture, il s'en fout pas mal !

— S'il n'est pas venu ce soir, argumenta Buffétrille tout vinaigre, c'est peut-être qu'il aurait du mal à nous expliquer ! Ce que Gaston vient de dire, c'est la pure vérité vraie !

La réplique tomba comme une sentence. Des hochements de tête nombreux approuvèrent. Enfin, l'administrateur de la Compagnie parla. Il avait la voix pointue que doivent employer les gens importants dans les beaux immeubles parisiens. Il vouvoyait tout le monde et ajoutait des « n'est-ce pas ? » à la fin de toutes ses phrases. Il parla argent. Les oreilles se tendirent. Même les gars du syndicat avancèrent leurs fesses au bord des sièges pour avoir l'impression d'être plus près de l'orateur.

— La Compagnie a conscience d'apporter dans toutes les régions qu'elle traverse un progrès qui retombera directement ou indirectement sur tous ses habitants. Mais on ne fait pas d'omelette sans casser d'œufs, n'est-ce pas ? Nous avons aussi conscience de provoquer des désagréments et des gênes, en particulier à vous, paysans propriétaires dont les terres sont coupées par cette ligne. Aussi, en Seine-et-Oise, le conseil d'administration de la Compagnie a accepté le principe d'un financement partiel d'un remembrement. Il est en cours, à la satisfaction générale semble-t-il. Mais, n'est-ce pas, la première condition est votre accord. Ensuite, il faudra l'accord de principe du conseil municipal et du conseil général, pour financer le complément, n'est-ce pas ?

Joseph était assis à côté de son copain de Cormainville, venu avec trois autres pour le soutenir. La discussion tournait bien. Joseph ne quittait pas des yeux Buffétrille. S'ils pouvaient emporter le oui de ce gros propriétaire, d'autres suivraient. Joseph était confiant, optimiste. Il lui semblait que cette réunion allait enfin aboutir à un accord. Malheureusement, petit à petit, la conversation s'enlisa sur des points de détail. Chacun avait l'impression d'être lésé dans l'affaire. Joseph avait beau répéter toutes les cinq minutes :

— Mais pense à ta terre, imagine une seconde que tu ne possèdes que deux ou trois parcelles : quel progrès pour cultiver. Pense à tes rendements, pense à ta peine.

Des contradictions venaient toujours.

— Mais enfin, si je laisse sept hectares, et que le remembrement ne m'en redonne que six et demi, j'aurai pas mon compte !

— Mais si, expliquait le copain de Cormainville. La qualité sera meilleure et tu récolteras autant que sur tes sept.

— Et alors ? D'autres donneront sept pour en recevoir huit. Ce seront des terres de qualité inférieure qui n'auront ni plus de valeur, ni plus de rendement.

— N'empêche, huit contre sept, il sera pas perdant.

— Personne ne doit être perdant, reprenait Édouard. Personne ne doit être gagnant non plus : chacun doit bénéficier d'une juste compensation.

Cela fut long et devint orageux. Les esprits se braquaient à nouveau. Buffétrille ne prit la parole qu'à la fin.

— Moi, la Compagnie me prend six mines. C'est un pour cent et demi de ma ferme ! Le remembrement, je veux pas en entendre parler, c'est du rêve et des idées de livres ; c'est pas possible sur le terrain. Par contre, étant donné que je donne ma juste part, il faudrait que tout le monde soit dans le même cas. C'est pas juste qu'Édouard, par exemple, donne près de quatre pour cent de sa ferme alors que d'autres qui en possèdent plus de trois cents ne donnent pas un boisseau. Là, Joseph a raison.

— Mais la répartition sans remembrement n'est pas possible, contesta Joseph avec amabilité car Buffétrille avait fait un grand pas.

— Si, c'est possible, trancha Buffétrille, il suffit de procéder à des échanges à deux ou à trois, comme nous avons toujours fait pour regrouper nos parcelles !

— Qui serait favorable à la répartition et au remembrement ? demanda l'administrateur de la Compagnie.

Neuf mains se levèrent, dont celle de Buffétrille, celles des paysans les plus durement touchés par la ligne. Ceux, qui avec la répartition auraient laissé plus que ce qui leur était demandé, étaient contre. Joseph fut déçu. Ses idées de solidarité n'avaient pas pénétré les esprits.

— Réfléchissez encore, termina Joseph. Qui sait si, dans dix ou vingt ans, une autre ligne ne coupera pas d'autres parcelles ?

— Ne réfléchissez pas trop longtemps, précisa l'administrateur en se levant. Après le 31 décembre de cette année, la Compagnie considère ce projet définitivement arrêté et n'y consacrera pas un centime de plus que les prévisions.

Alphonse tira le cheval, et le tombereau chargé de carottes s'ébranla jusqu'au silo. En y arrivant, Alphonse tira la barre de bois et fit basculer le tombereau en arrière. La charge blanche et verte vint échouer sur la paille avec un roulement sourd. Les deux hommes relevèrent les racines tombées hors de l'emplacement, et repartirent dans le champ. Le tas grossissait, s'allongeait, promettait une nourriture inépuisable pour les cochons à naître. Toute la matinée et l'après-midi se passèrent en allers et retours réconfortants. Les mailles, le silo, la porcherie agrandie rassuraient Joseph à chaque fois que son regard s'y posait.

Vers les 5 heures, Joseph eut un coup au cœur en relevant la tête, une poignée de carottes à la main : le tilbury de Monsieur Du Barrel s'arrêtait sur le chemin des Cinq-Muids et l'homme en descendait. Joseph comprit qu'il venait le voir. La visite dans le champ de blé s'imposa à son esprit et, avant même qu'il n'eût mis le pied dans le champ, il fut clair qu'il ne venait pas pour une visite de courtoisie.

— Alphonse, dit Joseph, il vaut mieux que tu ne restes pas là, rentre à la maison.

Tandis que l'ouvrier s'éloignait à grands pas, l'autre finissait d'attacher sa jument à un arbre. Il marcha vers Joseph, veillant à poser les pieds dans les parties les plus sèches des terres, ce qui l'obligeait à une démarche hésitante. Quand il fut à une dizaine de pas de Joseph, il se raidit, devint grand, sec, dur. Joseph se releva et le salua.

— Bonjour, Monsieur Du Barrel.

Il ne répondit pas et continua à le regarder fixement sans mot dire. Puis, il entreprit un monologue longuement préparé.

— J'ai essayé de t'aider, mais ta reconnaissance à mon égard a été de bien courte durée. Voilà que tu fais de la politique contre moi à présent ! Oui, on m'a raconté en détail la… réunion… que tu as organisée chez toi avec le fameux syndicat dont tu fais partie. Paraît qu'on y a beaucoup parlé de moi. Décidément, tu ne t'es pas contenté de semer des braises dans la campagne, maintenant tu souffles dessus pour les attiser et mettre le feu partout. C'est la révolution que tu cherches à faire exploser, c'est clair. Aussi clair que toi et tes amis voulez me faire sauter aux prochaines élections cantonales. Vous voulez voler la terre des autres avec votre répartition et votre remembrement : voilà la vérité qui se cache derrière tes idées. Mais toi, pas fou, tu manigances avec la Compagnie pour ramasser de l'argent à la pelle. Nous, on ne trouve plus d'ouvrier à un prix convenable, mais Monsieur est comme la Compagnie, il embauche à des prix forts. Bref, c'est la guerre entre nous.

— Je ne fais pas de politique et je n'ai jamais eu l'intention de vous faire tort, contesta Joseph ; je veux m'en sortir en utilisant le progrès, c'est tout.

— Pas de mielleries ! D'ailleurs, ma décision est prise. J'ai prévenu Maître Charreau hier au soir et j'ai signé : j'ai enlevé la caution que j'avais apportée sur ton prêt.

— Mais l'annuité sera remboursée, j'ai l'argent, protesta Joseph, dont le cœur s'était soudain mis à battre très vite.

— Mon ami, reprit l'autre d'un ton hautain, j'espère pour toi que tu en as de l'argent. Le contrat prévoyait cette éventualité : si j'enlève ma caution tu as vingt et un jours pour rembourser le solde du prêt, tu entends, la totalité, sinon le contrat sera appliqué à la lettre et tu connais la façon dont ta terre sera vendue !

— Mais c'est injuste ! dit Joseph qu'une colère blanche saisissait tout entier. Je paie, je respecte le contrat, vous ne pouvez pas faire ça ! C'est du vol !

— Ah ! je ne peux pas ! Va donc relire ton contrat ! À vouloir faire de la politique de rouge, on gagne le gros lot. Pourquoi faudrait-il que je favorise les turpitudes de quelqu'un qui me manifeste tant d'hostilité ? Où allons-nous avec des républicains de ton style, des syndicalistes illettrés incapables de lire un contrat ! ironisa-t-il victorieux.

Il tourna les talons et s'éloigna. Une vingtaine de pas plus loin, il se retourna et lança :

— Vingt et un jours à compter de la visite du notaire : il va venir demain ; vingt et un jours : la totalité !

— Vous êtes un misérable, lui cria Joseph. C'est plus qu'un vol que vous avez prémédité. Vous me condamnez à la misère.

Du Barrel remonta dans son tilbury et mit son cheval au trot. Il s'éloigna dans la plaine. La silhouette mince et raide de l'homme se découpa dans la clarté de l'horizon. Joseph avait gardé des carottes à la main. Une immense douleur faite de désespoir et de rage le faisait trembler. Il resta quelques secondes à suivre le tilbury, puis il lança avec violence les carottes qu'il tenait à la main.

— Fumier, salaud, misérable ! Y a qu'un moyen de discuter avec des gens comme toi, c'est de te foutre la tête sous la guillotine ! Tu traites les hommes comme des bêtes. Tu fais marcher tout ton entourage à genoux. Tu…

Joseph vidait dans la plaine toute la violence accumulée dans son cœur ; l'autre ne pouvait rien entendre. Quand il fut un peu soulagé d'avoir tout crié, il se mit à pleurer comme un enfant blessé :

— C'est foutu ce coup-là, c'est foutu, j'm'en sortirai pas… Il avait pas le droit… C'est un fumier, un fumier !

Il hurla la dernière syllabe et le « ier » du mot se prolongea en un cri de douleur jusque dans le bois du Pendu. Abattu, désespéré, ne voyant aucune solution, Joseph se mit à courir vers la maison. Dans la salle, Marguerite crut voir entrer un homme rendu fou par la vision d'atrocités. Il se jeta dans ses bras et pleura sans explications, comme un soldat brisé, comme une mère dont l'enfant vient de passer. Des larmes froides, amères, mauvaises comme du fiel coulaient jusque dans son cou.

Marguerite l'entraîna dans la chambre. Quand la porte fut fermée, elle se mit à lui caresser les cheveux en lui tenant la tête blottie contre sa poitrine. Elle ne posait pas de questions. Il fallait le laisser vider sa douleur. Elle comprit petit à petit que le malheur venait d'arriver, et ce ne pouvait venir que de la terre. Des larmes silencieuses coulèrent sur ses joues. Elle parla doucement, comme pour consoler :

— C'était trop beau… On avait trop de chance… Ça pouvait pas durer longtemps…

Alors, lambeaux par lambeaux, Joseph lui expliqua le formidable vol que Du Barrel préparait.

— Il avait pas le droit, c'est injuste ! répétait-il.

Puis les larmes cessèrent, taries, subitement. La douleur fit place à un besoin de combattre. Il était sûr, absolument sûr que la justice – pas la justice des lois, mais la justice de l'intelligence et de l'esprit – était de son côté. Il se ressaisit. Il sortit le contrat et chercha les dispositions qui permettaient ce coup bas. Il les trouva au bas d'une page en deux lignes :

« La caution pourra être retirée ; dans ce cas, l'emprunteur aura vingt et un jours à compter de la notification par le notaire pour se libérer du solde du prêt, soit en le versant audit notaire, soit en procédant à la vente de tout le lot de terre, garantie du prêt dans les conditions ci-après exclusivement. »

Joseph lut, relut et comprit que la loi était avec Du Barrel. Il ne lui restait qu'une possibilité : trouver vingt mille francs avant la fin du délai s'il ne voulait pas voir ses terres lui échapper.

— On a bien quatre mille de côté ! précisa Marguerite.

Alors, toutes les solutions furent passées en revue : Albert, Édouard, Bineux… Mais, à eux trois, ils ne pourraient sans doute pas apporter plus de mille francs. Les cousines… peut-être si les travaux et les achats ne leur avaient pas laissé le porte-monnaie vide. Ils envisagèrent même de demander à Buffétrille… trop humiliant.

— Le syndicat... faut que je voie tout de suite le syndicat, se mit à répéter Joseph.

À partir de ce moment, il n'écouta plus rien, il tourna, s'agita, se persuada que le syndicat allait tout arranger, faire plier Du Barrel et le contraindre à je ne sais quel retrait de signature. Le syndicat allait le protéger ! Il pesta à plusieurs reprises contre ce crédit agricole qui ne finissait pas de voir le jour :

— Mais qu'est-ce qu'ils foutent ? Pourquoi attendent-ils ? Ce sera lui notre véritable arme !

— Peut-être ces gens-là barrent-ils la route, lui dit Marguerite pour tenter de le calmer. La banque, c'est plus leur domaine que le nôtre !

Il voulut partir à Cormainville chez son copain. Lui faisait partie du bureau ; lui, c'était un peu le syndicat. Il pourrait lui expliquer, lui dire ses droits, le conseiller. Marguerite lui montra le soir qui déclinait. Il ne voulut rien entendre, il s'habilla et cria à Alphonse de préparer Sansonnet avec la selle. Il fallait qu'il bouge, qu'il s'épuise en actions. Quand il arriva à Cormainville, son copain et toute sa famille semblaient l'attendre dans la grande salle où un feu crépitait dans la cheminée. 8 heures sonnaient. Pierre lisait, une petite fille sur les genoux. La femme tricotait. Le garçon jouait sur la table.

— Qu'est-ce qui est cassé pour que tu viennes à cette heure ? s'étonna Pierre.

— Une catastrophe, je vais t'expliquer, souffla Joseph en s'asseyant.

— Allez dans le bureau, dit doucement la femme. Vous serez plus tranquilles. Ici, avec les enfants…

Ils passèrent dans une pièce qui ne servait qu'à faire les comptes et les écritures, une pièce réservée uniquement à la gestion de la ferme. Joseph s'en étonna :

— Oui, mon vieux, expliqua Pierre en prenant sa pipe de fine bruyère entre ses doigts, plus le temps passera, plus le travail d'une ferme s'effectuera dans un bureau… Avec le syndicat, j'ai tellement de papiers !

— Justement, reprit Joseph, c'est le syndicat que je viens voir.

Il lui raconta tout. Quand il eut terminé et que le silence revint dans la pièce, Pierre regarda son ami en souriant. De longues effluves de fumée bleutée montaient jusqu'au plafond. Pierre ne dit pas un mot, alla jusqu'à un coffre dissimulé dans un angle de la pièce et revint en comptant sur le bureau vingt billets de mille francs qu'il glissa ensuite dans une enveloppe.

— Ton propre argent, vaut mieux que tu le gardes pour l'instant.

— Faut faire un papier, dit Joseph, surpris. Cette somme ne va pas te faire défaut au moins ? Tu ne vas pas te créer des problèmes ?... Mais faut faire un papier...

Pierre semblait ravi de le voir ému et agité par cette inquiétude que procurent les solutions inespérées.

— Si, cela va me gêner un peu. Tu vois, ces vingt mille francs devaient payer du matériel neuf. Mais mon matériel est encore bon, il peut attendre un an !

— Merci, dit Joseph en baissant la tête.

— Dans quelques mois, notre crédit agricole va naître, continua Pierre. J'espère bien que des situations comme la tienne ne se reverront plus, elles sont trop injustes !

Ils ne parlèrent plus désormais que d'agriculture, de matériel, de semences, de rendements. Entre eux, la passion de la culture avait remplacé la passion de la terre de leurs pères. La terre n'était déjà plus une fin en soi, elle n'était plus qu'un outil indispensable qu'il fallait préserver. Le besoin frénétique de posséder s'estompait et faisait place à l'envie de bien féconder la terre. Ils parlèrent aussi des paysans, de leur vie, de leur inertie, de leurs peurs et de toutes les pressions qui s'exerçaient sur eux pour les maintenir immobiles. Joseph raconta la ligne et le chantier. Il dit que les journaliers partaient se louer et quittaient les fermes.

— J'espère qu'ils comprendront et qu'à leur retour dans les fermes, à la fin des travaux, ils sauront aussi s'organiser, créer des caisses de solidarité, pour les accidents par exemple, ou pour les vieux… Nos fermes seraient bien mieux exploitées si nous avions des ouvriers plus heureux, mieux payés, plus instruits surtout. Aujourd'hui, les fermes recherchent les plus idiots pour les payer le moins possible : c'est une erreur ; l'agriculture a besoin d'intelligence autant que de bras, et ce sera de plus en plus vrai au fur et à mesure que les machines arriveront.

L'instruction, oui, tout était contenu dans ce maître mot. Pierre fondait des espoirs infinis dans ces nouvelles lois qui venaient d'être votées et qui allaient planter en quelques années des écoles dans tous les villages. L'école obligatoire, voilà ce qui était important.

— Nous aussi, nous devons nous préoccuper d'instruction dans notre domaine agricole. Nous lançons un journal où les techniques modernes seront exposées. Il faudrait faire plus. Tiens, nous sommes deux à vouloir lancer des cours pour les jeunes et peut-être aussi pour les moins jeunes, l'hiver… quelques semaines quand il gèle par exemple. Quel progrès ce serait ! L'esprit de progrès des villes ramené dans nos campagnes !

Il était minuit passé quand Joseph enfourcha Sansonnet. Il était saoul de paroles et d'idées, ivre d'avenir et de confiance dans le progrès.

— Pour le prêt, te tracasse pas, je vais prévenir mon notaire, lui dit Pierre dans la cour. On signera un papier, mais il n'y aura pas d'autres conditions que le remboursement.

La poignée de main fut chaleureuse et se prolongea longtemps. Sansonnet prit le trot dès la sortie de la ferme. Dans la nuit où des blancheurs incertaines éclairaient le chemin, le bouillonnement de sa tête se calma un peu. L'image de Du Barrel ne lui revint en tête que plusieurs kilomètres plus loin. Elle était fade, lointaine, misérable. Il palpa sa poche intérieure du même geste que celui qu'il avait eu le jour où il était allé chez le notaire. L'enveloppe était bien là. Était-il donc si facile d'échapper à la misère et au désespoir ? La solidarité n'était donc pas un vain mot ?

Le lendemain matin, Joseph ne quitta pas la ferme. Alphonse alla aux champs avec les enfants. Le notaire vint vers les 11 heures. Il se présenta dans les formes imposées par la loi, demanda à s'asseoir et ouvrit sa serviette. Il lut deux papiers : une lettre signée de Monsieur Du Barrel et les dispositions du contrat sur la caution. Le notaire lui remit également une notification qui stipulait que Joseph devait rembourser dans les vingt et un jours, sous peine de voir la vente au profit de Monsieur Du Barrel s'effectuer selon les termes du contrat.

Marguerite et Joseph écoutèrent calmement, et leur sérénité inquiéta le notaire qui levait les yeux sans cesse pour épier leur réaction. Tous deux demeuraient debout de l'autre côté de la table, sereins. Quand le notaire se tut, Joseph le regarda fixement. L'homme de loi était tellement sûr de faire avoir les terres à son ami Du Barrel que déjà il rangeait ses papiers et s'apprêtait à partir. Joseph ouvrit le tiroir du meuble, sortit les vingt billets de mille qu'il jeta sur la table. Les billets s'étalèrent en éventail. Le notaire fut stupéfait, muet de surprise. Il ne bougeait plus.

— Je veux un reçu, ordonna Joseph.

— Oui, Monsieur Pichot. Si on m'avait dit…

Il rédigea le reçu, le signa, le tendit. Les paysans prenaient toujours les papiers sans les lire, de peur de vexer celui qui le rédigeait. Joseph prit le temps de le lire avant de le passer à Marguerite.

— Pour le peu d'intérêt, continua Joseph, faites le compte au plus vite, je veux plus vous devoir un centime.

La voix était ferme et forte. Petit à petit, la confusion du notaire se changeait en inquiétude, comme s'il pressentait que l'attitude de Joseph ouvrait une nouvelle ère. Il sortit, monta dans sa carriole en bredouillant quelques mots auxquels Joseph ne répondit pas et tourna dans la cour. Quand l'attelage vira devant eux, Marguerite jeta avant qu'il ne franchisse le portail :

— Dites à votre client qu'il a commis une grave injustice et aussi une grave erreur !

Et pour la première fois peut-être, elle mit dans sa voix toute l'assurance qu'un avenir meilleur lui promettait.

XVII

L'inauguration de la ligne de chemin de fer

Albert était tout endimanché dès neuf heures et demie, et il n'arrêtait pas de venir voir ce que fabriquait Joseph.

— Dépêche-toi, j'te dis qu'on va arriver les derniers.

— Mais non, répliquait Marguerite que le gros ventre commençait à alourdir, il ne passe pas avant 11 heures votre train, vous arriverez ben à temps !

Albert repartait pour revenir cinq minutes plus tard.

— Toi aussi, Marguerite, faut que tu te dépêches, on peut pas se permettre d'arriver en retard !

— Albert, tu me les casses, finit par lui répondre Joseph à qui les lacets neufs résistaient entre les doigts gourds. C'est à 11 heures. Qu'on parte à dix heures et demie, ce sera bien suffisant !

Albert rebroussa chemin une nouvelle fois. Il passa le doigt entre son cou et sa cravate trop serrée, et se tordit la tête pour essayer de détendre le col. Il tourna dans sa cour, vérifia le bon harnachement de la jument. Aux élections du printemps dernier, Camille avait été élu maire. Albert, contre toute attente, avait hérité de la place de premier adjoint. Un vent de changement avait soufflé sur le village, le forgeron avait succédé au propriétaire terrien, le petit paysan avait remplacé le forgeron, comme si les places qu'ils avaient obtenues avaient été attribuées en fonction de l'importance de leur activité, aux yeux des hommes du village. Pour la première fois, l'industrie avait devancé la terre, le progrès avait supplanté la tradition. Moins de deux ans après que Du Barrel soit venu dans le champ de carottes, les choses avaient beaucoup changé. La ligne était totalement terminée. Des draisines circulaient de temps en temps pour transporter du matériel, mais le train inaugural passait aujourd'hui à 11 heures. La ligne serait officiellement ouverte par toutes les personnalités, ministre de l'Industrie et du Commerce en tête, préfet, députés, sénateurs, conseillers généraux, autorités militaires et religieuses, financiers de la Compagnie. Bref, un train rempli de beau monde.

Hennebeaux n'avait évidemment pas eu sa gare. Il avait été décidé que le conseil municipal et la population au grand complet attendraient au passage à niveau de la route de Marville qui allait prendre, pour un jour, des allures de gare de remplacement. Camille devait accueillir les personnalités à la descente du train, faire un discours. Albert, lui, avait été chargé de tous les détails matériels : le ruban tricolore en travers de la voie, le coussin pour déposer des ciseaux, la petite fille aux fleurs, le rosé pour le vin d'honneur, les places des officiels. Bref, une responsabilité écrasante pour lui. Trois mois séparaient à peine son élection.

— Viens donc m'aider ma pauvre Marguerite. Plus j'm'énerve, moins j'arrive à faire cette foutue bouclette, avoua Joseph en sueur.

Il posa le pied sur le banc et Marguerite lui laça les chaussures. Joseph lui passa la main sur le ventre.

— L'a pas à se préparer celui-là, au moins, pas de bouclettes à faire à ses chaussures…

Victorine répétait qu'elle était la surprise, parce que sa mère lui racontait de temps en temps qu'elle était arrivée quelques années après les garçons, à un moment où on n'y pensait plus.

— Moi, j'suis peut-être la surprise, disait-elle, depuis qu'elle avait constaté que le ventre de sa mère grossissait, mais elle, c'est la catastrophe !

— T'es bête, disait son père en riant, on est très contents, même si ta mère ne se rappelle plus comment on emmaillote un tout-petit.

— D'abord, avait décrété Jean, ce sera un petit frère, et il s'appellera Baptiste, et il sera calme, lui !

— Et pourquoi que ce serait pas une fille ? répliquait Victorine en posant ses deux petits poings sur ses hanches.

— Parce qu'on sera pas trop de trois garçons pour te supporter.

— Ces choses-là, renchérissait la grand-mère, on ne les décide pas ; le bon Dieu les donne quand il trouve que le moment est venu. Il faut accepter comme il le décide !

La surprise avait effectivement été grande, et Marguerite avait tellement douté le premier mois, qu'elle n'avait rien dit. Elle ne s'était décidée qu'à la fin du second mois quand le doute n'était plus possible. Au début Joseph avait paru content, franchement heureux par la suite.

— Surtout Victorine, quand tu vas apporter le coussin au ministre, fais attention de ne pas tomber, recommandait Marguerite en étirant les cheveux de l'enfant. Regarde où tu mets les pieds, sois souriante, mais ne le regarde pas dans les yeux, c'est effronté. Ensuite, tu reviendras vers Monsieur le maire et tu resteras sage.

— Mais, pourquoi tu dis que Camille c'est « une mère », il est maréchal, s'inquiétait l'enfant.

— Si c'est pas malheureux de faire tant d'honneur à ça, ricana Jean qui avait parfaitement retenu sa leçon sur le conseil municipal. Elle fait aucune différence entre un maire et une mère. C'est comme si elle confondait un cheval et une vache ! C’est bien parce que t’es une fille, ma petite, que t’as été choisie !

Joseph enfila sa veste noire. La grand-mère amarrait son chapeau fleuri dans l’épaisseur de son chignon. Marguerite fourbissait encore les enfants. Pierre, l’aîné, qui à douze ans venait de décrocher son certificat d’études, monopolisait le petit miroir pour donner un cran à une mèche rebelle.

Albert revint voir. Il passa la tête par le vantail ouvert.

— On y va, on est prêts, triompha Joseph.

Mais un bouton de sa veste céda peu après. Il fallut que la grand-mère sorte une aiguille et du fil. Cela fit perdre du temps.

— Bougez donc pas, j’vais finir par coudre la chemise avec le gilet, geignait-elle, tandis que le gendre dansait, d’un pied sur l’autre.

Enfin, sur le coup de 10 heures, ils montèrent tous les neuf dans la carriole décorée d’Albert. Même la jument avait été parée de fleurs et ses grelots brillaient comme de l’argent. Elle traversa le bourg et prit la route de Marville. Le passage à niveau était à mi-chemin, à un kilomètre de Hennebeaux et de Marville. Depuis quatre mois, Grand-Soif s’était installé avec sa femme dans cette maisonnette toute neuve. Le miracle était passé sur lui : il ne fréquentait plus l’auberge. Il ne traînait plus derrière lui son odeur de détresse.

Après le chantier de Hennebeaux, la Compagnie l'avait affecté au roulage, plus bas, du côté de Bonneval. Là-bas, on lui avait présenté une veuve encore jeune dont le mari avait été tué sur le chantier. L'affaire s'était faite. Il ne s'agissait certes pas du coup de foudre de deux jeunes passereaux, mais à leur âge, la raison était bien meilleure conseillère que l'amour. D'un seul coup, Grand-Soif s'était retrouvé à la tête d'une famille toute faite où deux fillettes attendaient un père. Seule sa voix n'avait pas changé. Elle gardait son volume impressionnant, et ses propos s'imageaient toujours de paroles coquines, du moins quand les petites n'étaient pas là. Il prenait son rôle de père très au sérieux et voulait pour elles une éducation exemplaire.

Parmi les blés mûrs, on ne voyait rien de la ligne. On devinait son passage au toit de tuiles de la maisonnette et aux poteaux qui venaient d'être plantés. La carriole courait sur le chemin, ses roues crissantes soulevant une poussière blanche au passage. Les deux familles endimanchées transpiraient sous leurs beaux habits. De Hennebeaux, d'autres carrioles sortaient pour suivre la même route. Les enfants, assis sur les bancs arrière, se faisaient face et parlaient en riant. On arriva bientôt près de la maisonnette. Des mâts avaient été plantés et une quantité impressionnante de drapeaux flottaient au vent. Le passage à niveau avait été décoré. Sur tous les rebords de fenêtres, Grand-Soif avait mis des fleurs. Il avait accroché des petits drapeaux en papier, partout jusque sur la margelle du puits et la niche du chien. Sur le terre-plein, maintenant dégagé des pierres et des traverses qui y avaient été entreposées pendant toute la durée du chantier, des tréteaux portaient les planches des tables. Les verres s'alignaient au milieu des fleurs et du lierre de la décoration. Une longue main courante avait été installée à la hâte, plus loin dans un champ d'escourgeon fraîchement coupé, pour remiser les carrioles des arrivants. Une quarantaine de personnes étaient déjà présentes, des conseillers et leur famille pour la plupart.

— Tu t'es endormi, ou t'as une vache qu'a vêlé ? interrogea Grand-Soif en s'adressant à Albert. C'est toi le responsable de tout le fourbi, remue-toi.

— Ne nous énervons pas, répétait Camille, tout a été préparé et chacun a son travail.

On descendit. Marguerite tenait son gros ventre ; elle se laissa tomber dans les bras que Joseph lui tendait.

— Va donc, on t'attend, dit Joseph à Albert.

Il le poussa vers le passage à niveau et saisit la jument à la bride, pour aller la remiser dans le champ. Quand il revint, la femme de Grand-Soif avait fait asseoir Marguerite à l'ombre, à côté de la femme de La Souris qui tenait sur ses genoux un poupon tout habillé de blanc.

— Depuis un mois, il prend un peu plus et ses petites jambes se raffermissent, expliquait-elle. Il se lève, il va pas tarder à partir maintenant.

— Vous inquiétez pas, on en a vu d'autres des prématurés, disait la grand-mère. Ils étaient tout petits à la naissance, et puis après, ils sont devenus aussi costauds que les autres. Regardez le gars à la mère Chaboche : lui aussi il est resté plusieurs mois entre la vie et la mort ; pensez, il pesait pas trois livres à la naissance. Regardez ce gaillard aujourd'hui, il soulèverait un bœuf.

— N'empêche, répétait la mère en caressant les jambes du petit, je serai plus tranquille quand il marchera.

Le petit Désiré avait reçu tous les malheurs du monde en cadeau, le jour de sa naissance, le jour de sa conception serait-il plus exact de dire ; la grossesse avait été des plus délicates : sa mère avait vomi de la bile pendant quatre mois. Elle souffrait toujours de son ventre, avait, dès le cinquième mois, des contractions qui faisaient dire aux femmes qui avaient l'habitude de ces choses-là, qu'il fallait s'attendre au pire. Toutes les semaines, le docteur venait. Lui aussi était pessimiste. Les alertes aux fausses couches succédaient aux douleurs. La mère avait fini sa grossesse au lit, allongée pendant les trois derniers mois. Encore aurait-elle dû y rester plus longtemps, mais à sept mois et demi, le petit Désiré était venu au monde : un pauvre petit bébé tout jaune et tout fripé de trois livres et demie. Malgré le petit poids, l'accouchement avait été terrible et sans la présence du docteur accouru pour sauver la situation – car le bébé s'était présenté par le siège – l'enfant serait mort. Depuis, tout y était passé : la mère n'avait pas eu de lait et le petit Désiré avait attrapé toutes les maladies et toutes les fièvres. Enfin, depuis quelques semaines, il semblait prendre le dessus. La Souris le couvait des yeux. Il n'arrêtait pas de le toucher depuis seize mois et demi, ce qui irritait sa femme. De mémoire de paysan, on n'avait jamais vu un vacher aussi heureux d'avoir un fils. Il est vrai qu'il n'en avait qu'un, inespéré, alors que les autres en avaient des douze, quinze ou dix-sept.

— Moi, j'dis qu'il faudrait lui apprendre, le tenir pour faire fonctionner ses petites jambes, recommandait le père.

— Si on lui tient toujours ses bras en l'air, comme tu le fais, il aura les épaules démanchées, l'interrompait la mère.

Le petit Désiré, lui, malgré son petit corps et ses membres grêles, regardait autour de lui d'un œil vif et brillant.

Petit à petit, les gens arrivaient. Toute la population de la commune et des communes environnantes avait été invitée. Albert recommandait à tous les arrivants de se tenir du côté droit de la voie, derrière la corde tendue pour éviter les débordements. Par familles entières, du plus jeune dans les bras de sa mère, jusqu'à l'aïeul que sa canne portait avec peine, les gens s'alignaient au bord de la voie, attendant sous le soleil, le fameux train qui ne devait s'arrêter qu'à 11 heures.

— T'as bien mis les bouteilles au frais ? demandait Albert à Grand-Soif.

— Au fond de ma cave, mon gars ! Et j'tirerai de l'eau bien fraîche au dernier moment pour mettre avec les sirops des gosses et des femmes, précisait-il.

— T'es un sacré veinard d'avoir un puits pour toi tout seul ! commentait Joseph. On n'en a pas six en tout sur la commune, et toi, t'en as un pour toi tout seul !

— Avec de l'eau comme ça, riait Grand-Soif, je pourrais faire concurrence à Alphonsine si je voulais…

Et, à voix basse, en posant sa main contre sa bouche, il ajouta :

— Quand on boit plus que ça, vaut mieux qu'elle soit bonne !

Grand-Soif faisait plaisir à voir. Une résurrection. Pour lui au moins, la ligne avait vraiment apporté le progrès fantastique qu'elle promettait : il avait complètement changé de vie. La maisonnette de garde-barrière près du bourg que Véronique, sa femme, avait obtenue parce qu'elle était veuve d'un employé de la Compagnie, avait été le détonateur puissant qui l'avait transformé en lui laissant espérer un avenir meilleur. Une maison, une vraie maison, pour lui, Grand-Soif, qui n'avait jamais connu que la paille des écuries au milieu des odeurs de purin et des courants d'air glacé des hivers ! La ligne lui avait donné une maison, une famille, un travail. Il devait, outre sa fonction de garde-barrière, assurer l'entretien des talus, des fossés et de tout ce qui avait trait à la voie. Jusqu'à la fin de ses jours, maintenant, il pouvait dormir tranquille en se disant qu'il aurait toujours un toit et du pain. Mais ce qu'il ne disait pas, ce qu'il cachait au plus profond de son cœur de paillard repenti, c'était l'affection d'une femme et de deux fillettes, cette affection qu'il n'avait jamais connue et qu'il découvrait à trente-huit ans alors que sa vie commençait à décliner.

À dix heures et demie, plus de trois cents personnes attendaient derrière les cordes. Tout était prêt et Albert courait, tout rouge sous son chapeau noir, avec une fébrilité inutile. Seuls les chevaux posaient de petits problèmes, à cause des juments, nombreuses ce jour-là. Joseph regarda les deux serpents d'acier des rails qui allongeaient leurs longs corps de part et d'autre sur plusieurs kilomètres. Le ballast était composé de pierres rougeâtres qui avaient été apportées de loin et dont il se dégageait, à cause du soleil qui les chauffait, une brume de chaleur qui ondulait au-dessus des rails et faisait trembler les poteaux. Du côté de Beauché, la longue courbe qui s'amorçait pour éviter le village coupait la grande pièce en deux.

Debout à côté du portillon des barrières du passage à niveau, Joseph ne cessait de serrer des mains. La construction de la ligne avait fait naître bien des différends et des inimitiés. Du Barrel avait fait savoir qu'il ne viendrait pas. Ses manœuvres pour éloigner la ligne de ses terres, sa conduite à l'égard de Joseph et son intransigeance lui avaient coûté ses places de maire et de conseiller général. Il avait même démissionné de son siège de conseiller municipal en subissant l'affront de l'élection de Camille à la fonction de premier magistrat de la commune. Depuis, il tyrannisait Guilandru et déversait son amertume sur les bêtes et les gens du domaine. Même le curé finissait par émettre des critiques sur ses méthodes.

Arrivant à pied, une famille fut très remarquée. Marie, au bras de Constant, tenait dans ses bras un superbe garçon de deux ans et demi.

— Entre gens bien, on peut se faire la bise, dit-elle à Joseph en lui collant sur les joues deux baisers sonores.

Elle était plus belle que jamais. Elle portait une robe verte et blanche qui mettait en valeur son beau corps de paysanne saine et forte. La maternité avait achevé le modelage que la nature avait commencé. Elle était plus que belle, elle était désirable, peut-être encore plus désirable depuis qu'elle prenait des allures de femme fidèle. Constant, grand, sévère, la moustache taillée en pointe, fort, élégant dans son habit qui lui tombait bien, semblait le compagnon idéal. Ils formaient un très beau couple. L'enfant ressemblait comme deux gouttes d'eau au mari. Son visage carré avait la forme de celui de Constant, ses membres forts étaient modelés comme ceux du charretier. Il avait l'œil fier, le regard droit et observait tout avant de parler. Le doute n'était guère possible. Marie regarda Constant, puis dit en confidence à Joseph.

— À toi, on peut bien le dire : Constant et moi, avec l'argent qu'on a économisé, on vient d'acheter une petite ferme dans le Perche. Constant veut faire l'élevage et le commerce des chevaux. Son oncle est dans le métier, du côté de Rémalard. Ils s'aideront au départ.

— Je suis bien heureux pour toi, répondit Joseph, sincèrement heureux. J'étais sûr que tu deviendrais quelqu'un, t'as toujours été intelligente.

En prononçant ces paroles, il mit un sous-entendu dans son regard. Il pensa à l'argent « économisé », cet argent que Buffétrille avait lâché à grosses pincées juste avant la naissance du petit. Ce gros gourmand au sang trop chaud devait bien le regretter maintenant en regardant l'enfant. Mais que pouvait-il dire ? Que pouvait-il faire ? En plus, il était sur le point de perdre son premier charretier et sa meilleure servante. Le couple marcha le long de la ligne, tenant l'enfant entre eux. Serait-elle parvenue à ses fins, cette rusée Marie, sans cette ligne qui avait amené tant d'ennuis et de déboires à Buffétrille qui l'avait acculé de toutes parts, blessé dans son honneur, affaibli sa santé ? Joseph se le demandait, regardant toutes ces terres alentour qui faisaient partie de la ferme de Marville. La ligne les avait coupées en deux. Maintenant, les attelages de Buffétrille feraient des voyages incessants par ce passage à niveau pour travailler. Ironie du sort, Grand-Soif, l'un des moins considérés de la ferme, aurait maintenant le pouvoir de laisser passer ou de retarder les attelages en ouvrant ou fermant sa barrière rouge et blanche.

— Pour peu qu'il soit un peu en avance, il va pas tarder maintenant, répétait Albert d'un bout à l'autre de la haie des curieux. Que tout le monde reste en place !

Il fit aligner les pompiers, tout rutilants dans leurs uniformes bleus et rouges où le cuivre des casques et des boutons jetait des feux à en allumer des incendies dans les blés. Paille-au-Cul, pompier depuis toujours, tenait son clairon étincelant contre lui en maugréant :

— J'avais bien besoin d'amener c't'outil, j'vais même pas souffler dedans une fois.

— T'auras toujours une main occupée, lui répondit son voisin, visiblement embarrassé par ses deux grosses paluches habituées à tenir un manche d'outil et qui se balançaient au bout de ses bras.

Édouard et Louise étaient là, près des tables qu'ils étaient chargés d'approvisionner. Indirectement, par le suicide du père, la ligne leur avait apporté à eux aussi un grand changement. En deux ans, Édouard était devenu un fermier averti. La petitesse de ses terres l'avait incité à ne cultiver que des plantes qui demandaient beaucoup de soins et de travail. Il s'était spécialisé dans les graines de semences, de betteraves, de carottes et de farots principalement. Le syndicat, qui comptait désormais plus de deux mille adhérents dans le département, se chargeait de commercialiser ses productions. Avec Albert et Bineux, Joseph et Édouard formaient une équipe qui travaillait, achetait les outils et les machines et se modernisait. Certes, chacun restait maître chez lui, décidait seul des cultures à entreprendre ou de la façon de gérer son sol. Tel qui commandait un jour devenait ouvrier le lendemain et obéissait aux directives de son patron d'un jour. En fait, une solide équipe d'amis s'était formée. Depuis deux ans, leur vie avait changé. Le travail était moins lourd et les déboires moins pénibles à supporter à quatre. L'argent rentrait bien. Joseph espérait rembourser les derniers trois mille francs à son ami de Cormainville après cette récolte, malgré l'achat de machines nouvelles. Il réalisait, en attendant ce train dont on avait tant parlé, tout ce qu'il devait au projet : les pommes de terre, les choux, la première année, les cochons surtout par la suite, avaient considérablement arrondi ses économies. Marguerite de son côté avait vu ses commandes de volailles et de beurre multipliées par quatre ou cinq, tant les affaires du cousin marchaient bien. Mais, dans le cœur de Joseph, une immense blessure restait qui ne se refermerait pas de si tôt : ni la répartition de l'emprise de la ligne, entre tous les propriétaires, ni le remembrement n'avaient eu lieu. La plupart des paysans s'était, une nouvelle fois, réfugiée dans l'égoïsme et le chacun-pour-soi. Le remembrement surtout lui tournait encore en tête : il aurait été si fructueux d'avoir des pièces mieux agencées ! Buffétrille avait été, pour l'essentiel, le frein qui avait bloqué les esprits. Aujourd'hui, ses pièces étaient coupées, morcelées et il semblait changer d'avis. Mais il était trop tard !

Des alouettes grisollaient, immobiles au-dessus de la plaine, une bien curieuse plaine en vérité ce jour-là. Aucune silhouette ne traversait les champs ; tout était calme, désert, et puis, autour de ce passage à niveau, des centaines de gens, endimanchés, attendaient, en riant, en parlant et en s'essuyant le front, le passage d'un train, un train qui pour la première fois et peut-être la dernière allait y faire halte.

À 11 heures, Camille vérifia pour la énième fois l'ordre parfait de ses troupes et des préparatifs. Il n'y avait rien à dire, tout était correct.

— Vaudrait peut-être mieux que j'apporte les bouteilles sur les tables maintenant, suggérait Grand-Soif.

— Pour qu'elles chauffent ? le rembarrait Gaston.

— Toi, t'es toujours contre tout ! Tu ne crois pas qu'il va s'arrêter une heure, le train ! répondait l'autre.

— Quand même, conciliait Louise, on aura bien le temps, à tout ce qu'on est !

Des enfants passaient sous les cordes et s'aventuraient sur la voie. Les mères les gourmandaient. On entendit même plusieurs claques sonores pour obliger les plus récalcitrants à se calmer.

— J'aurais peut-être pu le poser en attendant, ce coussin, soufflait Victorine en le penchant, au point que les ciseaux tombèrent plusieurs fois. Tu peux pas savoir ce qu'il est lourd !

Toutes les têtes se tournaient vers Beauché. La ligne restait muette, déserte, vibrante de lumière et de chaleur. Les montres sortaient des goussets. On ne parla plus que de ce ministre qui avait accepté la formidable gageure de s'arrêter dans toutes les communes traversées par la ligne afin d'apporter dans nos campagnes le progrès et l'image du début des temps modernes que le gouvernement voulait donner à chaque Français.

— J'sais pas pourquoi tu nous obliges à porter le casque depuis une heure, rouspétait Paille-au-Cul. Le temps que le train arrive, on avait largement le temps de le remettre ! On se croirait dans un four avec cette casserole sur la tête.

Un lièvre apparut brusquement sur le talus et, en quelques longues enjambées, franchit les rails avant de disparaître de l'autre côté.

— J'ai idée que tu vas être bien placé pour poser des collets, glissa La Souris dans l'oreille de Grand-Soif.

Enfin, à onze heures dix, un long coup de sifflet parvint du côté de Beauché.

— Le v'là ! cria Albert. En place !

Une vague courut sur la population du village agglutinée derrière les cordes. Les corps se penchèrent pour tenter d'apercevoir le train dans la courbe. D'abord, on ne vit de la locomotive que son immense panache de fumée noire et de vapeur blanche.

— Il est à hauteur du bois du Pendu, précisa Joseph.

Dans la minute qui précéda son arrivée, les dames réajustèrent leurs chapeaux, rabattirent une mèche rebelle que le vent libérait, tiraient les vêtements des enfants. Albert porta la main à son pantalon pour vérifier que sa braguette tenait bien fermée.

— Quand je suis déguisé comme ça, j'crois toujours que c'est ouvert, dit-il en se penchant vers Camille.

Le maire, écharpe tricolore en bandoulière et front dégoulinant de sueur, relut le papier qu'il connaissait par cœur. Dans la courbe, le monstre de fer respirait à grands poumons. Des jets de vapeur vibraient autour des roues. Le ferraillement se rapprocha, devint assourdissant. Les drapeaux flottaient au vent au milieu du sifflement de la machine. À deux cents mètres de l'arrêt, les freins mordirent le fer et crissèrent à en faire mal aux dents. Le petit Désiré, le regard tendu vers cette bête inconnue, se mit à pleurer à chaudes larmes. Dans un bruit épouvantable, le train s'approcha, ralentit, inonda sur son passage toute la population de sa fumée noire. Enfin, il s'arrêta. Les drapeaux de la locomotive prirent le sens du vent et changèrent d'inclinaison. Quelques secondes de flottement parcoururent la foule. Camille, suivi d'Albert, s'approcha tête nue de la porte d'un wagon pavoisé, regardant du coin de l'œil les autres ouvertures au cas où les personnalités auraient eu l'idée de sortir ailleurs. Une porte s'ouvrit, deux hommes sortirent lestement et sautèrent à pieds joints sur le ballast. Camille fut sur le point de leur tendre la main, mais Albert le retint. Il avait reconnu des membres de la sécurité.

Puis, Monsieur le ministre apparut. Il salua la foule silencieuse, interdite, déçue sans doute que le bonhomme qui tenait un haut-de-forme à la main soit petit, chauve et ventru, détruisant l'image du ministre grand et majestueux que leurs esprits avaient forgée. Le ministre descendit, puis le préfet en grand uniforme, puis une foule de personnalités, plus indisciplinées les unes que les autres. Des femmes apparurent aux fenêtres, des femmes élégantes qui portaient des toilettes de Paris et dont le parfum s'exhalait jusque dans les narines des paysans.

— Monsieur le ministre, Monsieur le préfet, Messieurs les élus, Messieurs les responsables de la Compagnie, commença à réciter Camille dont le papier tremblait dans la main, je suis fier d'accueillir en vous le progrès qui s'arrête aujourd'hui dans notre petite commune.

Un homme en noir s'approcha de lui et discrètement lui glissa à l'oreille :

— Monsieur le ministre est en retard. Soyez bref.

Camille jeta un regard désespéré à Albert. Une panique noire était sur le point de s'emparer d'eux.

Joseph qui avait compris l'intervention du maître de cérémonie sauva la situation en poussant Victorine et ses ciseaux vers le ministre. Camille se ressaisit et termina aussitôt, inspiré tout à coup par un lyrisme délirant.

— Mais le progrès doit faire le bonheur de tous les hommes. Aussi je vous propose, Monsieur le ministre, de couper ce ruban symbolique et d'ouvrir pour les générations futures les chemins de la modernité.

Nul applaudissement n'éclata. Les gens tendaient l'oreille, essayant de capter les paroles couvertes par le soufflement de la locomotive au repos.

Le ministre s'avança, suivi de Victorine qu'Albert poussait un peu vite. Sans un mot, il s'empara des ciseaux et trancha le ruban tricolore, juste devant la locomotive, énorme et menaçante. Il en coupa quelques centimètres qu'il donna à l'enfant, en garda un morceau et en tendit un autre au maire. Enfin, il revint devant la foule :

— Je suis fier au nom du gouvernement et de la France d'inaugurer cette nouvelle ligne qui apportera à toutes les populations concernées un mieux-être, source de bonheur et de liberté.

Derrière lui, parmi sa suite, des applaudissements éclatèrent. La population, déçue d'entrevoir déjà la fin, crut tout d'abord à une erreur, puis se résigna à se joindre aux autres. Toujours au pas de course, quelques officiels, entraînés par l'homme noir qui avait parlé à Camille, descendirent vers la longue table, suivis par le conseil municipal tout entier. La foule s'étonna beaucoup de remarquer que l'immense majorité des voyageurs restait dans le train. On avait préparé à boire pour au moins cinq cents personnes. Le ministre se plaça à côté du maire, le préfet et les députés se mêlèrent au conseil.

— Je lève mon verre au progrès, à la prospérité de la république et à votre bonheur à tous, dit le ministre en trinquant ostensiblement avec Camille.

En quelques secondes, les verres furent vides. Déjà, les officiels remontaient. Les invités suivaient. Le préfet, dans la confusion qui suivit ce remuement de troupe, remit à la sauvette une médaille à Camille qui n'eut même pas le temps de la regarder. Les derniers administrateurs remontèrent ; tout le monde remarqua alors à la fenêtre de la locomotive deux faces grises qui levaient le bras en signe d'amitié. L'un d'eux tira une poignée, et le sifflet puissant déchira l'air de son cri. Puis, dans un fracas de bielles, de fer et de feu, l'énorme animal des temps modernes dépassa la maisonnette et emporta le convoi et ses officiels. La population se pencha cette fois-ci en direction d'Ameray pour voir la lampe rouge accrochée en queue de train disparaître dans le fracas et la fumée. C'était fini. La cérémonie n'avait pas duré huit minutes !

Après un moment d'étourdissement dans lequel tout le monde baigna, la voix de Paille-au-Cul résonna fort et couvrit le chant des alouettes qui réapparaissaient.

— Ben mon vieux, à ce rythme-là, ils auront traversé la France avant ce soir !

Des éclats de rire fusèrent, puis un bourdonnement grandissant de voix. Tout le monde parlait, avait un commentaire à faire, des précisions à apporter. La cérémonie de quelques minutes allait alimenter des heures et des jours de discussions. Le maire invita ses administrés à venir boire.

— Plutôt deux fois qu'une ! plaisantait Albert. C'est pas ce qu'ils nous ont vidé !

Autour de la longue table, l'animation s'intensifia. On ne s'entendit bientôt plus. Joseph, un peu déçu, regardait la ligne rendue soudain vivante par le passage du premier train. Désormais, à heures régulières, d'autres trains passeraient, tous les jours. Le progrès était arrivé aujourd'hui ; il ne se ferait vraiment sentir qu'au fil du temps, au rythme des départs des récoltes et des arrivées de gens et de matériels nouveaux. La terre, les hommes d'ici, leur vie à eux les culs-terreux n'allaient se modifier que lentement. Et Joseph sentait que ses actions, ses prises de position passées lui donnaient aujourd'hui raison.

Pierre, dont le certificat d'études tout neuf n'était pas encore encadré, s'approcha de son père et lui prit les mains. Il l'emmena sur la voie, entre les deux rails. Ils regardèrent un instant silencieusement la voie qui semblait se rejoindre là-bas, à l'horizon.

— Tu sais Papa, j'vais bien travailler au lycée à la rentrée. Quand je serai grand, je voudrais être celui qui conduit une locomotive.

Le père posa la main sur la tête de son fils et lui caressa les cheveux. Joseph se sentit brusquement très fier : son fils parlait du même ton que lui.

Table des matières

Table des matières

Imprimé en Espagne par Novoprint
Dépôt légal : mai 2023
ISBN : 978-2-8129-3914-3
ISSN : 1627-6779

www.deboree.com
livres@centrefrance.com